夢回笠嶼

羅志平——著

自序

當我開始知覺已步入中年時，最大的改變就是話變少了，懶得講話，懶得去管一些生活上的瑣事。也許是在課堂上講太多了，也許是因為沒有人願意聽，話愈講愈少，愈講愈小聲，被說是連蚊子都不如，如果不是重要的事，通常也懶得再重複一遍。因為不常講話，反而可以多些時間思考，有些事雖然不講，卻無法不想，於是就把想講的東西寫下來，漸漸變成一種習慣，作為自我逃避與情緒宣洩的出口。

年輕時也喜歡為賦新詞，舞文弄墨，得過一些不說的話沒人知道的獎，寫作對我而言不是難事，只是我一直沒敢把寫作當一生的志業。即使在今天，經濟基礎比以前好，還是沒敢瘋狂到放棄一切，去追逐那個年少時短暫浮現的作家夢。我自忖不是文學創作的料，更重要的是太過務實，缺少浪漫，別說是煮字療飢，食無魚、食無肉都難以忍受。

一個太在意物質與生活享受的人，注定寫不出感人的好作品，尤其已過了追逐情愛的年紀，還來寫一些風花雪月的詞句，未免讓人覺得虛情假意，自己看了都會不好意思。通常到我這年紀的人，最愛回憶過去，任何生活上的小小感觸都會讓情感氾濫成災，更奇怪的是一些年輕時失落的童年趣事，這會兒全都跑回來了。許多人在年輕時從未寫過文章，也沒受過任何寫作的訓練，卻在上了年紀後個個成了作家，寫出來的回憶，清晰到好像昨日才剛發生。我實在不想被歸類成這一群人，偏偏就是愈來愈像。一旦戀上寫作，往往欲罷不能，原本只是一些碎碎唸的句子，沒想到竟然可以累積成書，真的是始料未及。

這本書可以出版最先要感謝的是《金門文藝》的總編，由於他的邀稿讓我有機會在停筆二十幾年後，再度體會「文學是苦悶的象徵」。雖然只是一篇一千五百字的散文，寫寫刪刪，刪刪寫寫，竟然拖了近一個月，怎麼讀都不順暢，如果不是已允諾交稿，真想放棄。平常寫論文，東抄西抄，可以參考的資料很多，不會有文思枯竭的問題，只要夠勤勞，沒有寫不成的論文。

換成寫散文，同樣都是文字的排列組合，結果完全不一樣，使用的詞彙不同，思考的模式，乃至陷入的寫作情緒也不同。之前讀《金門文藝》時，心裏偶爾會嘀咕：「這也算文章！」這樣也可以投稿？可能有很多人同我一樣的想法，有這種想法不是壞事，就看能不能付諸行動，印證自己的能耐。我之所以會不務正業，多少是基於這樣的心理，想測試自己是否還能寫，還能找回年輕時對文藝的愛好。《金門日報》的「副刊文學」為我提供了這樣一個擂台與戰場，也為我實現了年少時的寫作夢。

多年來這座虛擬的花園培育出許多知名的作家，我對文藝的愛好，對寫作的初衷，以及這本書得以出版都是從這個園地開始。感謝主編的厚愛，接受這些文章，兩年來我陸續在這塊園地發表了二十餘篇的雜文，多屬生活感觸的記述，兼抒發對家鄉的懷念。原本只是玩票性質，沒想到會一寫成迷，一寫成癮，寫到足以編印成冊，印製成書，真的要感謝「副刊文學」這塊肥沃的土地，無心插柳柳成蔭，也算是一種緣份。

本書共收錄了五十篇文章，之所以取五十之數當然與現在的年歲有關。孔子說：「五十而知天命」，我向來駑鈍，對天命所知不多，即使已過半百，生活仍在跌跌撞撞之中，很多事情放不開，很多事情放不下。這樣一個角色，天地君親師，人在五倫內，心在紅塵中。萬事萬物離不開一個情字，親情與人情，情字這條路走起來雖辛苦，總還是能留下一些甜蜜回憶。我本想將這些文章分成三部份，關於親情的、關於人情的、關於物情的，最後沒能歸類成功，主要是這些感情總是糾葛在一起，「剪不斷，理還亂」，於是索性放任它亂，不分章節，隨意隨性，隨便翻，隨便讀。

雖然是隨性而寫的文章，記述的都是事實，某種程度上來說，它也是傳記，一種散文式的傳記，記錄我曾這樣生活過。自十八歲那一年離開家鄉，故鄉的印記愈來愈模糊，這一輩子可能連落葉歸根都有困難。只是不知何故，最近老是作夢，夢到殘破的家園，夢到小時候的情景，夢到一些至愛的親人。我把這些感觸詳實地記錄下來，能夠這樣自在地活著，心中充滿感激。回首來時路，有親人、家人相伴，有師長、長輩提攜，有同學、好友相知相惜，要感謝的人太多了，我以謝天的虔誠心意出版這本書，作為我對所有人事物的感恩與懷念。

遠方有一個離島，有我童年的記憶，有我眷戀的親情，有我割捨不掉的牽掛，那座島的名字，古時候叫做笠嶼，我常在夢裏回去，故以此為名。

目次

當時年紀小

整理女兒房間時從枕頭套內清出了一堆紅包袋，這些都是過年時大人給的壓歲錢，按照習俗，我要她們至少放到過完年才可以將錢抽出來。年早已過完，錢也拿出來花用了，繳了補習費、學費、以及某些老爸老媽不想幫忙出的錢，紅包袋應該都已清空，但又不放心，還是一張一張的再檢查，若真被我找到，理應是我的吧！

孩子大了，可以不用凡事跟在後頭收拾善後，但如果不做點事，感覺起來不像父母，可憐天下父母心，只有眼睛閉起來時才可以說：不管了，因為你真的不知道會發生什麼事。紅包對孩子的吸引力其實已經一天不如一天，她們都清楚了解，什麼叫做過路財神，數著一張張有紅有綠的新鈔，也只是過過乾癮而已，膽敢就這樣把它花掉，後果會很嚴重。

我童年時的壓歲錢可能只有現在孩子的零頭，但父親的心態跟現在的我一樣，先讓你保有幾天再繳回來，沒料到才一天就出狀況。大年初一穿著新買的制服，一大早就去看舞龍舞獅、看電影、逛街，下午回到家時，全身鞭炮味，制服上沾染各種顏色的塗料，看得母親膽戰心驚，趕緊脫下來洗，父親似乎也意識到狀況不對，要我把錢交出來，蒐遍所有的口袋，只剩一堆零錢。追問之下，數百塊的壓歲錢竟然全用於買鞭炮，放完了，花完了。父親一定很為難，要不要在大年初一揍小孩，最後決定讓我在大廳內罰跪。長大後，我對看煙火一直沒有太大的興趣，即便是台北一〇一大樓的跨年煙火秀，從來不曾參與。許多人覺得燦爛的煙火很美，對我來說，煙火是充滿罪與罰的回憶。

家住海邊，有阿兵哥的衛哨所管制海岸安全，檢查出海作業船隻。到了晚上，夜黑風高，難免有點肅殺氣氛，軍營本來就會有一些鬼來鬼去的故事流傳。在金門前線，情節更是加油添醋。對岸是大陸，聽老一輩的說，早年確實有共軍的「水鬼」來摸哨，把耳朵割下來，游回去領賞。到了我這一代，只看過大陸漁船上的漁民，再也沒看過水鬼，但是對初來乍到的菜鳥新兵來說，任何風吹草動都會嚇死他。偏偏碰到一群惡質的小孩，對著他發射沖天炮，炮打中鋼盔時，衛兵驚慌失措的囧樣，引來一陣歡笑聲。當時年紀小，不知危險，要是當時衛兵嚇壞了對著黑影就開槍，那我們這幾個當真變成「水鬼」了。

戰地政務時代，煙火列為管制品，能夠偷偷買到的只有沖天炮和水鴛鴦。水鴛鴦點燃後需要一些時間才會爆，拿在手裏，算準時間再丟，這是比勇氣的一種遊戲，看誰的膽子較大。輪到我時，用力一丟，竟然丟到屋頂上去。平房的屋頂放著一堆薪柴，上面晾著衣服，只見衣服開始冒煙，小孩一哄而散，我獨自一人無奈地看著煙變成火，這是如假包換的「煙火」，為了這場煙火，父親賠了鄰居數倍的壓歲錢。

鄉下孩子，少有不頑皮的，即使犯錯，也不是什麼罪大惡極的事。父親從未動手打過我，倒是小學臨畢業前，一次無心的錯被老師打到終身難忘。放假天，在校園內騎腳車，看到女同學在路上走，經過時抓了一下她的辮子，力道大了點，同學大哭，老師從走廊衝過來，連人帶車拖進教室，拿出鞭子狠抽數十下。看著腫得像麵龜的雙手，從手指頭痛到手腕，我忍住淚水不哭，人之所以傷心是因為有委曲，我知道錯，因此不敢哭。

長大後，讀了很多心理學的書，終於了解這其實是一場美麗的錯誤，一個情竇初開的少年，用了一種不恰當的方式來表達對心儀女生的愛慕之意，因為暴力而使情愫變了調。P.S.，只有溫柔的對待才是真愛。在我那個年代，體罰是常有的事，我曾被導師罰打牆壁，把整片白灰的牆捶到掉下一大塊。身為班長，求好心切，一旦權威受到挑戰，衝動之下難免有肢體上的接觸。新學期開始，女兒被推選為班長，她絕對無法想像，班長也會被處罰。

在現今的社會，對與錯、罪與罰有時候是個人的自由心證，法律的背後畢竟還是人，想要扮演上帝，結果往往成為魔鬼。身為人父，孩子犯錯會嘮叨幾句，嚴重時也會加以訓斥，但要孩子心服口服真的不容易，大人的價值觀和小孩的想法總是有段差距，每次罵完小孩我都會覺得難過，我的智慧顯然不如外祖母。

舅舅家的鄰居種了一棵葡萄樹，蔓藤延著傾頹的牆壁長到外面來，我每次騎車經過，高度正好可以摘幾顆來吃，鄰居受不了跑來向舅舅告狀：「你外甥又來偷摘葡萄了。」外祖母聽到走出來，她沒有罵小孩，也沒向鄰居低頭，用「偷」字來指控人令她生氣。天生萬物以養人，葡萄既是自生自滅，本就不應據為己有，何況葡萄從未成熟到可吃，不應讓無知的小孩來承擔這種指控。

外祖母只跟我說了一句話：「葡萄不能吃。」我當然知道不能吃，因為我吃過，但不吃一下怎知不能吃，那種酸的程度，一次也只會摘幾粒，不像龍眼，一次可以摘一把。擁有龍眼樹的鄰居比較上道，沒有來告狀，看我手中拿著一串龍眼，照樣開罵。龍眼沒有熟，不該糟踏，確實如此，但我必須誠實的說，我三天兩頭從樹下經過，這棵龍眼樹的龍眼從來不曾熟過，也沒有人採來吃過，最後都是掉滿地，熟了才可以摘，擺明了是騙人的話。

如今，當年一起摘龍眼的小孩都已當了爺爺，龍眼樹也愈長愈大，但是長出來的龍眼依舊那樣小粒，依舊未成熟就掉滿地。我從地上撿了幾顆剛剛被風吹落的龍眼，剝了一顆，像小時候一樣吃看看，現在的我似乎比以前更能忍受那種苦澀的味道，沒有立刻就吐出來。咀嚼著未成熟的龍眼肉，想起外祖母，想起舅舅，想起我在這棵龍眼樹下度過的童年。記憶像張看不見的蜘蛛網，人是在網上爬行的動物，一輩子都被困在裏面出不來。一轉眼也到了白髮蒼蒼的年紀，視力衰退，連聽力也有問題，一直覺得有個似有似無的聲音在風中迴盪：「你外甥又來偷摘葡萄了！」

老爸你好娘

「老爸，你好娘喔！」這是什麼話，你老爸雖然身材有些走樣，沒有像在海軍陸戰隊當兵時那樣Man，也不致於看起來很娘！看著我正在使用的粉紅色零錢袋，小女兒這樣嘲笑她老爸。想想，確實有點娘，而且愈老愈娘！生了兩個女兒，家中的用品幾乎都是女人的，從房間的裝飾、擺設到生活機能，凡事都得從女生的角度去考量，我用的零錢袋原本就是女兒的，淘汰後，丟了可惜我才拿來用，如今反被嘲笑，真是情何以堪！

有人說，女兒是上輩子的情人，有這樣的情人我寧願雲遊四海，我比較有可能是她們兩人養的寵物，或是她們家的外籍傭人。結婚時年紀已有點大，同學中不乏祖父母輩了，我還得天天接送孩子上下學，偶而忘了修邊幅，竟被誤以為是爺爺。孩子是上天賜給我最好的禮物，吾家有女初長成，我一生的心願已了，去年過年，偷偷地寫了一幅對聯：「冷眼笑對千夫指，俯首甘為孺子牛」，只是沒敢貼出去。

大女兒即將基測，每天奔波於學校，補習班，沒能好好休閒，也沒能好好休息，有時候真的會不忍，想起蘇軾的〈洗兒〉詩：「人皆養子望聰明，我被聰明誤一生。惟願孩兒愚且魯，無災無難到公卿。」大人有大人的壓力，小孩有小孩的壓力，做父親的只能靜靜在一旁支持，就怕關懷變成壓力。女兒尚稱聰慧，但要接近「公卿」，仍是困難重重，雖然說「大位不以智取」，我還是比較喜歡胡適的話：「要怎麼收穫，先那麼栽。」

生了兩個女兒之後，我才開始用心學習做個好男人，也漸漸體會到天底下的好男人，其實都有點娘。生長在重男輕女的社會，男孩子一定要有男子氣慨，絕對不能有女孩子的行為或使用女性的用品，否則，除了被父母責罵，也會被同儕取笑。整個青春期，大男人思想和態度一直很強烈，有些時候，其實是刻意做出來的姿態。與哥兒們相聚時，女朋友或者老婆也都會盡量像小鳥依人樣，好讓另一半顯示英雄氣慨。

長年浸淫在歷史的氛圍中，英雄豪傑的意象深深烙印在腦海裏，女兒在看《終極三國》，想藉機會告訴她們，何謂英雄。在羅貫中的《三國演義》第二十一回「曹操煮酒論英雄」中，曹操為英雄下了一個定義：「夫英雄者，胸懷大志，腹有良謀，有包藏宇宙之機，吞吐天地之志者也。」年青時，我也不喜歡曹操，我們的教育似乎也不把曹操當英雄看，對多數閱聽大眾來說，周郎與諸葛先生比較可以當作英雄：羽扇綸巾，風流倜儻。年歲漸長，愈來愈懂得品味曹操，想來小杜與我應有同感：「東風不與周郎便，銅雀春深鎖二喬」，看來曹阿瞞也是個多情種。

話才剛出口，就被擠下沙發，「去打你的電腦吧！」顯然她們心中只有偶像與帥哥，歷史是什麼，老爸算什麼，都付笑談中。我突然想到塞萬提斯筆下的「唐吉訶德」，和那匹以為自己是馬的驢子。在一個早已沒有騎士的年代，唐吉訶德竟自命為遊俠騎士，一心幻想要用騎士精神來改造現實，想要行走四方，行俠仗義，他讓我看到一種真心希望鋤強扶弱的英雄氣概，以及一種希望憑著一己藐小力量，來改善社會的美好憧憬。曾幾何時，我心目中的英雄竟然從曹操變成唐吉訶德，一半是因為覺悟，一半是因為認命。

生活是衝撞與妥協的藝術，在跌跌撞撞之中，有人長大了，有人變老了，老到喜歡坐在馬桶上思考人生大道理。劉德華有一首歌就叫「馬桶」，每一個馬桶都是英雄，都是朋友，可以真心相守，一輩子都不能沒有。因為常常被女兒嘮叨，我才得以真正接近馬桶。上廁所是一門大學問，坐著上，站著上，已不再是男生與女生的分別，有時候也會成為家庭革命的導火線，簡單的一個「姿勢」，其實蘊含著女權至上的新啟蒙主義。

基於衛生，要將馬桶墊掀起，上完後，方便女生使用，要將墊子放下，這是我們所受的教育。可是，當懷疑主義盛行時，會被質疑沒有掀起，為了證明有掀起而刻意不放下，又會被責怪沒有同理心，掀與不掀，「廁」身千萬難，“to be or not to be, that's the question”我的心只有莎士比亞了解。聽說德國的男性都是坐著如廁，而且有愈來愈多的男人喜歡坐著小便，尤其是在半夜起來時，睡眼朦朧，不必開燈，也不用找眼鏡，坐著還可以繼續睡，何樂不為，這才是真正的舒服，男人其實可以不作性別成見的受害者。

話雖如此，要忘了我是男人，是多麼難的事。冬天皮膚容易乾燥，冷風一吹，甚是不舒服，看到女人家們在擦綿羊油，於是趁她們不在家時，偷偷地挖它一坨，抹完臉，順便在手臂及小腿處也上一點。沒想到香氣太濃，充滿整個客廳，我是久處芝蘭之室，不覺其香，女兒一回來，立刻察覺有異，待我說明原委，得到的回應是：「老爸，你很噁心咧。」世間萬物，都有它的歸處，寶劍贈英雄，紅粉酬知己，陰陽有序，乾坤乃得以調和。雖然男人也可以敷面膜，只是不敢想像，當面膜粘在我臉上時，我會不會連聲音都變了？

用天生麗質來形容，肯定會被說「噁心」，但是這張老皮確實不曾擦脂塗粉過，前半輩子只在結婚那天梳了一個油頭，還上了髮膠，多年後突然見到當時模樣的結婚照，真的嚇一跳，除了緬懷歲月不饒人外，也佩服當年的勇氣。年輕時頭髮就不多，如今除了白之外，更是日益稀疏，洗完澡，用毛巾稍加擦拭就乾了一半，每次拿起吹風機，就會被女兒嘲笑：「你那三根毛，何苦為難吹風機。」雖然已到了修道的心境，偶而還是會有想留住青春尾巴的慾望，身材或許已難救回，臉似乎還可以修補。

農曆年前到大賣場採買年貨，這個時候買東西通常可以「亂買」，任何東西都可以往手推車內丟，回到家後沒人會承認是罪魁禍首。我很想買一瓶男性專用的洗面乳，站在專櫃前面將近十分鐘，這是我人生最艱難的時刻之一。不過就是洗臉的東西，竟然有幾十種廠牌，我終於拿了一種電視廣告常看到的品牌，老婆大人說買了就要用。一語驚醒夢中人，我真的會洗嗎？遠處傳來陣陣催促聲，我又把洗面乳放回架上，悻悻然地離開這個傷心地。女兒用一種很詭異的笑容對我說：「老爸，你可以用我們的」。我，大悲無言。

女兒不怕

「明天我跟媽去廟裏拜拜，順便收驚。」女兒的娘餘悸猶存，想來是被這些日子的意外嚇到了，時值農曆七月，就算我不那麼相信鬼神，也不排斥燒香拜拜，只是有點不明白地追問了一句，幫誰收驚？「當然是我！」原來跌倒的是女兒，受傷的是她娘。

人說「養兒方知父母恩」，對我來說，卻是無盡的驚恐。一直以來，我幾乎不用手機，即使帶著手機也是只打不接，打完就關機，手機對我來說等同於電話卡。出門在外，像斷了線的風箏，有時候確實很不方便，朋友經常嘲諷我是古代人，可能是讀太多歷史，以致與現實脫節了。「其實你不懂我的心」，我是真的怕電話，怕講電話，怕接電話。

二十多年前，金門還是戰地政務時代，只有公家單位才有電話，平常要向家裏要錢或報平安，都是寫信。信寄到金門得看天候，船期十天或半個月，碰到海象差或颱風，收到信時已過了數個星期，早已斷炊，常常得靠同學資助。我嫌信件緩不濟急，有一次乾脆跑到台北電信總局去打電報。在那個時代的金門，接到電報是多麼令人驚恐的事，可能全村的人都會知道。這封電報確實嚇壞家人，半年後我回家過節，被父親狠狠訓了一個小時，想來父親已經準備很久，所有的台詞和情緒都醞釀到完全成熟。我的電報也不過就幾個字：「我考上研究所了」。

如今我終於有機會體會父親當年的驚恐。學期即將結束，雖然有點忙，卻也忙得快樂，想到考完試，送出成績後，就等放假過年了，心情自不覺的輕鬆起來。這時候電話響了，已過了上班時間，研究室的電話竟然還會響，是有點反常，我有種不祥的感覺。我教的這門課，被多數的學生當作「營養學分」，不管我多麼努力、認真教學，也難挽回學生學習的熱情，記憶中好像不曾有學生打電話來問功課，這會是一通怎樣的電話呢？

電話一拿起，完全沒有客套的噓寒問暖，「你女兒肚子裏長了一顆腫瘤，你快回來！」握著話筒，氣急敗壞地大吼一聲，「妳說什麼？」聽到內人在電話那一頭的啜泣聲，我也崩潰了。我也只是個孩子，一個年紀大一點的孩子，我是多麼想有個依靠。可是我只有高鐵的椅背可以倚靠，看著快速閃過的夜色，三百公里的時速，我希望還可以再快一點，可是我更怕太快回到家。回到家之後，我將會發現我的人生只有黑白，沒有色彩。

回到家，看著女兒無辜的笑容，或許她還不明白問題的嚴重性。輕輕地抱住女兒，一種熟悉的感覺慢慢又回來了。自從女兒漸漸長大，我已很久沒能仔細地瞧瞧她的模樣，從來沒有人說我們長得像，我也不希望她長得像我，若真的像我，我也煩惱。我既然生養她，一切的苦我都得承擔，畢竟她叫我一聲爸爸。接下來的兩天，我們看了三家醫院。我不相信科技，更對所謂的專業抱持懷疑態度，因為我本身也是某一領域的專家，可是我對自己的所學一直以來都覺得心虛。世間事，沒有絕對，既然如此，那就打開來看看吧。

動手術，似乎是唯一的選擇，對我們來說，這也是一種罪過。身體是女兒的，我們有什麼權力幫她作決定，可我們又能如何。守候在開刀房外，時間竟是如此難挨，進出醫院無數回，唯獨這次讓人如此驚恐。手術進行到一半，護士突然跑出來把內人叫進去，更讓人嚇破膽。孩子是她心頭的一塊肉，割她孩子的肉，不就等於割她的肉。當醫生把那塊肉（瘤）端出來給我們看時，我突然想起女兒出生時，護士抱她出來給我看時的景象，儘管過了十三年，卻像是幾分鐘前的事，時間竟然失落了。

聽完醫生的解釋，終於可以大口吸氣，雖然還是有點遺憾，也算是不幸中的大幸。女兒，等妳長大，妳會了解人生本來就有遺憾，有殘缺，有時候，正因為殘缺，才會讓人更加覺得生命的可貴。

平常在家，很少有電話找我，我對電話鈴聲反應有點遲鈍，確定不是電視裏面的配音之後才會去找電話。拿起話筒，又是她娘的聲音：「你女兒跌倒了！」我已幾近瘋狂地大叫：「打著石膏，掛著三角巾，還會跌倒，到底要怎樣。」「不是那一個啦。」

暑假是兒童骨科生意最好的時候，我們這一家就來了兩次。先是小的打曲棍球被撞倒，接著是大的與同學戲鬧跌倒，不知是我家小孩比較脆落，或是運動細胞比別人差，兩個女兒從小跌到大。只要不破皮流血，用青草油擦一擦，腫消了，痛也忘了，也沒因此學到教訓。這一次顯然有點嚴重，手腕已明顯變形，而且痛到大哭了。醫生看我們著急的樣子，只淡淡的說，手斷了，打石膏，休養一個半月就會好。

可憐天下父母心，苦心安排的夏令營活動都泡湯了。鋼琴不用彈，游泳別想，更麻煩的是斷在右手，這下子連作業都不用寫了。這個暑假乾脆稱作電視夏令營好了，終於可以高枕無憂看電視了，對小女兒來說，真的是「塞翁失馬，焉知非福。」顯然，骨折是新鮮又好玩的事，大人小孩都沒有把它放在心上，三角巾愛吊不吊，手照樣東晃西晃，大家樂得在石膏上簽名留字。

過了兩個星期，醫生告訴我們，骨頭接歪了，必須讓它再斷一次，打入鋼釘。說話的態度，像是早就知道會是這種結果，我有點不高興，當醫生的人真的要這樣冷漠無情嗎，不能體會一下家屬的心境嗎？手術雖小，風險還是存在，看著全身麻醉過後的女兒從恢復室推出來，蒼白的臉上，轉動著無助的眼球，此時此刻，再多上人的話，恐怕都難以撫慰我驚恐的心靈。

載著大女兒，準備去掛急診，與內人討論後決定換家醫院，內心多少有點愧疚，怕被醫生指責，「你們這對父母是怎麼當的」。說真的，俗話說「天要下雨，娘要嫁人」，我們又能如何？照完X光，打了一針破傷風，繳了急診費用，慶幸沒有骨折，只是皮肉傷，三天後應該就會消腫。

雖然同樣是右手，該寫的功課，一樣不能少。若有人問妳們姐妹是怎麼回事，就說是打架吧，因為做父親的真的很生氣，不是氣沒有過父親節，是氣無能為力。女兒的娘，明天去拜拜，記得帶我的生辰八字，也幫我一起收收驚吧！

人生如戲

去年過年時，在小孩百般要求下買了一台Wii，機器倒還便宜，但是正版的片子卻貴得讓人有點捨不得花錢。隨機贈送的幾種遊戲，小孩玩沒多久就覺得膩了，年沒過完就束之高閣。今年過年又想到玩Wii，各種新的遊戲推陳出新，在電視強力廣告下，要不為之心動實在很難。經高人指點，將機子送去修改程式，如此一來，不論正版、盜版都可以玩了，這下子樂了小孩，卻苦了大人。

我對電動遊戲向來不感興趣，因此也不鼓勵孩子接觸，家中有很多玩具，獨缺電動，這和小孩性別可能也有點關係。在我們的認知中，Wii不算是電動，至少它不會過度傷害眼力，更重要的是可以掌控，不致讓小孩過度沉迷。但Wii也有令人意想不到的後果，甚至可以說是災難。

家裏只有一台電視，小孩卻有兩個，偶而會因為要看的節目不同而吵嘴，因此，電視常成為大人罵小孩的導火線。有時候會想，乾脆再買一台算了，電視雖然吵，但心寧也許可以獲得平靜。想歸想，正值孩子要基測，關電視都已唯恐來不及，哪有可能做這種傻事。有了Wii之後，我真的覺得確實需要另一台電視，不是怕孩子吵架，是因為大人搶不到電視，電視被用於打電動了。年紀大了之後，發現看電視的時間也變多了，可能是因為看書太吃力，或者說早已沒有看書的心境。看電視可以不用大腦，有時候轉來轉去也不知道在看什麼，看到睡著是常有的事，更離譜的是一旦進入廣告，連剛剛看的是什麼節目都會想不起來，這次第真的只能用一個「老」字來形容了。

電視讓人霸佔後，幾個老人家只好坐在沙發上看小孩享受，有時候難免童心未泯，跟著窮緊張，「左邊-右邊-快點，啊笨啊！」台灣話說：「人家在吃米粉，你在喊燙」，就是這個意思。顯然，小孩也會有受不了的時候，搖控器往你身上一丟，「給你們打。」擺明地告訴你，不要只會出一張嘴，有本事玩給我們看看。真是「是可忍，孰不可忍」，還是得忍，讓我再年輕幾十歲，肯定下海跟你對決。如今，不只老眼昏花，反應遲頓，心臟也可能無法負荷那種緊張感，以其再被小孩恥笑，還是靜靜地隔山觀虎鬥，萬一惱羞成怒就利用大人的威嚴，把電視主控權搶回來，當然得有個冠冕堂皇的理由，說服不了孩子，也要讓自己覺得心安。

台灣的有線電視發展，堪稱世界第一，數十家電視台，一百多個頻道，二十四小時不間斷，重播率高到可以將人疲勞轟炸炸到死。這究竟是一種什麼現象，我一直搞不懂，宗教性的節目，或含有政治意圖的節目可以不以常理看待，商業性的節目如果沒錢賺，應該很就會經營不下去。然而，這些年來只聽過政府要把某個電視台「關掉」，沒見過有人自己收歇不做。收視不好的節目會被換掉，電視台卻一直存在。因為電視台不僅僅是媒體，更是一種「權力」，背後所隱藏的勢力足以動搖一個政府，足以成為一種傷人的利器，台灣的電視生態和台灣當前的政治環境相互為用，經營媒體有時候與「玩政治」是指同一件事。

自由之所以可貴在於人可以選擇，選擇要或不要，選擇好與壞。現在的電視機都可以設定頻道，隱藏不想看的，保留想要的，如此一來就不會轉到讓人看了生氣的節目，這與掩耳盜鈴意思差不多，也算是一種自欺欺人。我不是那種有「潔癖」的人，灰塵既然無所不在，就不要假裝看不見，有時候正是因為看到醜陋的一面，才讓人更加珍惜人性的善良。英國文豪狄更斯（Charles Dickens）在名著《雙城記》的開場白中說：「這是最好的時代，也是最壞的時代；我們什麼都有，也什麼都沒有。」

想要什麼都有是一般人的慾望，但是如果不懂得珍惜，結果會是一無所有。一九八九年大陸歌手崔健出了一張專輯，就名「一無所有」，在一個最壞的年代，人因沒有希望而覺得一無所有；在一個最好的時代，人因空虛寂寞也覺得一無所有。一〇一大樓的煙火不管多炫麗，最終也是一無所有，但人們似乎並沒有因為這樣而不放煙火，反而因為它的短暫更惹人憐惜。感官的快樂本身就是一種價值，就像生命一樣，重要的是過程，不是結局，當千帆過盡時，至少留下了回憶。

我們常說，人生如戲，戲如人生。因此，好的戲確實可以感動人心，在不知不覺中融入戲中的角色，隨著劇情起伏，或悲或喜，想像自己走過的人生，有時候太投入了，也會分不清是戲還 是人生。台灣的媒體發展雖然有點亂，但亂中自有秩序，節目再多也不會衝突。韓劇、日劇、鄉土劇、偶像劇，各有觀眾群，有人愛歌唱，有人愛武俠；有人愛歌仔戲，有人愛霹靂；有人愛Call in，有人愛購物……真的是「什麼都有」。

一個成熟的民主社會，就是要能提供人民多元的選擇，多元的選擇意味著多元的價值觀，從統治者或教育的立場來看，這未必是好現象。孔子曾說：「民可使由之，不可使知之」，雖然有很多吊書袋的申論，我還是比較喜歡從字面上去解釋。選擇需要智慧，沒有足夠的智慧，無法選出真正對人民有利的事，否則我們何須聖人，何須典範。因此，自由不等於放任，沒有限制的自由通常會以災難收場，「自由，自由，多少罪惡假汝之名而行」，羅曼・羅蘭（Jeanne Marie Roland）的話讓我們不得不戒慎恐懼。

我對孩子看電視向來很少干涉，事實上一旦搖控器落入他們之手時，想管也管不了。我們都曾年輕過，都曾被電視綁架過，想當年布袋戲《雲州大儒俠》播出時，各行各業幾乎都得暫時停止運作，為此，政府也傷透腦筋，幾度考慮禁播，顯示電視節目對人的影響，遠超過父母親的叮嚀，老師的教誨。因為家中只有一台電視，因此，小孩看的節目大人也看，大人看的節目小孩也看。我對卡通片的記憶絕對多過其他的節目，從以前的「天線寶寶」到現在的「海綿寶寶」，我是跟著孩子一起長大的。有一天，我突然覺得很久沒有看卡通了，每次注意到電視畫面時，若不是偶像劇，就是影劇或娛樂新聞，有國內的，有國外的，而我幾乎都不認識，我被趕離電視太久了嗎？

最近發現小女兒喜歡在房門內貼座右銘，懂得用偉人的名言佳句來警惕自己，孺子可教。我期待能有像「苟日新，日日新，又日新」這種名句出現，沒想到竟然是電視節目《犀利人妻》中的對話：「我學會不要輕易相信別人」；「誠實的友情換來一場空，說什麼永遠」，我真的是無言以對。就像聽辛曉琪的歌，「多麼痛的領悟」啊，我半把年紀了，對人生依舊懷抱夢想，一個初生之犢，卻已開始對人性失去信心。看來，家裏有電視何需敵人，希望只是「童言童語」，否則，只好想辦法把電視弄壞，沒電視可看，也許就會看書吧！

秀才遇到兵

最近軍教片又開始流行，軍旅生涯是多數男人最津津樂道的往事，「淡水河邊的Men's talk」，十之八九與當兵有關。有人怕當兵，有人期待當兵，這短短兩年的兵，有人當不完，有人回不來。雖然沒有戰爭，但是部隊仍舊是個充滿危險的地方，能夠平安退伍，絕對是幸運又幸福的事。

想我下部隊第一天就碰到師對抗，必須夜行軍四十公里，從來不曾走過這麼長的路，自然也不知道怕。只見一些老兵人手一雙絲襪，有黑色的，有肉色的，就這樣公然地穿起來，這種景象讓我這個預官排長看得啞口無言。這裏是海軍陸戰隊，號稱男人中的男人，竟然穿女人的褲襪，未免有點變態。看我一臉狐疑的樣子，一個好心的班長告訴我，只有這樣才不會燒檔，而且還得穿兩雙棉襪。聽完班長的話，我已嚇得不知所措，到處向人要多餘的庫存。這種東西不會有備份的，小兵也不會脫下來給你，排長你自己保重了！走不到十公里，水泡紛紛出現，腳底長水泡不是新鮮事，容易處理，可是褲檔內這顆超大水泡該如何解決？不能戳破，破了更痛，不知不覺中它還是破了。痛與累讓我忘了接下來是如何走完全程的，當攻擊的號角響起時，排長我早已陣亡，睡到不醒人事。

營區在左營，有病沒病總喜歡往海軍總醫院跑。民國七十七年一月十三日那一天，我又來海總看病順便摸魚，一邊吃飯一邊看電視，電視畫面突然停止，數分鐘後出現經國先生的遺像：「蔣總統經國先生崩逝，三軍進入備戰」，我立刻衝回營區。心裏想，這下完了，我擔心的不是兩岸局勢有變，是快過年了，我申請返鄉過年的假單會不會泡湯。好在國家穩定，一切照常運作，我如願從高雄港十三號碼頭坐船回家。

一次船期十天，一個年假可以放十天，真的要感謝國家對離島役男的照顧。假期結束，雖然不捨，還是得背起行囊，把剩下的兵當完。來到新頭碼頭，原本應該是人聲鼎沸，運補作業忙得不可開交的場景，為何如此空蕩，沒有兵也沒有船。直覺的認為是跑錯碼頭了，問了哨所衛兵，沒錯，確實是在這裏報到，只是時間記錯，船早上就開走了。因此，我又多放了一個船期，二十天後回到營區，原以為會有個豬頭對你咆哮，結果只是淡淡的一句話：「值星帶給我背到退伍！」

沒多久，部隊換防來到西子灣，我帶了一排的兵在柴山立足，當起哨長，負責管制人車進出。閒來沒事，看看山，看看海，看看書，釋迦成熟時採幾個來吃，偶而拿石頭K猴子。柴山的猴子很兇，會報復，走私偷渡的事從來沒碰過，倒是經常在半夜被猴子嚇醒。有時候在窗外齜牙咧嘴對你張望，有時候猛敲玻璃顯示對你很不爽，完全不把你當一回事，我真怕那天衛兵瘋了，開槍射殺猴子。碰到柴山里大拜拜，里長送來一車的酒菜，犒賞士兵辛勞。第二天一大早，團部來了兩輛車，長官直接走進中山室，看到電視沒開，士兵還在睡覺，問了一句話：「你知道今天是什麼日子？」我一時之間摸不著頭緒，「山中無甲子，歲月不知年」，我已很久沒看月曆了。「莒光日！」長官頭也不回的走了，我趕緊把人叫起床，許多士兵還在宿醉中，不知大禍已臨頭。

沒多久，營部來電，要我帶著弟兄全副武裝跑步回去。頂著中午十二點的太陽，原住民的營輔導長用怪怪的腔調指著我大罵：「中華民國四十萬大軍，從參謀總長以下，就你他媽的敢不上莒光日。」我研究中國現代史，竟然不知國軍有四十萬人。想當年「長平之戰」，秦將白起坑殺趙國降兵四十萬人，我竟然以一人之力對抗四十萬大軍，當真是時勢造英雄呵！

告別了柴山的猴子，我回到營部當參謀。頂著史學碩士的名號，被派去參加「教戰手則」測驗，隨便寫寫就放了三天的榮譽假。一日在戰情室值日，碰到假演習，處置得宜，又放了三天的榮譽假。柴山違章建築甚多，可能影響戰備，職責所在需要拍照舉發，一次代表長官出庭，跟檢察官吵架，事後也放了三天榮譽假。一個預官，有時被當作少校用，有時被當作一兵用，長官報考戰爭學院要我幫忙找資料，長官的傳令兵跑掉了，也要我去找。俗話說秀才遇到兵，我是秀才也是兵。

陸戰隊裏龍蛇混雜，黑道兄弟甚多，第一次當值星官時竟然被一堆刺青嚇到喊口令時聲音會顫抖。老兵確實會欺負新兵，但菜鳥可不一定聽話。跑掉算小事，最怕半夜槍聲。海軍陸戰隊只有兩個師，但逃兵總數卻占全國的一半，有些兵的年紀比士官長還大，有些兵只聞其名，未見其人。只要願意回來，沒有解決不了的事，回來就好，長官都是這麼說的。其實可以不用「逃」這個字，「不見了」不一定就是跑了，有些真的只是忘了回來，或是暫時回不來。

當哨長時，某天晚上起來上廁所，居然看到一個新兵在站安全士官，一問之下才知道班長跑下山去馬殺雞，逾時未歸。我立刻換穿運動服跑下山，找到那家理容院，在門口徘徊許久，時而假裝等人，時而假裝要攔車，就是不敢進去。對這種場所，雖然好奇，偶而也會有想進去的衝動，當下正可以冠冕堂皇進去瞧瞧時，反而有點近鄉情却。終於鼓足勇氣走了進去並表明來意：「我是來找人的，不是來消費的」，小姐笑得有點曖昧，立即帶我去見人。

費了一番唇舌，人並沒有跟我一起回來，只說時間未到，天亮前會回來。利用這空檔我掃描了四周的環境，也趁機打量了小姐們，置身在這種氛圍中，確實和看電影的感受不同。常聽人說，當兵讓男孩變成男人，我想，跟這種場所多少有點關係吧。後來我跟朋友談起這段經歷，大家都說了不起，因為只有進去臨檢的警察不用付錢外，我是第一個在理容院裏待了一個小時，沒有買單而可以離開的男人。

沒想到會在退伍多年後再遇到以前的主官，在踏出松山機場那一刻，他叫住我，居然還記得我的名字！他的登機時間已到，沒空喝杯咖啡，只閒聊了幾句。長官雖然讀完戰爭學院，卻沒能晉升將軍，早已退伍。看著我給他的名片，想來他也是百感交集，「你他媽的……」我跟他揮揮手，長官，你該登機了，心裏仍想著那句話：「秀才遇到兵。」只是不確定，我到底是秀才還是兵？

戰地春夢

二〇一〇年的賀歲電影《艋舺》一片票房亮眼，除了捧紅了幾位年輕演員外，也讓一些上了年紀的人突然懷念起那一段逝去的歲月。「艋舺」原本就是個充滿歷史況味的港口與街市，有一種屬於老台灣的美麗與哀愁，曾經在那一帶生活過的人，特別是社會底層的群眾，很容易走入劇情，同感劇中人物的悲與喜。儘管劇情充斥暴力與血腥，被衛道人士批評助長青少年的犯罪問題，但電影還是有許多值得人們深思的正面價值。

例如，電影中真實呈現了台灣早期紅燈區的場景，而關於設置「紅燈區」與否的問題，最近也由行政院拍板，交由各地方政府自行規劃。從事性交易的「紅燈區」到底該不該合法存在，一直以來都有很多爭議。行政院拍板定案，決定在適度的開放有效管理的原則下，交由各地方政府自行規劃。中央政府有意推動性交易除罪化，無奈多數縣市政府並無設立專區的意願。

紅燈區一詞，來源於二十世紀初期或者更早的歐洲。在當時的一些大城市裏，公開的妓院往往集中在某個地域內，通常是門前紅燈高掛或是室內紅燈映照，因此而得名。紅燈區是提供合法嫖妓服務的地方，在這裏，性工作者和嫖客都能得到較安全的保障。幾個先進的歐洲國家都設有紅燈區，著名的紅燈區有時候也會成為觀光景點。紅燈區政府不好管理，且在社會意見紛歧下，總存在反對聲浪，台灣的政治人物大都不願碰觸這個考驗人性，扭曲道德的議題，更不要說敢高瞻遠矚去設立專區，能夠想到立法來關照人性與人權，已經是一種進步。對這樣一種原始的行業，在中國已存在了幾千年，如今的問題癥結不在於「禁」與「解」，如同設置賭場一樣，這是一種必要的惡，有其存在的需求，但沒有人願意與它們比鄰而居，更不願讓人產生誤解的聯想。

去年十一月十二日，金門國家公園管理處將整修過的小徑特約茶室，命名為「特約茶室展示館」，正式開放給遊客參觀，並藉由圖版與解說，引領遊客回顧那一段大時代的故事。為了發展觀光，金門國家公園管理處已到了無所不用其極的地步，俗稱軍中樂園的「八三一（啥么）」，對金門人來說是一段想要淡忘的歷史傷痕，如今卻為了所謂留下歷史記錄，再度去把傷疤揭開，讓人們品頭論足，述說一些真假難辨的傳聞。最具嘲諷意味的是門口的那副對聯：「大丈夫效命沙場磨長槍，小女子獻身家國敞篷門」，橫批是：「捨身報國」，這是一種赤裸裸的意淫，把一個嚴肅的歷史問題簡化成「博君一笑」。

隨著「紅燈區」的開放，我們不免擔心歷史會不會重來，有一天當性產業也可以為金門帶來觀光利益時，我們有勇氣大聲說「不」嗎？尤其是，當觀光客已習慣地將金門與八三一聯想在一起時，金門會被認為是設紅燈區的最佳場所。以前的金門人自詡為「海濱鄒魯」，在戰地政務時代，我們始終抬頭挺胸，以身為金門人為傲。解嚴後，我們一味地追求經濟發展，用盡各種手段來吸引觀光客與投資客，金門來了太多的人，而金門人也變得愈來愈不像金門人。

早在十年前，董振良便拍了一部以「八三一」為題材的電影《解密八三一》，「軍中樂園」這個深埋金門人心中，幾乎已快被遺忘的議題再度被搬上枱面，不但攪亂了許多人的歷史記憶，也引發社會對性工作、性產業「罪與罰」的論辯。對那一場「戰地春夢」，顯然還是有很多人眷戀不忘。有人寫文章，有人出書，有人現身說法，也有人倡議籌設紀念館，「歷史研究」儼然成為新的社會運動。

姑且不談董振良的電影美學和他的政治意識型態，他的紀錄片總是能觸動金門人的鄉愁，難怪楊樹清會說：「這十年來如果沒有董振良，金門多寂寞。」沒想到十年之後，我們真的蓋了一座紀念館，只是，人們似乎已不太在意，揭牌儀式只有處長率同仁與社區代表參加，在展示館前合影留念，重要的政治人物竟然缺席了，顯示我們終究還是不太願意面對這段歷史，不敢把這座展示館定位為金門的文化資產。

戰地金門，享譽中外，歷史會為它留下了紀錄，人們會記得它的貢獻，可是對這一世代的金門人而言，為何總是無奈多於感動？董振良用影像創作，意圖解開糾纏金門人多年的濃厚情感，結果是「剪不斷，理還亂」，「八三一」沒有因為他的電影而解密，「金門特約茶室」也沒有因為世人的關注而「真相大白」。雖然檔案與史料陸續開放，但是各人解讀不同，每個人心中都有一把尺，各有立場。一般人面對這段歷史，向來是情感多於理性，好奇多於關懷。走過烽火歲月的金門，「特約茶室」已不再神秘，對某些當事人或單位而言，可能還會有難言之隱，但歷史是無情的，一旦「潘朵拉的盒子」被打開，我們將面對一場可能沒有輸贏的神鬼戰爭。

二〇〇七年一月，陳長慶以他多年負責軍中樂園的工作經歷，寫了《走過烽火歲月的金門特約茶室》，金門縣文化局將之列入館藏，作為地方研究史料，沒有公開發行。在白髮蒼蒼之年，陳長慶完成他多年的心願，為的是「不容青史盡成灰」，並且大聲急呼「歷史不容扭曲，史實不容誤導」。陳長慶擅長寫小說，他用小說記錄金門的歷史與人文，「軍樂園」一直是他所關心的議題。在《李家秀秀》中，我們已看到市井小民對從事性工作者的價值觀。然而，小說畢竟是小說，它可以比歷史更接近人性，更能感動人心，但永遠無法擺脫「虛構」的本質。相較於軍方對這段歷史的隱晦、避之惟恐不及的態度，《金門特約茶室》的內容大大挑戰了軍方的禁忌。但若是因此認為書籍的出版，可以還金門人一個「公道」，還侍應生一個「清白」，那就太天真了。這是誤讀歷史，誤讀歷史的禍害比不讀歷史更可怕。

一九四九年大陸失守，大批軍隊撤退來台，其中很多是單身且正值性慾旺盛的年輕男性，當苦悶無法排遣時，時有騷擾良家婦女或嫖土娼情事發生，造成軍民不和及性病泛濫，為解決「性」的問題，「軍中樂園」乃應運而生，因此，特約茶室不是金門特有。「金門特約茶室」在金門存在了四十年，但是作為一種「行業」，多數金門人對它是相當陌生的。雖然在某一時期，特約茶室也開放給金門的公教人員及一般民眾購票消費，但是這個獨特的事業體，既沒有營利登記，也沒有負責人，更不用說資本額了。

在軍方的掩護下，地方政府管不到，一般老百姓跟它也沒有互動。套用「金門」二字，對金門人而言，是個沉重的負擔。這樣一個外來的「行業」，當然無關金門的經濟民生，但對金門的社會治安是否真的產生影響，只能以「想當然爾」去推論，無法從統計上獲得證實。金門向來民風純樸，從未有「性產業」，「特約茶室」的存在容易讓人產生誤解，談到金門就想到「八三一」，是金門人難以承受的重。

性與犯罪，是社會學家研究的重要課題，二者之間的依存與拉扯關係，向來不易論述，若涉及道德內涵，更是意見紛歧。我曾寫過「慰安婦」的論文，了解「特約茶室」與「慰安婦」之間有一些相似的地方，也許不能相提並論，但本質上，二者都有軍妓的成份。慰安婦因為涉及民族主義與賠償問題，可以提高到國家層次，也可以成為學術研究的課題。特約茶室充其量只是內政與社會問題，其中或許參雜了軍方的濫權與違法行為，但是作為一種職業，有付出也有收入，它與一般的性產業並沒有不同。

日本漫畫家小林善紀在二〇〇〇年出版《台灣論》，書中關於慰安婦的描述曾引發軒然大波，小林在接受媒體訪問時一再強調：「日本政府並沒有用強制的方式召集慰安婦。」在我們看來，小林的認知嚴重悖離史實，形式上也許找不到強制的證據，但是執行的手段難保不會威逼利誘。基於民族主義，我們不能接受「自願」說，基於對人性的了解，我們也不排除「自願」的可能，「金門特約茶室」也應作如是思考，面對歷史不必太過理想主義。

年少之時，蒙昧無知，對座落在對面山坡上的紅門高牆，雖然好奇，從來就沒膽去瞧個究竟。偶爾見到花枝招展、穿著清涼、粉味撲鼻的「軍樂園」來到村裏，婦道人家竊竊私語，男人則是敬而遠之，就算偷瞄幾眼，也是盡量低調。對這一行，說尷尬太矯情，畢竟它在多數村人未出生之前便已存在。成年之後，來台就業，燈紅酒綠，舞榭歌台，也有過「人不風流枉少年」的放浪歲月。人因歲月而成熟，因成熟而世故，因世故而了解紅門高牆內的情慾糾葛。

年近半百，回首前塵，悲憐之情油然而生，已無需再問：「卿本佳人，奈何作賊？」人生有許多的無奈，一半是命運，一半是環境，但人之所以為人，在於我們可以選擇。金門的「八三一」走過烽火歲月，確實曾經撫慰無數寂寞的心靈與身體。一部茶室春秋史，道盡百年孤臣淚。許多老兵舊地重遊，在「特約茶室展示館」門口拍照留念，遙想當年情景，似有無限感慨：「春夢了無痕。」

鐵馬懺情錄

徐志摩在〈我所知道的康橋〉中談到騎自行車（自轉車）的快樂：「任你選一個方向，任你上一條通道，順著這帶草味的和風，放輪遠去，保管你這半天的消遙是你靈性的補劑。」不管你是愛花、愛鳥、愛兒童、愛人情，只要騎上自行車遠行，都能夠獲得最大的滿足。帶一卷書，走十里路，選一塊清靜地，看天、聽鳥、讀書，倦了時，和身在草綿綿處尋夢去——你能想像更適情更適性的消遣嗎？

我從小就會騎自行車，一直到國中畢業，每天都得騎車上學。對徐志摩這個人當然也不陌生，也把〈再別康橋〉讀過好幾遍，可就是體會不出騎車有何樂趣。離開家鄉後，騎車變成只是兒時的一段記憶，一直要到進輔仁大學唸研究所時才又再度騎車，此時我才真正嚐到徐志摩的「風流」，而我那一段夭折的初戀正是因為騎車而結緣。陸放翁有一聯詩句：「傳呼快馬迎新月，卻上輕輿趁晚涼。」這是做地方官的風流，我們沒有馬可騎，沒轎子可坐，但騎著鐵馬仍可享受和放翁一樣的「風流」。在夕陽西下時騎著車，迎著天邊扁大的日頭直追，不是要學夸父的荒誕，只是不忍晚景的溫存就這樣離我而去。

我因徐志摩而愛上自行車，也因自行車而更愛徐志摩，我常跟學生說，如果不會騎自行車，青春一定會少去很多色彩，而大學校園裏若不能騎單車自由行，這個學校不會有發展。義守大學蓋在山坡上，又是「荒郊野外」，學生都騎車上學，但騎的是機車，不是自行車。山路難走，不時有砂石車和大卡車爭道，學生常因被逼車而發生車禍，每次聽到消息都是悲劇。儘管觀音山到處都有徐志摩提到的康橋景緻，卻始終見不到康橋的浪漫。

二〇〇〇年一月公共電視播出以林徽音詩作《我說你是人間的四月天》為名的電視劇，取名為《人間四月天》，播出後，造成很大的迴響，我也順勢懷念起那些騎自行車的往事。《人間四月天》重新挑起了人們對於民國初年的文化想像，不但人人對劇中台詞，例如「許我一個未來吧」琅琅上口，市面上也立刻充斥著關於徐志摩、林徽音，乃至民初文人愛情故事的書籍，甚至連商品都搶搭民初熱，例如「飲冰室茶集」，便是借用梁啟超的「飲冰室合集」。

在《人間四月天》裏有一場戲，徐志摩騎著自行車，林徽音坐在自行車的前樑上，有人覺得很浪漫，也有人覺得不符史實，在那個保守的年代，這幾乎是流氓阿飛的行徑。文學本來就有虛構的成分，《人間四月天》裏的情節是不是符合史實，有待商榷；但不可否認的，騎自行車的這一幕，是許多熱戀中青年男女曾經有過的共同經歷，差別可能只是坐在前樑或後座。現在的自行車多數沒有前樑，運動型的自行車也沒有後座，至於「小搭」，可能連浪漫都談不上。

近幾年，台灣吹起節能減碳風，在地方政府的努力下，騎車的環境愈來愈舒適，自行車也愈來愈豪華。自行車不再只是交通工具，不再只是運動器材，逐漸變成一項休閒娛樂，甚至成為另一種形式的旅遊。前幾年我回金門，看到金門到處都設有自行車道，許多觀光客成群結隊到金門騎車旅遊。金門國家公園管理處所規劃的中山林自行車道和「自行車故事館」也於今年四月底啟用，這是全國政府部門中第一座介紹自行車歷史、遊憩及兼具教學功能的展示館，有一整套自行車上路前完整的行前教育。

中山林自行車道採「車轍道」設計，概念應是來自小金門的「濱海大道」，即軍方的戰備道路。小金門的「車轍道」，部份已改為一般路面，鋪設植草磚或水泥磚，另外一部份則保留原來風貌，改闢成自行車道，鄉公所甚至一度有意在九宮碼頭免費提供自行車給遊客使用，讓遊客可以沿著「濱海大道」環島一圈，體驗小金門的風光。

不管交通工具如何進步，自行車都不會被洮汰，尤其是當能源危機、環保問題成為全世界共同的議題時，以自行車代步是必然的趨勢，現代人不會騎自行車，絕對是不可思議的事，而我的小孩就偏學不會。對於孩子學什麼才藝，我向來不過問，唯獨對於游泳與自行車，我很堅持，希望她們儘早學會。或許是因為天生運動細胞較差，也可能是因為做父母的不夠積極去教導，當同儕已經輕鬆地騎著自行車揚長而去時，女兒經常得孤獨、無奈地留在大人身旁，看到這種情景，小孩心理必然很難受，做父母的何嘗不心酸。因此，每次到風景遊樂區遊玩，只要有自行車出租，總會設法租來讓孩子練習。

回憶小時候學騎車，不知摔過多少回，即使已經會騎了，照樣跌得鼻青臉腫，騎車絕對不是難事，摔個幾次就會了。話雖如此，可憐天下父母心，哪捨得孩子摔倒，只好跟著車子跑，隨時可以扶她一把。有時候跑得上氣不接下氣，孩子又不聽教導，難免生氣，罵她幾句，孩子也覺得委曲，任性地丟下車子，不學了，哭著跑開，任憑老爸如何呼喚，就是不回頭。我只好彎著腰，牽著車子踽踽獨行，捲起袖子擦掉臉上不知是汗水還是淚水。我突然想到那則父子騎驢的寓言，此時此刻我多麼希望這只「鐵馬」變成驢，讓孩子穩穩地坐在上面，即使走到天涯盡頭，我依舊「歡喜做，甘願受」。

家就住在秀朗橋旁，因此對這條河川景觀的改變感受最深刻，以前雜草叢生的河岸現在都已變成綠意盎然的公園。沿著新店溪左岸，假日經常可以見到騎自行車運動或旅遊的人們。騎車環島雖然有點難度，但已愈來愈普遍，許多朋友都走過，有些甚至騎到金門外島，去看我的老家，然後打電話回來向我問候。俗話說「工欲善其事，必先利其器」，這種運動所需的自行車絕對不是《人間四月天》裏的老爺車，或金門「自行車故事館」內展示的古董車。普級的至少要萬把塊錢，較高級的幾乎可以買一台機車了。有一回正好碰到朋友騎著這樣的車，大家一擁而上，品頭論足一番，朋友也不吝嗇，見者有份，讓大家輪流試騎一下過過癮。實在說，我也很想嚐試，最後還是放棄，倒不是怕不會騎而出糗，而是怕挑起那份深埋內心的慾望。

這些年，確實想過買台自行車，一半為自己，一半為孩子。由於沒有強烈的必要性，或者說沒有足夠的意志力，騎車運動一直停留在說說而已。現在這個年紀不太可能因一時衝動就隨性所至，價錢未必是主要考量，沒地方放車子或者怕被偷也是令人躊躇不前的原因。有一次我半開玩笑地向內人提起買車的事，老婆要我把躺在牆角那台以前女兒騎的「捷安特」牽去修一修。這台車已經可以送給「自行車故事館」了，再怎麼修也不會變成跑車，等將來流行騎古董車時再修吧！

我對物質的慾望向來就不強，如今，到了修道的年紀，逐漸能隨遇而安。偶而看到朋友開著雙B的名車，內心會有短暫的悸動，論經濟能力也未必不能夢想成真，只是一直沒有認真考慮付諸行動。我還是比較習慣這台國產車，因為「自在」，只有自在才能真正享受快樂，對於孩子，對於自行車，或許都應抱持這樣的看法。

和平禪寺

「好像在第三排」、「應該在右邊」，一群人看著牆壁上一排排的名字爭論不休，還是小孩眼力好，終於找到那個跟拇指頭一樣大的「牌位」。我一直不明白為什麼寺方不想辦法重新把牆面粉刷一下，重新把這些幾乎都已看不清楚的名字寫清楚。這十幾年來，每次清明節前來此上香，總是得花上幾分鐘找尋一位先人的名字。想想，這些名字寫在牆面上至少有二十年，經過這麼多年的煙燻，多數地方早已模糊一片，有些地方則是褪色成空白，我們還能依稀看見一個底，已是萬幸。然而，歲月終究還是很無情，今年再來時，不要說找到那個名字，連框住名字的格線都已不見了。看到這樣的情景，大家似乎也忘了首先要做的事，將鮮花素菓往桌一放，各自拿著一柱馨香，朝向牆面默禱，祭神如神在，至於在哪裏，似乎不重要。

記得第一次帶小孩下來時，小孩好奇地問，我們祭拜的是誰？我一直不知該如何回答，到今天，我還是沒有回答，也沒有人再問，或許她們已經知道，只是不好把這個她們父親內心的秘密破解，而我也從未要求孩子去認識這位先人，心意到了就好，名字不重要，是誰也不重要。二十年前，突然接到親戚的電話，要我去參加一場喪禮，我瞞著家人偷偷抵達會場，剛開始沒有人認識我，最後是眼尖的大哥看到我，拿了一件麻衣要我穿上，我拒絕了，只在頭上綁上白布，依照親人的禮，跪著拜完便離開會場，不管有沒有人認識我，「她」知道我來了，來送她最後一程，今生已無緣，也不期望來生，終歸一句，感謝您生下我。阿婆常跟我說：「生的撥一邊，養的卡大天。」人活一生，難免會有遺憾，有些遺憾是因為不能擁有所愛，但擁有所愛也未必就幸福，當不能再愛時，就放手讓它去吧！

親情是一輩子的負擔，多年來我一直戰戰兢兢，深怕觸動那條敏感的神經，身為「人子」，我有比別人更沉重的「放不開」。無根的情，飄泊的心，多情卻為無情苦。除了偶爾會對內人提到「老媽媽」之外，即便當大哥與二哥在談論時，我也從不回應，無法叫出那個名。二哥的命運與我一樣，但似乎他已完全放下，找回他的根，而我，早已放棄，放棄那份親情，只留下一些片段的記憶。每每看著塔位內的那張照片，就會想起小時候的事，想到時會有些難過，甚至會有想哭的衝動，只是，既然未曾相處過，我有什麼可以懷念呢？我能做的也只有這樣，只要還走得動，每年清明節我都會下來，下來為您上柱香，燒些紙錢，希望您就放開吧，心也放下吧！

小時候，每次您回村裏，全村的人都會知道，見到我就說，害我不敢回家，四處躲藏。您是村裏嫁出去的，村裏有您的親人，回來看看是理所當然的事，但我知道您的用心，這裏有的不只是親人，還有更親的人。有一次您拿著兩個五毛錢的銅板追著我跑，終於堵到我，將錢放在我手上，我甩掉那雙手，看著銅板掉在地上，不敢回頭地跑了。不知道您是否撿起那一塊錢，這是我僅存的記憶，多年來一直徘徊在內心，問我是否會覺得懊悔，我也說不上來。有時候覺得像是夢裏的一段記憶，有時候又紮紮實實地覺得很酸澀，難過卻哭不出來。此後就再也沒見過您，有人告訴我，您的眼睛看不見了，大哥帶您去台灣醫治，後來就沒消息了。自從您不再來之後，我就解脫了，只是一顆心始終懸著，一直到我也離開村裏到台灣唸書。有很長一段時間，每當午夜夢迴時，仍會依稀聽到有人高喊您來了。

自從送走「老媽媽」之後，大哥開始聯絡我，而我也成熟到可以接受這個事實，雖然有點遺憾，也算是一個圓滿的結局。我大婚時父親已仙逝，我請大哥與二哥來參加婚禮，這個結早晚都得解開，我正式面對自己的身世，沒有怨恨，只是覺得愧對父親，父親的無根感覺更勝於我，我是無法擁有，他是怕失去，於是我們都很苦，在那個叛逆的年紀，我最最難過聽到的一句話是：「你可以走了！」我似乎曾賭氣地立過重誓，我絕對不會離開，即便到如今，我仍然守著這個誓言。我告訴孩子，你們只有一個爺爺，只有一個阿嬤，不管這個決定對或錯，不管要忍受多少的責難，我獨自承擔。

我們兄弟三人共生了七個女兒，我開玩笑地說，天上的七仙女在我們家。大哥收了一個外孫來承繼香火，身為長子，他怕愧對祖先，因為家貧，必須把兄弟送人，到老來才驚覺沒有後嗣的寂寞。我對身後事早已看淡，甚至不知道堂上的列祖列宗是否曾接納我，兒孫自有兒孫福，有「後」無後已無關緊要，百年後的清明節我將孤獨地過。

當年武則天不知該將皇位傳子還是傳侄，舉棋不定時，大臣紛紛上書，宰相狄仁傑的一番話狠狠地打動她的心：「姑侄之與母子孰親？陛下立子，則千秋萬歲後配食大廟，承繼無窮！立侄，則未聞侄為天子，而祔姑於廟者也。」權力像神一樣的武則天，竟然會擔心死後沒有人拜她，我們一般凡夫俗子，又如何能不在意身後事呢？父親收養我兄妹三人，一方面是他對孩子的渴望，一方面當然也有想要「配食大廟」的願望，這個願望我雖然沒能幫他實現，慶幸，香火已有人承繼。

以前，和平禪寺還可以燒金紙，我兄弟三人圍著金爐，將一疊疊的金紙往爐內丟，原本應該一張一張的燒才能顯示虔誠之心，只是火太大，熱氣逼得人無法靠近金爐，因此只能用丟的。雖然是用丟的，但基於環保，都會先除用來捆住金紙的塑膠繩或橡皮筋，因此得花點時間，我們反而可以利用這空檔閒話家常。這樣的儀式幾乎每年都一樣，可以說的話也愈來愈少，漸漸的變成無話可說。有一年，寺方突然把香爐拆了，公告請信徒以後不要再帶金紙來。少了燒金紙的相處時間，感覺上時間變得更緊湊，從停妥車子到重新踏上歸程只需半小時，大哥始終覺得相聚時間太短，想要留住我們吃頓飯再走，而我總是推託，和平禪寺畢竟不是久留之地，而我掛心的仍是台北的家。

「清明時節雨紛紛，路上行人欲斷魂。借問酒家何處有？牧童遙指杏花村。」唐人杜牧這首〈清明〉詩，千年流播，膾炙人口。會唸誦的人很多，真正懂其意思的人很少，而我也要到中年之後才漸漸能體會。山裏濕氣重，常會下點小雨，為了避開車潮，我們都選擇一大早就來，感覺上確實有點冷清。回程時就比較熱鬧，附近的一些墓園已有人在掛墓紙，焚燒紙錢。全家老小就像郊遊踏青一樣，慎終追遠的心當然還是有，但不至於「欲斷魂」。

焚燒紙錢，雖然有迷信的成份，但是透過這樣的民俗禮儀，人們得以寄託趨吉避凶的心理願望，因此，紙錢仍有其一定的社會價值。當今社會，重視環保，不鼓勵焚燒紙錢，金銀紙製造逐漸變成「夕陽工業」，快要埋入歷史，將來我們可能只有在歷史博物館中才會見到紙錢。習俗會變，人心會變，已經開始有人在網路上「掃墓」了，有一天我們可能會忘了曾經有過「清明節」。看著滿天飛舞，偶爾一兩張飄落在車道上的紙錢，一種孤寂的情緒立刻湧上心頭。

回到家，我把陽台上那只破了底的金爐丟了，買了一只新的，尺寸不大，但足夠我一張一張慢慢地燒。看著一縷清煙慢慢散入空中，飄向天際，煩請帶著我們的思念，告訴先人，您有「後」了，您的子孫會代代守護這個家。

聖誕老公公不再來

小女兒要到超商買東西，我掏出皮夾準備給她錢，看到我的動作，女兒立刻反應說：「不用，我有錢」。刹那間我有點不知所措，有種很強烈的失落感，給零用錢向來是做父親的權力和威嚴，現在連這點殘餘價值都沒了，叫人如何不難過！當然，小孩還不會賺錢，錢自然是大人給的，但來源已不單純是老爸或老媽，阿嬤、外婆、叔叔、阿姨，一干人等都可能是賄賂者。

逢年過節或是生日，甚至某些奇怪的場合，多數人都喜歡用紅包來代替禮物，有些公司行號則用禮券或提貨單，這樣做雖然方便，但也逐漸失去人與人之間的親密關係。禮物有其特殊意義，錢卻都長得一樣，多了之後就會覺得愈來愈沒價值。小孩無法體會金錢的意義，所擁有的金錢數遠遠超過了她們日常所需的限度。有時候看到女兒在數她的過年紅包，就會想到玩大富翁的情景，新鈔感覺上特別像假的，一大疊的錢固然讓人心動，但心動未必就能行動，不能花也無處花的錢，說它是玩具，其實也滿貼切的。

買禮物，送禮物是一門高深的學問，如何讓送的人和收的人皆大歡喜，真的需要花點心思去做，否則，看到自己千辛萬苦找到的禮物被人隨手一扔，像垃圾一樣沒有價值，必定又氣又惱，弄不好可能因此與對方變成拒絕往來戶。外國人喜歡在收下禮物的當下，在送的人面前當場拆開看，與送的人一起分享那份驚喜。送禮的意義不在「物件」的價值，而是禮物是否貼切，是否能感動人心，「好」不等於貴重，太貴重的效果反而適得其反。我所謂的送禮指的是一般的人情世故，不是特殊情況的特殊目的，那種場合的送禮，學問更加高深，不但不能當場看，貴重與「好」也有一定比例的關係。

女兒唸的幼稚園與教會有點關係，因此，在不知不覺中接納了基督教的教義與習俗。我們是那種傳統三教雜揉的家庭，基本上，都不是虔誠的信徒，只要不過於怪力亂神，任何宗教形式都可以接受。我不排斥小孩在這種環境學習，但是要她真的信奉基督，我可能會反對，雖然說每個人都有信仰自由，但是，信仰不全是個人的事，也是整個家庭的事。選擇某種信仰，意味選擇了另一種生活方式，當每個人都有自己的生活方式，而彼此之間又不相容時，這個家庭就會逐漸崩解，這是我不能接受的。只要不是這樣的結局，我們也樂於參與與配合，樂於跟著高唱："Merry Christmas!"

小孩喜歡聖誕節，除了過節的氣氛外，更重要的是可以收到很多禮物，尤其是聖誕老公公的禮物。每到聖誕夜就會急著將紅色的聖誕襪掛在鐵窗外，第二天一起床就會立刻去看有沒有禮物。會寫字之後，開始在襪內塞入紙條，希望聖誕老公公給她想要的禮物。聖誕老公公真的是好人，幾乎都沒有讓她們失望過。當然，這要感謝隱藏在幕後的真正聖誕老公公，就是她們的老爸我，必須事先旁敲側擊，套出秘密，以便事先準備，否則，三更半夜到哪裏去買禮物，就算真的聖誕老公公也做不到。這樣的歡樂氣氛一直持續到小女兒幼稚園畢業唸小學之後，雖然班上已有同學向她灌輸沒有聖誕老公公的事，但她還是選擇相信有，因為每次都會收到禮物。倒是大女兒，早已知道聖誕老公公就是她爸，但她也不揭穿，配合她妹妹繼續騙禮物。

大概是在前年吧，聖誕節前全家去逛大賣場，在一大堆的節慶商品中，我特別中意一只聖誕襪，興奮地告訴她們兩個，我們換這只襪子，沒想到卻得到一種鄙視的眼神，意思好像在說：「你真的以為有聖誕老公公嗎？」我看了一眼老太婆，她也不說話，我一臉茫然，什麼時候開始聖誕老公公不見了，為什麼都沒有人通知我。大賣場正播著溫嵐的歌：「傻瓜，我們都一樣」，似乎意有所指，「受了傷卻不投降，相信付出會有代價，代價只是一句，傻瓜。」傻瓜是幸福的，我不後悔當了這麼久的傻瓜，如果可以，我還想繼續當聖誕老公公。

我常想，聖誕老公公除了發糖菓、禮物外，還有什麼價值？我們不是信徒，無法從宗教上去理解聖誕老公公，但作為一個家喻戶曉的人物，聖誕老公公傳遞的是一種希望與愛的訊息。我很遺憾孩子太早熟，聖誕老公公之所以不見了跟我們的物質生活太優渥有關，一個什麼都不缺的人，可能連夢都不想做。人因為有所欠缺，所以會有期待，有願望，「希望相隨，有夢最美」，聖誕老公公不見了，不只是一個浪漫神話的破滅，也讓很多親子關係提早劃下句點。這不是我們樂意見到的，聖誕老公公早已流落成財神爺，成為台灣人更熟悉的土地公。土地公是現實的，是功利的，無所不在，大人期待，小孩也愛。當過父親的人都知道，在某一時期，你的外號就叫做「土地公」，一方面守護孩子長大，一方面得無怨無悔地「有求必應」。

人說「養兒方知父母恩」，近來我常想起年輕時的點點滴滴，尤其是在那個叛逆的青春時期，有時候與父親頂嘴被鎖在防空洞內，得等父親出門時母親才敢來開鎖，把我放出來，較嚴重時冷戰會持續個一、二天。但不管如何，向父親要零用錢的時刻，經常也就是關係解凍的時機。

讀高中時住在學校，每個禮拜回家一趟，收假前需要生活費，通常都是直接向母親拿，但若是碰到與父親鬥氣，母親就不給錢，一定要我去跟父親開口，一句：「爸，給我錢。」雖然只有簡短的幾個字，冷戰的僵局立刻可以解凍。父親雖然仍板著面孔，錢還是得給，頂多追加一句：「錢省著用。」我接過錢，也回了一句：「知道了。」這就是我們父子之間的對話，很沒戲劇性，但經常發生。有一次我突然發現，錢竟然比母親給的還多，應該不會有人認為我是為了多一點零用錢去跟父親鬧脾氣吧！

「老爸，給我錢。」突然又聽到熟悉的台詞。大女兒要買一張原版的偶像CD，要求贊助，我回了一句：「妳不是自己有錢嗎？」「我是有錢，但如果你要幫我出的話也可以。」話說得有點心虛卻又理直氣壯。「我為什麼幫妳出？」嘴裏雖然這樣說，不知不覺地又掏出皮夾，「多少錢？」我已很久不當聖誕老公公了，那種感覺還真的是不錯，也難怪會有那麼多人搶著當聖誕老公公。有能力施，懂得捨，世間沒有比這更讓人感覺愉悅的事，不管是對自己的子女或是其他人，聖誕老公公是一種永恆的精神，象徵著無私的愛與分享。

一路好走

還在讀書的時候，每年都會像候鳥一樣定時返鄉，看看家人，看看左鄰右舍，看看荒蕪的田園。千里奔波雖然辛苦，卻也甘之如飴，毫無怨言，畢竟這塊土地上有著放心不下的人。如今，已很少再踏上這塊土地，少了當年那種回來的動力，如果不是因為奔喪，我早已忘記家鄉泥土的味道。學期結束前，我回去送舅母一程，距離上次到「南塘山」已有十餘年，山上的景物，依稀是當年的模樣，數著一排排的新墳舊塚，感嘆相識無幾人。來到這處記憶中讓人鼻酸的山頭，寒刺風骨，道士的呼喝聲，夾雜著眾家兄妹的哭啼聲，我想到自己，年過半百，何處是歸程？

金門民間的喪禮本以儒家為規範，但漸漸摻雜傳說與迷信，變成了活著的人藉死人風光的鋪張場面。有時盛大的出殯隊伍，綿延數百公尺，交通阻斷，敲敲打打，不但破壞環境的寧靜，對往生者也無好處，這種禮儀確實不環保。近年來金門縣政府一直想要改革殯葬習俗，將殯葬業務之人性化、理想化、現代化與公平化，視為施政的重要項目之一。前縣長李炷烽曾說「多一分浪費，就是少一分福澤」，希望能由民間社區自發性來發起改善喪葬禮俗，將有限資源做最有效的利用，讓社會風氣更淨化提高，人與人間關係更溫馨和諧。為鼓勵節約喪葬費用，只要喪家捐二十萬，政府就補助二十萬給社區發展委員會。由此看來，金門人花在喪葬上的費用確實相當可觀，尤其是吃的支出。

節約是美德，但我始終覺得禮不可廢。誠如孔子對子貢所說的：「賜也，汝愛其羊，我愛其禮。」孔子定義的禮是一種社會建構出來的人際關係，反映了中國人的情意、理智等價值觀。金門是個愛好歷史的民族，歷史傳承下來的風俗不一定適合今日的社會，但是風俗之淳美與否不應單純從經濟面去考量。金門人常說：「在生的時陣友孝一把土豆，卡贏死後敬獻一粒猪頭。」或許正是因為自覺不夠孝順，辦一場風光的葬禮作為對親人的一種補償。如果經濟許可，讓親人風光體面「歸去」，又何必再乎那一點銅臭。這也正是所有的禮儀公司要傳達的訊息，即使活得像小丑，也要死得像帝王。

在道士的引領下，眾家屬追隨著靈柩一路爬行前往公祭會場，這段路雖然只有幾十公尺，對我來說已有點遠，隊伍顯然也有點長，我這樣的身軀，早已招架不住。

兩旁觀禮的人群指指點點，也許可以不用那麼認真地爬，但斷然不能站起來走。此時的人性充滿了矛盾，或許是因為不夠哀傷，因此會覺得痛，看到年輕的媽媽懷抱著娃兒，單手著地，一步步艱難地向前蠕動，慚愧我會如此沒有耐力。行伍中不乏比我年長者，此時此刻，沒有身份，沒有特權，面對離去的親人，只有謙卑與哀傷。距離上一次在地上爬行已是十幾年前的事，記得當時還是泥土地，雖然偶有小石子，但泥土卻是鬆軟的。

如今，全部是水泥地，還有下水道的人孔蓋，雙手觸摸著突起的鐵塊，早已嗅不到泥土的氣味，這塊土地對於我竟是如此陌生。早年金門沒有葬儀社，村落中的殯葬事宜大都由耆老依循傳統辦理，其間也會有專業人員參與，雖是殯葬從業者，但並未成立公司行號，包攬生意，如今則多交由禮儀公司打理。或許是因為來弔祭的人太多，也可能是因為不夠專業，時間太冗長，不只家屬，連觀禮的人都覺得累，儘管又冷又累，每一個環節都不能少。

金門有句俗諺：「天上天公，地下母舅公。」在喪禮中外戚的地位極其重要，外戚不點頭不能下葬，這是兩個不同家族的事，因此更得慎重，除了不能失禮外，也要儘量顯示哀傷。在樂隊的伴奏下，一行人擠上拼裝的貨車，慢慢地駛向墓地。高中時曾是學校軍樂隊，也曾出去賺這種外快，任何樂曲經由軍樂隊吹出，很難讓人覺得哀傷。但長號的破碎聲，類似古時候的號角，有意要告知遠方的親朋好友，我將離去，識與不識，請放下手中的工作，讓我向你們表達謝意，這一生因為有你們的照顧和扶持，我可以放心的走了。

看著棺木緩緩放下，內心百感交集，人生百年，終究得「回去」，「靈柩入土，生者安慰，死者安枕。」我強忍淚水，想起韓愈的〈祭十二郎文〉：「生不能相養以共居，歿不得撫汝以盡哀；斂不憑其棺，窆不臨其穴，吾行負神明。」當塵土再度揚起時，我背對墓園，望著蒼茫的天空，想到暫厝在台北佛寺的父親靈骨，料想父親必定也想入土為安，遺憾子女不孝，無力在台灣買一方淨土讓先人安枕，作這樣的選擇，「吾行負神明」啊！吾何嘗願意讓先人跟著我們一起流落異鄉，也是不得已，他日落葉歸根時，必定帶您回到魂牽夢縈的故土，「彼蒼者天，曷其有極」，言有窮而情不可終。

前些時日看了一部日本電影——《送行者：禮儀師的樂章》，內容描述日本殯儀從業人員對亡者的接觸服務，以及對家屬的應對引導。每個動作都很細膩、仔細、嚴謹，不但撫慰了家屬失親之痛，也讓原本不諒解的親人感動，接納這個職業。面對死亡，很多問題已不再是問題，當生命因時間而有了界限，人會變得柔軟，不再自私，想到的盡是對方需要什麼，只要愛的人不要離自己太遠就好。面對死亡，我們才能學會真正活著。喪葬儀禮，拉近了我們和往生親人之間的關係，更讓我們體會到「愛要及時」。因此，儘管累人，始終有它的意義。

從山上回來時，街道上的人群已散去，帳棚花圈已拆除，罐頭塔也多數被人收納而去，只留下一些紙板碎片。街道看起來有點狼籍，還來不及打掃的地面，幾乎都是濕的，想見公祭時獻酒的數量。空氣中依稀殘留著牲禮的味道，夾雜著花香與酒味，聞起來有點不舒服。回想不久前，這裏是多麼的風光熱鬧，剎那間變得如此寂靜，了無生趣，這樣的反差讓我有點失落，像是來到一個不同的時空。沒有樂隊，沒有人群，沒有輓聯，沒有鮮花素菓，這就是人生，當繁華落盡，一切終歸寂滅。

脫下身上的孝服，洗完手，我靜靜地看著廳堂上的照片，前塵往事一一浮上心頭，想到小時候，想到與舅母相處的點點滴滴，想到而今而後天人永隔，一時間眼淚傾巢而出，無法遏止。我用回敬奠儀的毛巾蒙住臉走到院子，等心情稍為平復，抬頭望向遠方的天空，雖然天色已晚，西邊仍殘留著些許晚霞，有人在招呼吃飯，我擦掉淚水回到屋內，猶頻頻回首：「矜仔，您一路好走」。

無緣的邂逅

過完農曆年，街角的那家百視達突然無預警的收歇了，不知是倒店還是遷到別處，我緊張地將機車停妥，仔細地找尋有沒有貼出告示。我才不管他又倒了一家店，但我可能因這樣而損失二千元時，心還是會疼，一定得弄清楚。因舊卡的錢已用完，經不起櫃台小姐一再慫恿，又儲值了二千元，打算利用寒假好好看幾部精采的電影，才租過一次，沒想到店就倒了，如果已打算要收歇還設計我加值，擺明了要坑我。幾經詢問打聽，卡片可以在別家使用，終於鬆了一口氣，雖然得跑遠一點，至少錢沒有飛走。

去百視達租片子是近幾年的事，以前幾乎都是看盜版的，片子怎麼來的我也不清楚，反正只要有新片上映，不出一個禮拜就可以拿到光碟。有些片子是從戲院盜錄，品質比較差，偶而還會聽到觀眾的咳嗽聲或笑聲；有些片子則像是原版的ＤＶＤ，後來我才知道這類片子可能是電影公司的行銷品，專給記者或影評看的碟片，被人複製流出來。不管如何，在那個智慧財產權尚未立法嚴格執行前，我甚至可以在學校的公車上看到正在上映的院線片，一次的車程看不完，司機還會明天繼續播放。有一陣子電腦燒錄機相當熱門，什麼東西需要燒錄，大家心知肚明。政府開始大力打擊盜版之後，成效慢慢呈現出來，雖然仍然無法完全遏止犯罪，至少社會大眾普遍知道這是犯法的事，逐漸能體認智慧財產權的意義，願意以實際行動支持正版，百視達能經營得下去，部份原因與智慧財產權的立法有關。

租片有時間上的壓力，坦白說，有些片子租了又還，根本就沒時間看，直接購買還比租的更有經濟效益。我尤其愛買一些與歷史相關的影片，自己可以看也可以作為教學之用。影視史學一直是我很熱衷的一門學問，早在十幾年前我便已體認到這會是未來的趨勢，當時曾為學校向教育部顧問室申請了一個計劃案，買了不少影音設備，並且廣泛收集各種與歷史文明相關的錄影帶。未料，科技的發展比人的適應能力更快，沒多久，電腦光碟機便取代錄放影機，我花了數十萬元購買的八百多卷錄影帶，一夕之間成了廢物，被收進倉庫，乏人問津，而我辛苦建構的計劃也隨風而逝。

學校要吸引學生就讀，設備要與時俱進，電腦、網路、即時錄影、遠距教學、互動學習，所有科幻電影中可能出現的情節，已逐漸被應用於課堂教學中。上課，與其說是學習，不如說是享受，享受影音所提供的快感，知識的獲取似乎不再是主要的考量。面對這一個「電動」的世代，人早已被機器所制約，結果是人也變成像機器一樣，只會運算，不會思考。大學中應該有的一種「自由」風氣正在急速衰退，不管是教師或學生都被「同質化」、「標準化」、「制度化」了。「自由」有時候意味著「放任」，「你管我那麼多！」，我們會不會管太多了？弄了太多的設備，太多的學習橋段，太急於看到虛假的成效。我愈來愈能體會愛因斯坦的話：「讓學生獲得對各種價值的理解和感受是很重要的，他必須能真切地感受到美麗與道德的良善，否則他的專業知識只是使他更像一隻受過良好訓練的狗，而不是一個和諧發展的人」。

許多人誤解愛因斯坦的話，將它簡化成「專家只不過是一隻訓練有素的狗」，用以嘲諷學有專精但缺乏人文素養的專業人員。被比喻成狗任何人都會不好受，尤其是高級知識份子，無不極力為自己辯護。台灣社會有太多用狗來罵人的話，「二二八事件」發生後，台灣人用「狗去猪來」來形容當時的局勢，日本人如狗，國民黨軍人似猪。這是台灣人的歷史悲情，相信愛因斯坦心中應該沒有這樣的道德的意識。

無論如何，人有思想，有靈魂，人與動物不同的地方就在於人可以感受到美麗與道德的良善。近幾年，大學教育日漸重視通識課程的改革，教育部顧問室鼓勵老師提出公民與道德的教學計劃，而美學與媒體正是其中的兩大主題。電影是一種綜合性美學，媒體則是傳播美學的工具與途徑，在聲音與光影的激盪中，學生或許可以在專業的訓練外，多接受一點人文與藝術的啟發，進而陶塑出和諧的人格。

也許是因為年紀大了，對於強烈的光影刺激，感受特別靈敏，難以負荷。在課堂上播放影片時，學生總是嫌聲音太小，事實上那已是不影響別班上課最大的限度。對學生而言，教室內的喇叭只適合麥克風用，既沒有杜比，也沒環繞，更不要說超重低音；椅子坐起來也不舒服，一旦窗簾拉上，燈光暗下來，部份學生便自然而然地趴下去睡覺。再優質的藝術饗宴，對他們而言都是受罪。每次走過這些同學身旁時，內心總是百般煎熬，要不要叫醒他們？我不知道人在夢中是否能夠繼續學習，但我知道人不能沒有夢，我做過很多的電影夢，也夢過自己是電影中的主角，電影與作夢陪我走過那段青澀的歲月。如今我依稀記得暗室裏舞動的光影，只是不太確定那是電影中的情節或是我的夢。

二〇〇八年三月二日《金門日報》報導，金門最後一家戲院「僑聲大戲院」即將在當天吹出熄燈號，結束四十一年由盛而衰的光影歲月，正式走入歷史。許多民眾得知消息後，紛紛趕來欣賞最後一場電影，替自己和老戲院留下難忘的回憶。看了這則消息，我不禁想起義大利吉斯皮・托那多利（Guiseppe Tornatore）的《新天堂樂園》，一時之間年少時的記憶如影片中的情節，一幕幕閃過，在腦海中徘徊不去，感嘆在時代的巨輪下，再美麗的回憶也會成為泡影。

我在研究所的學長邱坤良曾寫過一本書，敘述南方澳大戲院的興亡歷史，邱學長以他的戲劇涵養和獨特的語法，娓娓道出一家「小」戲院的興衰滄桑。這本書，不只是他本人童年生活的回憶，也是台灣社會庶民生活的具體寫照。如今，金門人終於也有機會寫一部「金門戲院興亡史」了。金門軍、民戲院的更迭，除了是庶民文化的縮影外，更多了大時代的厚度與內涵。回顧這段戲院歲月，它滋養無數老兵的回憶，撫慰多少炮火中驚恐的心靈。金門的戲院，除了是「娛樂場所」外，更是戰地文化的見證者。

金門何時開始放電影，很難考證，但是到一九四九年時，幾乎每個月都可以見到軍中電影隊在各地巡迴放映露天電影。金門人雖然很早就接觸電影，但是能夠舒適地在室內觀賞電影，始於現在金門高中的大禮堂——「中正堂」。民國四〇到五〇年代，許多人都曾在這裏看過黑白電影。一九五〇年，胡璉的軍隊轉進金門，為提振軍心士氣，堅定保國衛民信念，下令陸軍工兵團繪圖興建，一九五一年三月完工，由行政院長陳誠題名為「中正堂」。中正堂為一座集會的禮堂建築，前面是有門廊的三層樓建築，後面一層高的集會空間，面積達九百五十平方公尺，可供九百人使用，氣勢巍峨，與入口四柱三開間的牌坊，共同成為金門高中的門面與地標建物。

中正堂之後，由於金門位處前線戰地，娛樂缺乏，政府於是在各守備區設立軍中戲院，守備區內的戲院，如雨後春筍般興起，最興盛時高達十餘家。民國四〇年代的金門，號稱有十萬大軍，當時阿兵哥休假時，唯一的休閒活動，就是到電影院消磨時間。這些戰地戲院，如今多半已荒廢，但在當時都是頗具特色的建築。民營戲院以金聲的規模最大，設備也最先進，位於有金門「東區」之稱的新市里商圈，因靠近金防部，附近駐軍部隊多，以地利之便，曾經風光一時。在頂盛時期，只要有院線片上檔都是座無虛席，一票難求。當年的僑聲，幾乎都放映洋片和首輪院線片，與台灣戲院同步，能到僑聲戲院看電影，不但是一種時尚，更是身份的象徵。

然而，自七〇年代以後，傳播媒體日新月異，新的休閒活動也不斷推陳出新，從錄影帶、MTV到KTV，九〇年代以後有限電視台也陸續成立，網際網路日益普遍，影片的盜拷嚴重，全台各地的戲院都面臨經營困難的窘境，這種風潮自然也影響到金門。金門的軍方戲院因政策而裁撤，民營戲院則因戰地政務解除，駐軍部隊大幅縮編，戲院門可羅雀。僑聲和育樂中心算是撐得最久的，但還是敵不過大環境的變化。僑聲一度歇業，後來又重新開張，打出二百元看一天，依舊挽不回觀眾。當金聲被拆，金城改建成金融大樓，金沙成了廢墟，僑聲被財團收購改建大樓，國光戲院埋入荒煙漫草中，金門人對戲院的記憶，可能只剩下現在的國民黨縣黨部，即原來的育樂中心。

就宏觀的歷史角度來看，金門的老戲院不僅是金門電影發展的搖籃，也提供早年人們在艱苦歲月中的心靈慰藉。然而，就金門常民生活的角度而言，這些老戲院除了上映經典好片外，也作為其他活動的場所。金門的戲院沒有脫衣舞秀，沒有牛肉場，但常常有勞軍表演活動，偶而也借給學校作為畢業典禮的場所。在娛樂匱乏的年代，勞軍演出對老百姓而言，算是盛事。對平常只看華視、中央日報、青年戰士報的金門人而言，看勞軍表演等於看今天明星們的live演出一樣，興奮程度甚至超過。

戲院的記錄，與電影藝術本身並無直接相關，但世世代代在漆黑的戲院中聚精會神看電影的人們，卻有著一樣感動的經驗。在金門，真正影響人民的不是民營戲院，而是早期這些軍方戲院。民國六〇年代讀小學、國中的那些「小鬼」，每個人都有看免費電影的精彩故事。每到假日或熱門片子上映，到處都有爬牆、鑽鐵絲網的小孩。

當時的電影票，雖然不貴，可是在那個清貧年代，已是好幾天的零用錢。我被國光戲院後山的鐵絲網割過無數次，也多次在看完雙號晚上的電影後，摸黑跑山路回家時滾下山溝。

在島居的那段歲月中所看過的電影，即使往後三十年也難以超越。不管什麼類型的電影都看，從瓊瑤的文藝愛情片、王羽的獨臂刀系列、到劉家昌的軍教愛國片，甚至連「梁山伯與祝英台」的舊片也會感動得莫名其妙。整個青春期幾乎都跟電影，跟戲院糾葛在一起。如今，人老了，戲院關了，年少時在戲院裏編織的夢，卻依然清晰。金門的戲院，從無到有，從巔峰走向谷底，這一路上，撫慰了多少孤寂的心靈。回顧金門的戲院，說「興亡」太沉重，不妨當它是無緣的邂逅吧。

課堂上的影片播完了，我從電腦中退出光碟，這是上學期向百視達買的《大國的興起》，全套十幾片ＤＶＤ，只能選擇性觀看。我重新接上麥克風準備作講評，有些睡覺的同學在燈光亮起時已經醒來，但是仍有幾位依舊不理會電影即將散場，動都懶得動一下。我向來不准學生在我講課時睡覺，正準備找人把他們搖醒時，看了一下手錶，快下課了，突然佛心來了，就讓他們繼續睡吧。人生有夢最美，慶幸我們都還能作夢，夢裏是夢，夢醒也是夢。真實與夢境總是糾葛在一起，二千年前莊周夢蝴蝶，醒來後不知自己是莊周還是蝴蝶。如果夢足夠真實，人沒有能力知道自己是在作夢，我們會以為那是真的。我現在的記憶是我的真實人生，或是電影中的情節，我也很迷惑。

叫我一聲少爺

這一次的縣長選舉，選情特別激烈，候選人的旗子紛紛插到中和來，競選看版到處佇立，家裏三不五時就會接到鄉親的電話。基於人情義理，戶籍仍在金門的母親不得不回去投票，雖然只是一票，左右不了選情，但象徵意義很大。一投完票，母親立即回來，帶來了一包文件，要我趕快看看是什麼東西。

解開塑膠袋，裏面是大小不一的牛皮紙，每張都折疊得很有技巧，有長方形、有正方形、也有小到不需對折的。仔細看看其中的文字，都是毛筆書寫，我雖然也學過幾年書法，但是對草書和太潦草的行書還是看不懂，部份內容得用猜的。比較沒有問題的是文件底部的畫押，人名之下幾乎都是〇〇與××，只有少數幾張看得出是人名。之前為了研究需要，曾翻閱過文化局出版的《金門古文書》，猜想這百餘張的紙片應該就是「田園典契」，內容是村裏的人（也有外村的）向一位名叫羅〇的人借錢，抵押田地與房產的借據。立據的時間從光緒朝到民國初年，時間頗長，貨幣有銀兩，也有銀元，從數百元到超過萬元，以當時的幣值換算，肯定是大數目，需要用房子與土地抵押，必然不是小錢。

這些借據為何會出現在我家，為何沒有還給借錢的人，更重要的是這位大財主究竟是何許人。經母親告知，這包文件原來藏在後房的屋內樑柱內，因房子年久失修，長年沒有人住，屋瓦紛紛掉落，因此才會隨著屋瓦一起掉落在梳妝台上。似乎這也是天意，只是這天意未免來得太晚了。在「單打雙不打」的年代，砲宣彈的鋼片曾經多次摧毀脊樑，颱風也曾將屋瓦吹走，記憶中古厝整修過很多次，為何沒有發現這包東西呢？母親不知情，諒必父親也不知，老宅是祖父傳下來，會是祖父所藏嗎？有這樣一筆財富卻又為何不說？太多疑問讓我一時之間不知如何是好。

羅○何許人也，這個名字連母親也未曾聽說，我一時衝動差一點就想把神主牌翻過來看，如果真的做了就太愚蠢了，因為現在家裏供奉的祖先牌位是父親過世後所安奉，沒有譜系，僅有抽象的羅氏列祖列宗。經打電話回老家請宗祠的執事去查族譜，才知道這位大財主竟然是曾祖父。

父親沒見過曾祖父，從未聽他談論他阿公的事，奇怪的是母親卻記得曾祖父的忌日，每年都會拜拜。我對曾祖父毫無所悉，但與祖父倒是一起生活了十幾年。小時候我就覺得奇怪，爺爺都不用像其他村人一樣出海捕魚，雖然家裏有幾處田，有時種地瓜，有時種花生或玉米，收穫不大，好像都是用來餵猪，怎麼看，爺爺都不像種田的人。爺爺究竟靠什麼生活？很多人都知道爺爺有錢，連父親也知道，只是不知道藏在哪裏。

八二三砲戰之後，村裏後山留下幾處山洞，冬暖夏涼，以其半夜摸黑躲砲彈，老人家乾脆選擇住在山洞裏，錢可能就藏在山洞裏吧。因為沒跟家人同住，有時候得幫爺爺送飯，這份差事我做了很多年，經常在山洞內遊走，就算不點燈，一樣可以來去自如。當時不明白，我其實是背負使命的，父親的司馬昭之心當然不好跟兒子明講，但我確實記得每次要零用錢，父親總是說「去跟你阿公討」。

爺爺很慷慨，脾氣卻有點不太好。在那個五毛錢可以買十個「番仔餅」的年代，爺爺一出手就是一元，但他不會把錢好好放在我手上，每次都是用丟的，圓圓的銅板就沿著山坡一路滾下去，於是我就得用跑百米的速度去追錢，運氣好時可以在中途用腳加以攔截，但偶而還是會望錢興嘆，如同爺爺的那些錢，不知去向。一直到爺爺過逝，爺爺再娶的祖母也過逝，錢都沒有出現。

捧著這堆借據，確實做了幾天的繁華夢，若能要回這些錢，必然是富甲一方，此後三代都可以安枕無憂了。然而，仔細看看典契的內容，不得不仰天長嘆，富貴於我如浮雲！姑且不說立借據的人早已仙逝，即便有名有姓，也是無從查考，我豈能為了追債去翻人家的神主牌？何況是百年前的債。更絕的是典契的地，猶如天方夜談。「某人墳墓旁的那塊地」、「龍窟仔山前的那塊地」、「東崗靠海邊的那塊地」，若立典契人未能贖回，聽憑錢主耕作。鄉下人家，對父祖留下的物業，即使因乏錢費用，也只是典借，不輕言賣斷。但又無力贖回，因此曾祖父才會保有一堆典契，至於地在哪裏，曾祖父未必真的知道，遑論親自去耕作，這些田地應該都由典契人留給後代了。解嚴開放後，軍方把強佔的土地歸還百姓，家家戶戶競相登記土地與房屋所有權，村郊田間大興土木蓋起別墅豪宅，每次經過這些地方心中總有些酸楚，心裏想著，在曾祖父那個年代，這塊地說不定是我們家的！

前年，烈嶼鄉公所計劃雇用怪手免費幫民眾遷墳，希望把早年隨意散落在田間的墳墓集中歸葬公墓。小時候，每到清明節都會隨著大人到處掃墓，掛墓紙，這邊一個墳，那邊一個墓，雖然有些年代久遠，墓碑早已毀壞不見，但憑藉相對地理位置還是可以找到長滿雜草的土堆。掛上五顏六色的墓紙，慎終追遠的孝心，並沒有因為日子過得清貧而打折。自從遷居來台後，山高水遠，只能跟列祖列宗說抱歉，縱然不能長相左右，但你們依然在我心中，客廳佛龕內供奉著祖先牌位，逢年過節、生辰忌日，不忘燒香拜拜。遷墳的事只好委由母親回去處理，過了一週，母親從電話那頭緊張的說，找不到曾祖父的墳。

這些年，金門變化太大，早已是山不像山，海不是海。前些年我回去，找不到爺爺種地瓜的田，如今竟然連爺爺他爸爸的墳都不見了。曾祖父泉下有知，只能感嘆，兒孫不孝。話又說回來，父親一生孤苦，從小喪母，兄弟離散，他原本應該是個有錢人家的少爺，卻落得為養兒育女，海上討生活，終致宿疾纏身，未能安享天年。這一切都是命，祖孫四代，可能只有父親不知道這件事。再一次攤開塵封數十年的借據，電視裏似乎有人在叫「羅大少」，是在叫我嗎？有種想回應的衝動。

亢龍有悔

這學期開了兩門課，一是核心課程的《文明發展史》，一是被歸入通識課程的《中西藝術史》。前者是傳統的必修課，已行之有年，名稱換來換去，基本核心仍是中國史或台灣史，頂多加入一點西洋史，或者偏重史事敘述，或者偏重實用歷史，就看教師的本職專業和興趣而定。因此，往往同一門課，教法與教材南轅北轍，對不同科系的學生而言，或許還不會產生太大困擾，但是對同系不同班的同學而言，課程內容如何可以不在乎，成績評量差異卻不能不在意。也因此，教師的個人風格就成為加退選的依據。就算是必修課也絕對要避免只由一位老師教授，學校會儘量讓學生有更自由的選擇空間。

教學評鑑對教師是一種鞭策，但師生關係似乎也變得更緊張，學生是私立學校的衣食父母，教師漸漸淪落成為了一口飯必需卑躬屈膝的僕役，古代讀書人的風骨已蕩然無存。想當年孔子教訓學生宰我：「朽木不可雕，糞土之牆不可汙也。」真是佩服孔子的勇氣。孔子可以三月不知肉味，陶淵明可以不為五斗米折腰，我們這一群大學教授卻經常得忍受校長的冷嘲熱諷，語帶威脅，沒有學生，我們當真就看不到明天的太陽嗎？

為了生存，學校有不得以的苦衷，老師也無可奈何，基本上，大學已經愈來愈像販售知識的企業，一切顧客至上，市場導向。如果招不到學生，再好的系所也只有收歇，要不然就換個名稱重新掛牌。課程如商品，要推陳出新，要應有盡有，要有求必應。這些年下來，課程經常在改，有時候是因為評鑑的走向，有時候是教師內部自己擺不平。當系所的課不足時就來開通識，在學生認知中，通識幾成營養學分的代名詞。通識教育相關的會議、研討會每年都召開，可是這些主持會議的官員和委員，直到今天還是無法給出一個明確的定義，究竟通識該教些什麼？

自由與自主，伴隨而來的就是混亂，表面上不干預，卻還是有評量與評鑑，結果通常是大家寧願選擇專制，雖然不自由，至少有所依循，不用每天絞盡腦汁。為了滿足學生的味口，菜色要多元化，除了必修的要變選修外，原來所謂的「核心」課程也要變成通識，更匪夷所思的是教師要開授兩門以上的課，也就是說，在專業之外，還得兼營副業。這種課程規劃，說穿了，不是為了學生著想，實在是不想讓專任老師太閒，太好混。我之所以開授《中西藝術史》就是這樣的結果。

能夠長期在大學內混一碗飯吃，每個老師都已練就一身好本領。開什麼課不重要，是不是專業也不重要，重要的是要會講，會討好學生。學問再好，教得再認真，如果學生被當掉，教師的教學評鑑肯定也會被修理。以前的人會說：「養不教，父之過；教不嚴，師之惰。」現在則是倒過來：「教太嚴，師之過；養不教，父之惰。」這不是玩文字遊戲，真的就是一字之差。學校絕對不希望學生被退學，對當太兇的老師都會稍加「關心」，如果學生不甘願接受這樣的結果，後續的糾紛也會很煩人，申訴評議，檢討報告，沒完沒了，令人不得不感嘆，早知如此，何必當初。

學校每年都會選出幾位優良教師，具備一定資格後由學生網路票選，與其他各種民主機制一樣。大部份時候，我的角色是評議者，從來不曾被推舉為候選人，對這種榮譽早已死了心，尤其對現在的我，也沒有實質的價值。我肯定這種制度的設計，也相信選出來的教師都很優秀，只是教學與做學問是不同的事。本校現在被定位為教學型大學，因此，多數的教師已忘了如何做研究，為了應付評鑑，很多老師也覺得沒時間做研究。我很慶幸，已脫離苦海。

韓愈說：「師者所以傳道、授業、解惑者也。」現在大學中的教師主要的任務除了教學、研究外，還得輔導學生。研究純屬個人的業績，但教師的論文數卻關係到學校的評比，因此，學校會用各種威逼利誘的手段鼓勵教師發表文章，尤其是SCI和SSCI的論文。各校競逐論文數的結果，「製作」論文已經發展成為一門企業，已有人開班授課教老師如何「做」論文。善「做」論文的人，每年可以領到為數可觀的獎金，不會「弄」，或者說根本就沒機會投稿的人，只能感嘆制度不公平。

教學與輔導對象是學生，「衣食父母」已不足以形容學生的地位，每個孩子都是父母心中的寶貝，每個學生都是學校的「寶」，但對老師言卻是沉重的負擔，深怕呵護不週，萬一出了差錯，必將追踪所有的輔導記錄。導師的工作愈來愈像褓姆，因為領有導師費，因此必須有所貢獻，學生也很清楚，於是大部份的導師都會將此錢吐出，請學生吃飯，算是一種回饋吧。

輔導是很專業的工作，多數的老師其實也不懂，坦白說，老師的問題比學生還多。大學是培養獨立人格的地方，有時候得讓他們自己去衝撞，吃些苦才能成長。我們對學生的照顧顯然太超過了，愛之反而害之，當他們踏出校園進入社會後，比一般人更無法吃苦，無法忍受失敗。我從國中畢業後就離開家，離開父母，在外面求學、工作，知道「獨立」的苦，也了解「獨立」的寂寞，在我讀大學的年代，雖然也有導師，但不會主動介入學生的生活，除非真的出了問題。

開始從事教學時，大致上也是用這種態度對學生，不及格就是不及格，該退學就退學，多說無益，從來不會為了挽救學生的退學命運去更改已送出去的成績，倒不是缺乏愛心，實在是這道程序頗複雜，稍有不慎，自己也脫不了身。學生會來找我，大概是認為這門課不是那麼專業，可以商量，而我正是害怕被認為有「商量」而不敢去申請重新計算成績。這些年來，因為我的堅持而退學的人不下十餘人，也有人因為成績太低錯失獎學金，我曾因為怕學生找上門而不敢回家，也曾想要自掏腰包彌補學生的損失。這些都已過去，近幾年，雖然還是有人被當，卻不見有人來找我更改成績，一方面可能是現在大學太好考，退學已不當一回事，另一方面也可能是我在送出成績之前已先打電話告知他們，學生已明白我的立場。

教書是良心事業，當學生則是良心的煎熬。對於教學，我問心無愧，可是對於被我當掉而退學的學生，我始終覺得有一份虧欠，很想知道你們過得好嗎？如果時光可以倒轉，我不會那麼堅持，只要你告訴我會努力讀書，我也會設法讓你繼續讀下去。我只要承認有錯就可以給你一個美好的人生，我為什麼不做呢？或許我真的有錯，錯在不自知，錯在自以為是，錯在沒有及時教你免於被當的命運，錯在我的不願認錯。

花自飄零魚自游

內人同事送了一盆蘭花，擺在電視旁邊超過一個月，既不吐露芳香，也不會迎風搖曳，有很長一段時間我一直以為那是假的，一直到拖地板時看到凋零的花瓣，才驚覺蘭花的生命力。年少時讀《紅樓夢》〈葬花詞〉：「一朝春盡紅顏老，花落人亡兩不知」，在那涉世未深的年紀，已早熟的感受到生命的無常與情愛的艱難：「問世間情為何物，直叫人生死相許？」林黛玉藉由這首詩詞道出作為一個「葬花者」所經驗的葬花經過，以及她在葬花過程中所思考的人生問題。清人富察明義〈題紅樓夢〉詩中稱「傷心一首葬花詞，似讖成真不自知。安得返魂香一縷，起卿沉痾續紅絲。」

一些「紅學」的研究者認為〈葬花詞〉是《紅樓夢》詩詞之中最絕妙、最值得稱道的篇章之一，它是黛玉這個苦命少女，命運與個性融合而成的一首特殊「詠嘆調」。大部份的人都在年少時開始接觸《紅樓夢》，但即便讀完全書，學到的仍只是

「為賦新詞強說愁」，要等到兩鬢發白之時才能真正體會：「落紅不是無情物，化作春泥更護花」。

在古今文學中，有太多跟花有關的故事與用語，不管是「具體」的花或「意象」的花，都是詩人墨客永遠的最愛。花也是藝術家最愛的題材，張大千的「荷花」、梵谷的「鳶尾花」和「向日葵」、莫內的「藍色睡蓮」、「罌粟花」和「丁香花下用餐」，都叫人百看不厭。花草，是上天的傑作，人間的模擬，無非都是美的讚嘆。一邊聆聽德立勃（Léo Delibes）作曲，拉克美（Lakme）的三幕歌劇：「花的詠嘆調」（花之二重奏）（Flower Duet），一邊看著翻譯的歌詞，心中有無限的感慨，即使曾經在訂婚時買了九百九十九朵玫瑰，對於花永遠都覺得了解不夠：

春天的花兒啊，如何得知秋天的果。……哦，秋天的朦朧果，生命的果，花朵的綻放，只是生命美麗的外衣，只是果實的豐碩，才是生命真正的意義，我真怕，怕我狂為最美麗的一朵，而結局只是空空如邊。我更怕，怕聽到秋老人輕輕的嘆息：所有的果實都曾是鮮花，但不是所有的鮮花都能長成豐碩的果實。

人皆愛花，我也愛花，但不一定懂花、惜花。戰地金門，沒有「花街柳巷」，不能「花天酒地」，雖然到處「鳥語花香」，但不能隨意「拈花惹草」。自從開放觀光後，政府大力整建鄉村，到處是「乾淨」的水泥路面，院子裏的「瓶瓶罐罐」不見了，連帶的「花花草草」也不見了。以前人們喜歡在空地上種一些「花草」，容器是隨意撿來的水桶或保麗龍盒子，看起來雜亂無章，但是一旦「百花盛開」，也會有一種零亂的美感。

名花不好種，太大的花不好養，小小的花最是惹人憐惜。從深秋到冬季，金門最霸氣的植物是常攀爬在聚落建築、村落道路、小徑、圍籬上的槭葉牽牛。槭葉牽牛美麗的紫紅色花朵，經常以群花之姿綻放，向上攀爬，形成高低不同的空中花景。無論大小金門，均可見到大片的牽牛花開。四到九月則是「待宵花」盛開的季節，金門國家公園管理處慈湖三角堡海邊沙灘，待宵花開成一片花海，迤邐綿長的黃色花海，和潔白的石英沙灘相映，呈現耀眼的浪漫。但金門的小女孩最愛的卻是長滿野草的碉堡上頭一朵朵盛開的胭脂花，金門習俗，七夕夜，要祭拜小孩子的保護神「七娘媽」，七夕粿與胭脂花是必備的酬神供品。滿滿一籃的胭脂花，一半送給「七娘媽」，一半留著擦指甲，看著嫣紅的美麗雙手，臉上洋溢著期待長大的嬌羞。

長大後看到的花，和記憶中的花明顯不同，插在阿嬤髮髻上的「喆仔花」，和送給女朋友的玫瑰花，同樣都是花，卻有不一樣的意義與感受。前者是永不凋零的思念，從青絲到白髮，「喆仔花」沒有因歲月而褪色，依舊艷紅如新婚時的笑容；後者常是「花謝花飛花滿天」，「春來春去春又回」，再怎麼奢華，也只是幾天的美麗。雖是短暫美麗，卻可以為人們帶來極大的快樂，於是有了賣花的人和賣花的事業，花店不只賣花，也賣「浪漫」的感覺。

金門以前很窮，三餐溫飽都成問題時，誰人有空閒去做浪漫的事。隨著經濟好轉，生活富裕，人們才開始懂得生活情趣，加上媒體的推波助瀾，買花送花的風氣逐漸吹向金門，花店也就一家接著一家的開，除了有營利登記的店面外，也有一些只在重要節日時才會出來擺攤賣花的商家。金門地方不大，賣花偏向實用型，並不是說金門人不浪漫，只是會一時興起到花店買花增添生活情趣的人，真的不多見，也未必可以買到想要的花。玫瑰花一年四季隨時都有，但若是想要一把「滿天星」，或一束「野百合」，得看是否有花的緣份，在金門，「花落誰家」是強求不來的。

來台灣後，接觸花的機會變多了，也開始懂得買花來增添情趣，雖然心裏還是覺得有點浪費，但若真能花一點小錢讓心愛的人感覺快樂，何樂不為。千金難買美人笑，再怎麼說，花都比鑽石珠寶便宜！平常買的花屬於切花，很容易凋謝，花朵綻放時，賞心悅目，一旦凋謝，有時候比垃圾還難處理，送盆栽其實是不錯的選擇。大部份的人都有「種花蒔草」的經驗，不管是種在院子裏，或是種在陽台的鐵架上，不管有花沒花，盆栽對生活在鐵窗內的都市人而言，一直有一種莫名的吸引力。花草都有生命，而且有個性，種花其實是一門很深的學問，不是辛勤澆水施肥就可以養出好花。經常不懂為什麼別人家隨意掛在棚架上的盆栽都可以開出艷紅的花朵，我新春從市場買回來的報歲蘭，過完年就只剩下枯枝和花盆，沒有花的花盆連垃圾桶都不如，丟了可惜，不丟又佔位子，真是兩難。

園藝是一門重要的學問，目前台灣各大學都設有園藝系或研究所，園藝對現代人的生活影響愈來愈大，不只是生活的調劑，也用於醫療行為，即所謂的「園藝治療」。但是，「種花蒔草」仍經常被與退休的老年生活聯想在一起。我們家的小孩從來就不喜歡種花，請她們幫忙澆水，總是忘記，花的吸引力不如水草。會動的魚肯定比不會動的花好看，尤其是美麗燈光下，穿梭在假山假石間的七彩神仙，或是看起來像糖菓的小丑魚，每次經過水簇店，定會停下腳步觀賞一番，想把整個魚缸買回去。

自從卡通影片《海底總動員》在台灣造成轟動後，我們終於決定買一個較大的魚缸，但只敢養一些水草和小型的燈科魚，或是幾隻大和藻蝦。女兒唸幼稚園時，經常從學校帶寵物回家輪流養，有獨角仙，有蟬寶寶，有小白兔，但她想養狗的心願，直到現在都沒能實現。

早年在金門時，家裏曾養過狗、豬、雞、鴨、兔子，除了狗之外，大多是為了食用，沒有人會當它們是寵物。偶而在廢棄的水缸中，或長滿水芙蓉的石臼內看到魚兒在游，也是讓它自生自滅，不去刻意飼養。「養魚」是可擁有很多好處的一種娛樂，會養的人可享受到真正的「魚樂無窮」。在家中放置一缸魚，不但可增添室內生氣，還可以培養人的意志力，是「收心養性」最好的鍛練。養魚貴在堅持，只有堅持，才能慢慢體會養魚的樂趣，在堅持中慢慢積累經驗教訓，魚就會越養越好，自然就能得到快樂。

這種養魚哲學聽起來簡單，事實上對多數「玩票」性質的人來說，根本就做不到。剛開始時我是為了安置小孩從夜市撈回來的小魚而買魚缸，之後是看到燈光照射下水草的美而買更大的魚缸。從養魚到魚死後養水草，到水草死後魚缸變成置物箱，養魚的人生幾度波折，最後是空留回憶，精準的說，應是「空缸留回憶」。

如今，花盆與魚缸，丟的丟，收的收，已有很長一段時間沒有人再提種花或養魚的事。偶爾從水族館經過，心中還是會燃起再養魚的衝動，作為一個「寵物」，觀賞魚仍是比較可以接受的慰藉。家中老狗的過逝，從童年到現在依舊未能釋懷，至於死的是什麼魚，則完全不記得了。雖同樣是生命，畢竟無法像宗教家一樣等同看待。養魚可以不必忍受太多別離苦，或許根本就不該養，花自飄零魚自游，各安天命，強求不得。

記憶中的一盞燈

每次返鄉都會到「烈嶼文化館」去看看，幾年下來，館中的文物增加了不少，也較有制度。可惜，礙於經費與能力，很難吸引群眾進館來觀賞，在地的民眾會想來的已經來過，不會來的，恐怕也不會來。有時候為了省電，冷氣也捨不得開，得先詢問訪客確實要看才會開二樓的燈與空調，通常冷氣尚未完全到位，訪客已看完所有的展覽準備走人。這種情形讓人甚是尷尬，進退維谷，下一次再來時，會覺得不好意思。然而，無論如何，「烈嶼文化館」的成立是件了不起的成就，對發起人和參與經營的地方鄉賢，應當給予高度的肯定。

二〇〇二年「烈嶼鄉公所」搬新家，在鄉長林金量與地方文史工作者的努力下，將原來的鄉公所行政大樓規劃成「烈嶼鄉文化館」。透過志工的協助，由各地徵集了一些古文物、地方史料、民眾日常生活器具、和傳統農漁具等，陳列於館中一樓，免費開放給民眾參觀。依照文建會的計畫，地方文化館的設立除了可以保存、活化、再利用老舊建築物、凝聚社群情感外，也可成為發現地方活力的場域！它們的再生與永續，不僅是在地集結文化能量的展現，也帶動地方文史的復振。即使這些地方文化館的規模遠不及國家級重大文化設施，卻是在地精神的新地標，它承載的家鄉紀事，更是台灣多元文化的基因寶庫！

二〇〇二到二〇〇七年間，文建會「地方文化館計畫」共輔導地方文化館二五八館，其中金門就有五處，文建會特別選擇「烈嶼鄉地方文化館」，出版介紹小冊：《戀上笠島舊味》，顯見對它的重視。走一趟「烈嶼鄉地方文化館」，可以了解烈嶼的歷史發展、感受老祖先的生活智慧，從而體驗金門人的刻苦耐勞精神。此外，「文化館」也是烈嶼地區的藝文活動中心，經常舉辦藝文作品展覽，研習活動，是鄉民觀賞藝文、豐富藝術涵養的好場所。

佇立在文化館的櫥窗前，一盞生鏽到極點的「油火燈」勾起我許多童年的回憶，時光彷彿回到民國五〇年代。當時鄉間民眾依然過著「日出而作，日入而息」的農村生活，晚間短時間的照明，以點煤油燈為主，偶而為使亮度強一些，才捨得點一支蠟燭，如果家中有婚嫁喜事需利用夜間工作，會借一盞煤油汽燈使用，所以在一九五九年以前，煤油燈仍是金門主要的照明設備。

一九六八年金門電力公司成立，但小金門在一九七〇年七月以前尚無電廠，當時小金門人還是點煤油燈。東林街的製冰店因為生意很好，於是自己買小型發電機發電，有人接他的電來使用，晚上供電幾小時，採包燈制，是民間自行發電。同年，位龍蟠山的軍方火力發電廠設立，用柴油發電，自此以後，煤油燈漸成歷史名詞。

如今，煤油燈已很少見，大多只能在古裝電影、電視劇中看到。煤油，俗稱火水，舊稱火油，由石油提煉而來，有點臭，因此閩南話叫它「臭油」或「番仔油」，金門人習慣稱它為「土油」。雖然用來點燈，但燈火小，而且會發出一股臭味，但因比蠟燭便宜，所以鄉下地方一般都點煤油燈。當時，買煤油和買酒一樣，須自備容器到雜貨店沽油，而且，只在吃晚餐時才點。此時，餐桌上如豆的燈火周圍，散發出一圈小小的光暈，而餐桌之外，仍是一片漆黑，於是一家人便在昏燈搖曳下吃晚餐。

當年，物質生活或許寒蒼，不過，心靈上卻有一股溫暖的幸福感。電燈取代了煤油燈，人們的生活並沒有因此而大放光明。電燈主要是提供夜間生活的方便，然而，在戰地政務時代，金門沒有夜生活，加上燈火管制，所有電燈都必須加蓋布罩，每次開啟電燈時，內心的感覺不是一片光明，而是一種可能因此召來麻煩的肅殺氣氛。除了電本身的可怕性之外，還有人在戒嚴壓力下對諸多事情的驚恐。

煤油除了用以點燈外，也用於炊食器具，傳統的煤油爐雖然也是不常見，但經過改良的煤油爐仍是很好用的小型炊食用具，是登山露營時必備的用具。在沒有瓦斯爐以前，金門的家庭大都有一口灶，一至兩個「土油爐」。逢年過節時「鼎灶」用以蒸年糕、發糕、或紅龜糕，平常用作燒煮豬飼料；「土油爐」則用以燒開水、煮番薯糜、番薯糊以及各種稀粥。土油須花錢買，而薪柴來源，種類繁雜。國軍來了之後，廣植木麻黃，木麻黃鬚是最佳的燃料，火力旺盛，極易點燃，小孩放學後最重要的「功課」就是去「耙柴」。現今鄉下，「鼎灶」仍有其功用，但傳統的煤油爐只有在文物館中才看得到。

民國五〇年代以前出生的金門人，普遍有一種「煤油爐情結」。記憶中的煤油爐，是鐵制烤漆的，下面是用來盛油的圓形油箱，上面是爐架，中間有雙層活動的鐵罩，夾著十二個絨線頭，有旋鈕開關調節火苗大小。煤油爐燃燒時會散發一股嗆人的煤油味，一般要在室外背風處使用。煤油爐是簡單粗陋的用具，但在人們的生活中卻顯得複雜而神奇，每次看著母親收拾煤油爐（往裏面灌油、剪爐芯、換絨線），在幼小的心靈中，一直覺得「煤油爐」是個很好玩的東西。如今，廚房爐具應有盡有，就算不做菜，每天都會用到瓦斯爐，對於瓦斯爐，心中只有「敬畏」，卻沒有像對煤油爐那般「愛戀」。

民國六〇年代初，金門一般家庭陸續改用瓦斯爐，瓦斯日漸普及，但是，瓦斯爐剛剛進入家庭時，通常只是被當裝飾品供奉著，畢竟瓦斯要錢，不像薪柴，可以免費取得，因此炒菜會用瓦斯爐，煮飯燒水還是用大灶比較經濟實惠。如今瓦斯爐取代了大灶的地位，但是那段艱苦「耙柴」的童年歲月，依然深深烙印在許多人的記憶中。

瓦斯爐的燃料為瓦斯，瓦斯是一般民眾對氣體燃料的通稱，目前臺灣地區供作家庭使用之氣體燃料分為液化石油氣與天然氣二大類。液化石油氣係由原油煉製或天然氣處理過程中所析出的丙烷與丁烷混合而成，在常溫常壓下為氣體，經加壓或冷卻即可液化，加壓裝入鋼瓶中供用戶使用。液化石油氣無色、無味、無毒、易燃、易爆，基於安全上的考量，供應家庭使用之液化石油氣皆添加臭味劑，一有漏氣即可察覺。

天然氣俗稱天然瓦斯，由瓦斯公司敷設管線供應用戶使用，故又稱之為導管瓦斯或自來瓦斯。瓦斯使用不僅攸關個人生命財產之安危，更與社會公共安全息息相關。「瓦斯本無害，不慎便成災」，使用瓦斯器具不得不戒慎恐懼。金門沒有天然氣公司，將來恐怕也很難設立，作為一種所謂的「乾淨」能源，短時間內沒有其他燃料可以取代瓦斯，因此瓦斯行勢必繼續存在，瓦斯鋼瓶的威脅也會時時盈繞在金門人的心中。

如今金門家家戶戶都有熱水器與瓦斯爐，但木麻黃樹卻因鄉村整建快被砍光了，不但早已無鬚可耙，連耙子都被文化館拿去展覽了。看著文化館櫥窗內擺設的「歹銅舊錫」，迷濛中又回到那個「童年記趣」的年代，歷史是一張記憶的網，人是爬行在網中的存在。

另一種鄉愁

為了做研究，最近常在《金門日報》網頁上流連，看到一些熟悉的人名和詞語，一時興起點進去閱讀。原以為不過就是一篇文章，孰知這樣的文章竟然會讓一個年過半百的人陷入不可自拔的耽迷，一種似曾相識的思緒不時浮上心頭，終日縈繞於心，放不下，忘不了。年少時也喜歡舞文弄墨，為賦新詞，偶而也藉《金門日報》的副刊抒發些許青澀的夢囈。文學之於我，似乎只是生命中的某種過渡，從不敢奢望靠它養家活口，遑論以此為志業，走上學術研究這條路之後已久不彈此調。

收到延宗兄寄贈的《金門文藝》後，原本也只是隨意翻翻，束之高閣。但是，「金門」這個圖像總是在有意無意之間召喚你去碰觸它。就這樣竟然成癮，愛不釋手。已是「髮蒼蒼、視茫茫、齒牙動搖」的年紀，居然還會有鄉愁。隨著文章中跳躍的字句，家鄉的人、事、物一一浮現，不知是因為視力不好或是眼眶帶淚，矇矓中似乎看到了「九宮碼頭」，家近了，我又回來了。

作為一個金門人，我常覺得心虛，高中畢業後負笈來台，父親還在時每年都得返鄉過節，金門理所當然是我的故鄉。家父仙逝後，母親只好來台依親，對金門的這份感情便像斷了線的風箏，越飛越遠，手中只剩下捨不得丟掉的線頭。第一次帶著妻小回來時，穿著打扮像個觀光客，當租車的大姐說因為我是金門人少收我五百元時，心中真是百感交集，這究竟是福利還是嘲諷。內人不免嘀咕，以金門人的情誼，難道不可以跟朋友借車嗎？當然可以，別說是一部車，就算要一個車隊也不是難事，只要打幾通電話，立刻可以號召一群老同學。那又為何怯於打電話呢？因為心虛，多年來很少有機會向別人說我是金門人，連家鄉的語言也越來越不流利，與鄉親談話時已無法完全用母語，必須夾雜國語，那是一種深層的悲哀。不過是「三天兩夜」，就冒充觀光客吧！

這幾年我研究民族主義，常常會反省自己的族群認同。身處熱衷政治選舉的台灣社會，偶而必須在某些場合強迫自己作政治表態。藍也好，綠也可，紅也罷，我對顏色向來冷感，但對身為金門人卻始終懷抱熱情，不離、不棄、不悔。金門人不能算是一個民族，但這個共同體令人不敢忽視。落籍中和時，常陪著內人上市場，一句不經意的家鄉話立刻被人指出我是金門人，看到我一臉驚惶的樣子，內人也覺得好笑。內人說，因為我的鄉音太重以致無法掩飾身份。有時候，在中和的「八二三砲戰紀念公園」內會看到阿媽背著小孩，從那件黑白相間，包覆幼兒的「花披」可以立即知道他們是金門人。屬於金門的圖騰無所不在，但我始終堅持我是金門人是因為我的長相，我身上的氣味，以及某種身為金門人的人格特質，不是語言和圖騰。

對離散在外的金門人而言，金門這塊土地是永遠的原鄉，永遠的「祖國」。每年寒假一到，很多遊子就會像我一樣，興起返鄉的念頭。記憶中，返鄉是一種習慣，猶如到金門過冬的候鳥，每年總要走一回。隨著孩子慢慢長大，一大堆的功課和補習，已經沒有人願意再陪老父回去重溫舊夢。金門，對她們來說，已去過很多次，夠了，也怕了。大小金之間的風浪，總是讓她們吐到對著海浪發誓再也不來了。

從事教育工作十餘年，終於發現有一種情感無法講解，無法遺傳給下一代，鄉愁原來是如此苦澀，孩子不懂父親的鄉愁，不懂父親「家是家，家不是家」的酸楚。前些年返鄉，看到年久失修的舊宅，因為產權複雜不能翻修重建，在傾頽的庭院中竟然長出了一棵比房子還高的苦苓樹，與供桌上滿佈灰塵的祖先牌位隔著門廳無言相對。這些年，苦苓樹成了我對老家的記憶符號，每次遇見來自家鄉的親人，總不忘問起那棵苦苓樹的近況。

最近經常重看趙本山的《落葉歸根》，很想回去買塊地，蓋棟房子，坪數不用太大，也不用太豪華，有個院子，可以看到天空，可以看到海就好。小時候，記得家裏有幾塊地在種地瓜，後來荒廢了，被鄰近的田併吞了。父親健在時還看得到田埂，父親一走，田埂也不見了。國軍精實專案以後，許多以前強佔的土地紛紛釋出，當大家都在搶登記所有權時，我們始終不知不覺，後知後覺，最後是一無所有。自從解嚴開放，到處有人蓋房子，現今的羅厝就只剩我們這一家沒有翻修了。

在台灣這些年，搬來搬去，房子也賣了又買，經濟環境逐漸好轉，換大一點的房子，也是人情之常，可心中總有一個盼望，想要有個家，一個可以收藏兒時記憶的「老家」。每次返鄉都得借住親戚朋友家，雖然不至於有寄人籬下的感覺，但總是不自在，因為沒有家，因此也就怯於回家。放假時，經常開著車子全家一起出去遊山玩水，飯店、民宿、山莊都曾投宿，但是要我在回金門時還去住飯店，我情何以堪！

因為沒有家，回不了家，所以才會有鄉愁。古今中外不乏為鄉愁所苦的騷人墨客，以及描述鄉愁的偉大作品。我把鄉愁和民族主義結合在一起，只有回不了國家的人才會有鄉愁，祖國是鄉愁的泉源，是心靈的原鄉，未曾離開家，何來鄉愁。清初詞人納蘭性德「長相思」：「風一更，雪一更，聒碎鄉心夢不成，故國無此聲。」這是離開家國的鄉愁，也是余光中的鄉愁，至於我的鄉愁就簡單多了。

年青時，鄉愁是一張免費的船票，隔著台灣海峽，我在這一頭，父親在那一頭。壯年時，鄉愁是一張泛黃的照片，我在外頭，記憶在裏頭。而今，鄉愁是一種心病，斷斷續續，虛虛實實，有時候沁入心脾，有時候雲淡風輕。都已是他鄉作故鄉了，本應不該再有鄉愁，或許這不叫鄉愁，只是一種想要落葉歸根的思緒罷了。他日若真的返回故里蓋了房子，我能做什麼？種田，沒地；討海，沒船；一個人守著寂寞的「新家」，怕是另一種鄉愁。我在這頭，姑娘們在那一頭，依舊隔著台灣海峽。

追星一族

等待，人生大半的時間都是在等待中度過。等待可以很浪漫，也可以很痛苦，如果可以選擇，我們會希望時間就這樣跳過，儘快看到結果。然而讓人氣餒的是，某些事就是需要時間，任憑多大的金錢、權力，都使不上力，等待孩子長大就是其中之一。

女兒從台大綜合體育館出來，一直興奮地談論演唱會的事，時間對她而言，似乎不存在，一場演唱會從進場到出場竟然需要六個小時，可以列入金氏記錄了。為了聽這場演唱會，像是經歷了一場戰爭，從購票開始，全家就處於戰戰兢兢的狀態，女兒不時從補習班傳簡訊回來，提醒趕快去排隊，電腦售票系統開啟前，我們事實上已經排了一小時。

原以為辛苦會有回饋，未料系統塞車，始終訂不到想要的位置，櫃枱小姐也心急了，尤其是後面還有人排隊，料必比我們更急，於是問了一句，要不要隨便劃一個比較不好的座位，應該可以立刻訂到。聽到這樣的話，心中不免有氣，就算我們可以接受，女兒恐怕不會同意。票終於買到，折騰了老半天，結果差不多就是櫃台小姐所建議的位置，這就是命，只能感嘆有總比沒有好，女兒覺得遺憾，我們也覺得委曲。

終於等到考試結束，申請的學校放榜，雖然考得不理想有點難過，偏就是沒有心情再考第二次。好好來聽場偶像的演唱會，把考試的不愉快拋到腦後，豈知世事難料，竟然在入場前找不到門票，沒有人知道何時弄丟的。此事非同小可，好在難以確認誰的責任，否則必定有一番爭吵。所幸網路社群發揮作用，有人願意釋出多餘的票，女兒才能一圓多年來的追星夢。

自己也曾年輕過，也有過迷戀影歌星的青澀歲月，只是當年媒體沒有今日這般發達，也沒有那樣的財力去追星，頂多從書刊上剪幾張照片，夾在書本中，聽聽卡帶，想想影中人，追星是多麼遙不可及的夢。隨著年紀增長，人也變得世故，就算經濟能力可以去一睹偶像風采，終究還是沒有去實現年少的夢。有一次路過西門町，看到海報，一時興起買了一張門票進到戲院去看紅包場。終於有機會如此近距離看到年少時的偶像，照理應該很興奮，結果卻是在聽了幾首歌之後就黯然神傷地離開。

空蕩的戲院，零落地坐著幾位老榮民，各據一方，或躺或睡，樂隊感覺上也是有氣無力，或許是因為唱的都是老歌，更讓人覺得走錯了時空。冷氣的味道似乎也不怎麼清新，而我的出現也引來異樣的眼光，造成些許的騷動。舞台上唱歌的人打扮得豔光四射，歌聲卻有點中氣不足，雖然徐娘半老，風韻猶存，畢竟再多的粉，再好的化妝品，還是無法掩飾歲月在臉上留下的痕跡。我索性閉起眼睛，在有點滄桑的歌聲中，回到記憶中的戰地金門。在埋首苦讀的那一年，這些歌曾經撫慰我浮燥的心靈，陪我順利走過一段艱難的日子。一句「先生你好」把我從遙遠的時空呼喚回來，不知何時舞台移到我的面前，我客氣地跟人握了手，也依照慣例奉上紅包。如此近距離地面對偶像，近到可以感受到偶像的體溫，我卻沒有小鹿亂撞，沒有一點點粉絲的狂熱，或許是已過了會吶喊的年紀，一種淡淡的哀愁剎那間浮上心頭，當真如歌的意境——往事只能回味！

當偶像返回舞台，我望著她漸行漸遠的背影，驚覺是該離開的時候，雖然時間還早，已沒有留下來的理由。當心已不在時，華麗的歌聲反而是一種折磨，怎麼聽也聽不進去。走出戲院那一刻，隱隱約約地仍可聽到老歌手用盡力氣唱出的最後樂音：「你曾經愛過我……」。一句多年來午夜夢迴時會觸動心弦的詩句，讓我遲疑地停下腳步，直到顫抖的尾音完全消逝，我才能不再回頭，孤獨地走入人群。

此時此刻我才真正覺得有一點感動，一種英雄老矣，美人遲暮的無可奈何，不捨，不忍，不敢回想，卻又不得不想！我經常被女兒十萬火急的催促聲嚇到，電視向來被她們霸佔，只有這時候會呼攏我來分享，不是分享快樂，而是藉此嘲諷我，「老爸，你的偶像哩！」幾個群星會時代的老歌星正賣力地唱著古老的歌，老到令她們覺得不可思議，怎會有人喜歡比她們外婆還老的老人，真的是有理說不清！

為了幫忙尋找失落的門票，我得以在女兒房間翻箱倒櫃。我向來不會動她的東西，因此除了牆上貼滿的海報和相片外，不知道竟然還收藏了各種版本的CD、DVD、寫真書、徽章、飾品等，各種可以做成商品的東西，應有盡有。商人真是無所不用其極，女兒花在這上面的心思肯定比她讀書的時間多，我也終於找到基測考不好的元兇——就是這個人。少女情懷總是詩，當一個稱職的粉絲不是容易的事，我向來不反對女兒追星，偶爾也會資助她，將心比心，雖然沒她那麼瘋狂，還在可以接受的範圍。

這是偶像的第一場個人演唱會，意義非比尋常。為了和偶像面對面，聽完演唱會後又買了一張海報，排了將近三個小時等偶像簽名。終於輪到女兒，別人對偶像說的話是「你好帥！」女兒竟世故地換了一種台詞：「Allen，你辛苦了！」偶像客氣地說：「不辛苦，不辛苦。」當然不辛苦，隨便劃兩筆就可以進帳數千元，換成是我，再辛苦我都樂意。聽完女兒的戰果，心裏很不是滋味，我在水溝旁站了三個小時，被蚊子叮咬的紅點，一直奇癢無比，也沒有聽妳講一句「老爸你辛苦了」。

王國維在《人間詞話》說，古今之成大事業、大學問者，必經過三種境界：「昨夜西風凋碧樹，獨上高樓，望盡天涯路；衣帶漸寬終不悔，為伊消得人憔悴；眾裏尋他千百度，驀然回首，那人却在，燈火闌珊處。」玩索大學問家之妙語，擊節讚嘆之餘，心忽有所感。想我這一生，從來不曾為誰風露立中霄，即使在追求妳娘的年代，也不曾如此殷勤過，活到這樣一把年紀，才來找受罪受。二十年前沒有對妳老媽說的話，如今成了身為人父的寫照。從年輕到現在，我一直在守候，守候一段美麗的回憶，守候孩子的長大，守候一個幸福的家園，衣帶漸寬終不悔。

河東獅吼

小女兒依偎在媽媽旁，躺在沙發上看電視，媽媽一直催她去洗澡，女兒仍是無動於衷，媽媽只好提高嗓門，女兒突然蹦出一句成語：「老媽，妳真的是河東獅吼！」我一聽，立刻從椅子上跳起來，狂笑三聲，真的是「知母莫若女」。雖然成語用得不是很恰當，但在時機的掌握上，絕對稱得上是天衣無縫，行雲流水。看到媽媽不知該如何接話的糗樣，再加上老爸的得意忘形，女兒驚覺「禍從口出」，想要用撒嬌方式來彌補，只是已經來不及了，趕緊借洗澡逃離現場，免去一場可能的災難。而我一直到隔天，想到時還是很快樂，不自覺地哼著葉倩文的歌：「我得意的笑」。

前些日子看到一則社會新聞，某大學教授受不了學生上課公然睡覺，屢喚不醒，盛怒之下飆出不雅的字眼，學生一狀告上法院。說實在的，看到這種新聞，讓人不得不戒慎恐懼，我們都是犯罪的高危險群，深怕哪一天自己也會忍無可忍吼出問題。教了十幾年的書，最常使用的一句口頭禪竟然是：「不要講話！」要學生不講話比上課還難，最令人生氣的是給機會讓他發言時，偏又擠不出半句話，一問三不知。

年輕老師比較容易為這種事而生氣，有時是因為自恃太高，有時是因為涉世未深，還沒經過社會的磨練，縱容情緒宣洩的結果，往往是兩敗俱傷，學生在成績上受到懲戒，教師在評鑑上受到教訓。教書不難，難的是課堂上的ＥＱ。最近學校的諮輔組經常辦一些成長工作坊，對象不是學生，而是學有專精的老師，有些老師教了半輩子的書，著作等身，可是在學生心裏，依舊是：「其實你不懂我的心。」

人都是在生養小孩之後才開始學當父母，俗話說天下沒有不是的父母，即便偶有體罰，也是「愛之深，責之切」。然而，天下多的是「不適」的老師，不是因為學問不好，也不是因為教不好，之所以「不適」是因為求好心切，錯把學生當孩子，或者倒過來，不把學生當孩子。

在父母眼中，孩子永遠長不大，永遠需要呵護，永遠需要教導。至於學生，尤其是大學生，來來去去，只有少數幾個頂尖特殊的會留下名號，記得教過的老師，其他的連修的是什麼課都弄不清楚。當父母是天職，沒得選擇，沒得逃避，即使法律上可以斷絕關係，但生養之情絕對一輩子難忘。當老師是職業，頂多是一種需要良心與道德的職業，既然是職業，不順心時隨時可以走人。捨不得走，拿人錢財，自然得與人消災，學生成了客戶，老師成了販售知識的掮客，於是，師生關係變成是一種雇傭。

學校為了對付不用功、不聽話的老師，設計了一種評鑑制度，除了研究與教學之外，還得擔任導師，輔導學生。整個輔導歷程都得記錄，然後根據量表由系統自動生成一些分數。每到評鑑時節，就會看到一群老師急著上網填報資料，努力思索曾經幫學生做過哪些事，與學生有過什麼樣的互動，為學生解答過什麼功課，為那可能增加的一到兩分的績效煞費苦心。凡走過必留下證據，每項作為都得提出證明，想造假都困難。

前些日子，諮輔組發出一封電子件給全校導師，使用了某位老師的記錄作為「典範」，希望所有的賃居訪視都要有照片為證。學生在校外租房子，住哪裏父母未必知道，更不可能千里迢迢跑來看孩子住得是否舒適，於是就近照顧孩子便成了導師的責任。有一次在電梯內看到學生向某位得過優良導師獎的女老師打招呼，能讓學生如此敬愛，實至名歸，但對「〇媽媽好！」這樣的問候語，我還是無法接受。

母性光輝無所不在，只能說天下的媽媽都是一樣的，我雖然也為人父母，但在大學校園裏，我還是比較喜歡被喚一聲「教授」。常有朋友戲謔地以「會叫的野獸」

來嘲諷這個頭銜，雖是玩笑話，但仔細想想，也未必沒有道理。「會叫」意指不容易被馴服，自大和自以為是，不能稱心如意時便口出狂言，藉由「叫囂」以突顯自己的立場，尤其是碰到政治議題時，雖同在一個屋簷下，卻像是有著不共載天之仇。至於「野獸」一詞，又更貼切了。人終究還是動物，動物的味道不會因為多讀了一點書就可以消解，更何況是連書都不讀時。「專家是訓練有素的狗」，不管這句話該如何解釋，狗是一種動物絕對沒錯，狗雖然靈敏，也難嗅聞方圓百里以外的味道。

「野獸」有時候是一種讚美，在看過「美女與野獸」後，有些人天真的以為真愛可以讓人不在乎外表的美醜。這是童話，也就是說它和現實是有距離的，倘若野獸不是王子變的，我們有多少人真能與野獸相守一生。我之所以喜歡這個故事，在於它帶給我的啟示，唯有懂得慈悲與寬容，唯有學會如何愛人才能從野獸變回人。野獸有一顆溫柔的心，最終抱得美人歸，可我們不能只用溫柔來教書，我固然也不贊成體罰，但堅持紀律必須被維護。當學生吵翻天、鬧翻天、睡翻天，若還是寬容對待，未免太過鄉愿。然而，除了提高嗓門，用溫柔的語調呼喊同學「不要睡覺，不要講話」外，似乎也愈來愈無計可施。年輕的時候，或許還會有較激烈的作為，使用一些具有威嚇作用的話語，如今倒有點像老僧入定，泰山崩於前而色不變。

當老師最大的問題就是嗓門大，多年教書的結果就是練就一身吼功，早年時沒有麥克風，要壓制學生的吵鬧聲是件不容易的事，有了麥克風之後，雖然說情形稍有改善，喉嚨的負荷減輕了很多，但習慣一旦養成，一時之間要改變吼的管教方式也不是容易的事。俗話說，酒是微溫的好喝，女人是溫柔的好，我向來有一種霸王別姬情結，著迷於戲劇所營造的英雄美人意境，吳儂軟語，也是一種人生享受。

文王一怒而安天下之民，凡夫俗子的「震怒」，通常都是演戲，作作樣子。生氣解決不了事情，有時候會讓人失去理智，做出令自己後懊悔的事。然而，人畢竟還是有脾氣，要完全不動於心，談何容易。孔子在論語裏說君子有三戒：「少之時，血氣未定，戒之在色；及其壯也，血氣方剛，戒之在鬥；及其老也，血氣既衰，戒之在得。」我現在正處於第二階段，人到了中、壯年，個性好強，心境還不能夠完全平靜下來，所以，應該小心，避免開口罵人。我已漸漸接近耳順之年，雖然距離不動怒還是很遙遠，但已漸漸懂得文王的心，知道何時該沉默。

記得第一次聽到江惠唱「家後」時，曾感動到眼淚溢出眼框，只有當老到無力爭吵時，才能真正體會吵吵鬧鬧居然也是一種幸福。十年修得同船渡，百年修得共枕眠，執子之手，與子偕老！

九十八分的迷惑

女兒要參加閩南語演講比賽，老師知道我會寫點東西，要我幫忙準備稿子。現在的教育，美其名為親子互動，其實是拖家長下水，許多才藝作品若不是用錢堆出來的，就是家長操刀弄出來的。一次要準備五篇稿子，比賽時再從中抽一篇，這種比賽方式固然有其設計上的用意，卻害苦孩子、家長與老師。結果往往變成作文背誦比賽，只要能流利地背完稿子，大概就穩得前三名，至於演講應該要訓練的台風、語調、咬字等，就留給評審去講評，結論不外乎：「有待加強！」

有一篇稿子的題目是：「我最懷念的人」。對我來說，這是個很貼切的話題，人到中年，特別愛回憶過去，感恩的心也特別強烈，一路走來的確有很多值得懷念的人。可是對一個小學生而言，飯都吃不到幾碗，記憶的斷限大概也不會超過三年，即便真的有最懷念的人，未必真能記住些什麼。這樣一個老沉世故的題目，讓我一時之間不知如何下筆。問過女兒，最後決定寫她低年級時的國文老師，因為已經退休，而且多年不見，符合被懷念的條件。至於為什麼不是別的科目，原因在於國文課時數最多，與老師接觸的時間多，從正音到習字，老師在她身上花了不少功夫，還經常派她去參加語文競賽，對她鼓勵有加，或許就是這份情誼吧。

三分鐘的稿子不是難事，但是要轉換成台語文卻考倒了一大堆人。閩南語向來只有語言，沒有文字，我也沒學過漢文或台語文，只能胡亂拼湊各種語言，包括注音符號、英文字母、羅馬拼音，製作這樣一篇閩南語的講稿，感覺上竟比寫學術論文還困難。好在只是初稿，女兒會拿給她的閩南語老師再修正，由老師去教她如何發音，如何表達。我作為家長的責任，暫時大功告成，但心緒卻無法立即平復。女兒最懷念的人，是確有其人，但故事情節就不一定真實，畢竟人的記憶有限，當然，有時候是為了效果，儘管文字的表象各人解讀不同，但那份感恩的心應該大同小異。

為了查《星期三的文藝課》這本書的出版單位，我因此得知當今金門文壇的一些重要作家竟然都是來自「城中文藝社」，而指導老師正是教國文的王金練老師。我不是城中畢業的，對這些優秀的文學前輩一個也不認識，但是從讀他們的作品中確實感受到文學對人的啟發力量。我也教了將近二十年的書，能教到一位優秀的學生就已是三生有幸了，更別說是這樣一大群了，王老師真的值得致敬。對這樣一位文藝導師，只是幫他出一本文集，顯然不夠，城中的文藝傳奇勢必會繼續開枝散葉，我也相信在楊樹清等人的帶領下，浯島文學環境離繁花盛景不會太遠。然而，對我來說，我看到的不是一堆頭銜和獎項，我看到的是一份三十年後突然浮現的懷念。

三十年前我讀丙組，全班只有二十五人，大部份是我找來湊人數的，有些同學後來考得不理想，至今仍把帳算在我頭上。我數理不好，事實上，史地也不好，所有科目中比較有點自負的大概就是國文，尤其是作文，作文可以獲九十八分，如果不是老師太混，那就真的是教到未來的大文豪了。或許是即將畢業，感觸特別強烈，十七年來從未離開這座小島，未曾離開過父母，而今而後，面對不確定的人生，能不感慨和惶恐嗎？多愁善感正是文學的動力，連續幾篇都獲得老師的肯定，不是只有一個分數，而是密密麻麻的眉批和評語，在老師的鼓勵下，我開始成為金門日報副刊的新人。

以當年的錄取率和我的程度，落榜早在預料之中，但要我就此選擇國立大學的夜間部，我又有點不甘願。或許是因為文藝作品讀太多，被瓊瑤感染了，對大學生涯依舊有著幾分憧憬，於是我決定轉組重考，雖然還是考得不理想，但一路走來，似乎也適才適性，談不上輝煌騰達，但如果要求不太高，也算「功成名就」，足勘告慰平生。這一切可能都是命中註定，我從甲組到丙組，再轉乙組，高中所有科目我都讀了，繞了一大圈，最後落腳在總是考不及格的歷史這個領域，這莫非就是生命的反諷，而改變我一生的關鍵會不會就是那幾次誇張的作文成績？

以前我沒想過，也不認為會有關係，如今年過半百，回首前塵，愈來愈覺得有可能，否則我為什麼會不時想起那個身材有點胖，永遠和靄可親的國文老師，還有作文簿上的斑斑紅字。我沒能像城中文藝社那些才子，在藝文界發光發亮，顯耀師恩，但我在三十年之後真心地感謝您，啟發我對文學的熱愛，透過寫作培養一份細膩的心，如果您不嫌棄學生駑頓，請接受我遲來的謝意，謝謝您，歐陽老師！

寒假快結束前，研究室突來跑來一位以前教過的學生，告訴我他想考研究所，雖然我不是他的導師，還是很樂意幫忙，只是我教的是歷史，他唸的是電機，會不會找錯對象了。等我弄清楚之後，自己竟然比學生還興奮，原來他想考歷史研究所，真的出乎意料，我不過才教了他一學期，居然就因為這樣改變他的興趣，我究竟是作育英才，還是誤人子弟？無論如何，當下真的像是喝醉了酒，茫茫然地從書櫃中抽出一本又一本的書，堆在桌子上，幾乎與電腦螢幕一樣高。大約花了十分鐘的時間講完考試的方法，學生抱走了那一堆書，我看著他離去的背影，突然一陣寒意襲上心頭。翻出以前的點名單，我給他的學期成績竟然高達九十八分。這個分數代表他是個優秀的學生，但分數畢竟只是個數字，有時候可以不必太認真啊！

過了一學期，所有研究所都已放榜，很想知道那堆書有沒有發揮作用，只是不方便去問，這份擔心恐怕無解。近年來經常碰到一些詐騙集團，雖然每次接電話都會生氣，還好沒被真正騙過。此時此刻我倒希望被騙一次，我被騙頂多就是一些沒再用的舊書，若學生被九十八分所誤導，那可是一輩子的人生，我如何能不感到誠惶誠恐？每次期末考完要繳交成績我都會害怕，怕在按下電腦確認鍵之後，有些學生的命運會因此而改變。很想告訴學生，分數不代表什麼，然而，分數真的不代表什麼嗎？我原本以為不過就是一個數字，怎知它可以輕於鴻毛，也可以重於泰山。三十年後我終於明白，九十八分是一種致命的吸引力，至於是福是禍，我還沒參破。

寂寞的鋼琴

拖完地板，突然被鋼琴鏡面的折光掃到，這台鋼琴早已變成座置物架，上面堆滿樂譜和一些不相關的書籍與雜物，包括本人與小孩要換洗的衣服。有一次因為看到落塵太多，我用了濕抹布去擦，留下一些水珠在蓋板上，女兒察覺有異，在問明原委後，震憾程度不下哥倫布發現新大陸。說真的，我幾乎忘了那是一台鋼琴，想想有多久不曾聽到琴聲悠揚了，倒是對門的琴音經常侵門踏戶，即使午夜時分，依舊努力不懈地彈奏，心中是有些怨言，怨別人太大聲，也怨自家的鋼琴沒有聲。

人會老，鋼琴也會老。這台琴從女兒她娘小時候就成了我們家族的一分子，算來也有半個甲子了。以前偶爾會覺得它吵，尤其是琴鍵不聽話走音的時候，雖然調音師來過好幾次，還是沒能一勞永逸。就像人一樣，年紀大了難免有些毛病，也不是什麼大病，偏偏就是好不起來，看醫生吃藥，似乎只是讓心理好過一點而已，青春年少身強體健，回不去了！有時候看著鋼琴靜靜地佇立在牆角，難免動了惻隱之心，憐憫青春少女，年華老去，於是用我的一指神功，想要撫慰它的寂寞，一首「小蜜蜂」尚未彈完，抗議浪潮排山倒海而來。是可忍，孰不可忍，姑且不論琴藝如何，光是看到一個沒氣質的歐吉桑在彈琴，此情此景，只有一句話可形容，千古艱難唯鋼琴。

《紅樓夢》第十六回：「沒吃過豬肉，也看見過豬跑」，比喻見識再少也會懂得一些。我唸研究所時修德文課，老師幫我取了一個德文名字，沃夫岡，後來我才知道原來莫札特的名字就是沃夫岡，看來冥冥之中我跟鋼琴是有一點緣份的。小時候，從未接觸過鋼琴，學校音樂課用的是風琴，記憶中確實曾玩過風琴，但那不是「彈」，應該是一種搞破壞。有人負責按鍵，有人負責踩踏板，看不懂五線譜，也分不清高音或低音，但總是可以玩得不亦樂乎。

我真正開始親近鋼琴是因為陪女兒上課，原以為花錢就可以培養出音樂神童，沒想到還得跟著學習。一把年紀了，還要陪小孩一起「唱遊」，美其名為親子互動，實則是一種折磨。花在孩子學琴上的費用，已經算不出來，除了上才藝班、補習班外，還有家教老師，有來家裏的，也有得送到老師家的。比較慶幸的是，我們家的小孩不是天才，不用帶著她們千里路遙尋訪名師。學琴的路很辛苦，一方面是不忍看孩子難受，另一方面是因為家長懶惰，於是，鋼琴也成了諸多被遺忘的才藝之一，甚至不敢說是才藝，因為當有機會表演時，竟然沒有上台的勇氣。

「學琴的孩子不會變壞」，這廣告深深的打動我，即便看起來就不像有錢人家，還是得裝出很有氣質的樣子，孩子不能輸在起跑點上，作家長的也不能輸在面子上，於是花錢如流水，錢，如流水般地一去不復返。坦白說，我不贊成孩子太早學習，或是過度學習，記得當年送她們去上幼稚園時，從不考慮外語或「雙語」，單純地只想讓她們「玩」得快樂。乍看之下，「玩」不會有出息，只是，不快樂的童年，永遠是生命中的陰影。

照理，快樂不應用金錢去購買，也可以說，快樂是金錢買不到的，但是如果不花點錢，我們總覺得對不起孩子。不可否認的，某些所謂的才藝課真的是浪費，尤其是對還懞懂無知的小孩，必須用數倍的精神，重複地教導。孩子的資質差異甚大，卻得一視同仁，結果是使學習變得毫無趣味可言。我常常想放棄，尤其是當又要繳交下一期的學費時，發現孩子只學會DO MI SO、「螃蟹走路」、“My name is”……，雖然說不能揠苗助長，總還是得告訴我何時可以開花結果吧！

隨著課業愈來愈重，才藝換成其他的補習。女兒對於鋼琴原本就興趣不大，自從決定不再檢定進級後，練琴就變成偶爾的娛樂，沒有進度的壓力，老師也覺得教不下去，於是只好各走各的路了，鋼琴似乎也樂得輕鬆。值得慶幸的是，或許是因為曾經有過鋼琴的啟迪，放棄鋼琴，但並沒有放棄音樂。女兒轉而學習別種樂器，大的學吉他，小的學豎笛。相較於鋼琴的厚重，這兩種樂器似乎好玩多了。只是我心中一直覺得遺憾，畢竟鋼琴不只是樂器，我對彈琴的女孩紿終懷抱著浪漫的憧憬，想看看女兒穿著美麗的洋裝，優雅上台的情景，作父親的我或許有機會冒充粉絲上台獻花，一起享受來自四面八方的掌聲。好夢由來最易醒，多情自古空遺恨。佛家說一切都是緣份，人與人之間是如此，人與物之間也是如此，何況是必須朝夕相處，相濡以沫的親密「戀人」。

常言道，台上三分鐘，台下十年功。藝術這條路肯定不好走，要忍受多少的寂寞，多少的挫折，多少的身體磨練才能有一點點的成就。上台的路雖然只有幾個階梯，能妥當走上去的沒有幾個人，至於掌聲就更難了。掌聲確實很誘人，人活著不能沒有掌聲，但千萬不要為了掌聲而活著。我從來不是個意志堅定的人，也不曾從小就立志要做何種事業，通常都是誤打誤撞，順勢而為，隨遇而安，相信緣份，也相信宿命。命裏有時終需有，命裏無時莫強求。

我幻想沉浸在鋼琴的樂聲中，但不強求家裏有個貝多芬，當我發現得經常得催促女兒練琴，或是因為看到女兒練不到十分鐘就藉機上廁所、開冰箱，我便已覺悟：貝多芬是外國人。學習的路不但漫長，而且辛苦，唯有興趣才能化干苦為樂趣，有樂趣才能悠游其中，不知老之將至。終歸一句，緣份未到，目前，鋼琴不是女兒的真命天子，或許有一天會像王國維所說的人生境界，「回首驀見，那人正在燈火欄珊處」，鋼琴原來才是最愛，重新掀開鋼琴的蓋子，釋放被囚禁多年的音符。

眼看鋼琴又將被落塵淹沒，我正躊躇該不該再拿抹布來擦，鋼琴最早的主人恰巧經過，於是我突發奇想問了一句：「老婆，妳不是學過鋼琴嗎，彈一首來聽聽，如何？」雖然換來一個白眼，但我在白眼之後，隱然看到一個消逝的夢，一個少女時期未完成的夢，鋼琴還在，夢也還在。

鎖在文化館中的童年

每次返鄉都會到「烈嶼鄉文化館」看看，雖然都是一些舊文物，就我一個土生土長，而且又是與這些文物同一年代的人來說，應該會覺得了無新意。奇怪的是明知如此，還是不自覺地走進去，似乎有種力量在召喚，一種想要重溫兒時記憶的潛意識把我再度吸入歷史的山洞。站在文化館外面，我幾乎可以準確說出各個方位的展覽品，甚至連解說的詞句也可以背出一些。文物的樣貌清楚呈現在我腦海中，尚未正面接觸，思緒早已澎湃到有點害怕走進去，莫非這就是所謂的近鄉情怯！

回想數年前第一次拜訪文化館，在館外徘徊許久，最後才懷著忐忑的心情走了進去。全國各地的文化館、博物館我看過不少，可是對這樣一座再熟悉不過的建築物，竟然有點不知所措。櫃台服務的小姐原本在院子打掃，看到有人來，放下手中的器具隨著我走進來：「要參觀嗎？」「請先簽名！」我看起來應該不像觀光客，但也不像是本地人，服務員簡單地說明導覽須知後，就放任我隨意參觀，畢竟對於歷史文物，我也可以算是個行家，架上擺的，地上放的，可能就有來自我們家的東西，我其實可以來當志工了！

當我佇立在一盞煤油燈前，回想兒時趴在餐桌上寫功課的情景時，服務員問我要不要上二樓參觀，如果要看，得再等五分鐘，要開冷氣，還要等它涼。這話聽來讓人有點心酸，文化事業經營不易，不論是公立或私立的，向來都苦於經費不足，一個人口僅數千人的小鄉鎮，若不是鄉公所出借場地，地方人士義務幫忙，根本就無法負担一座文化館的經營，巧婦難為無米之炊，有此規模已屬不易。二樓刻正展出呂玉環老師的書畫作品，呂老師我也算認識，因此，雖然對書畫藝術沒有太多涉獵，對於欣賞美的事物，我向來是不落人後的。因為知其人，對於作品自然就有種親切感，容易進入書畫的意境。尤其當我想到冷氣得來不易，不能辜負館方的美意，即便是外行，也只好假裝內行，既來之則安之，細細地品味大唐牡丹之艷麗，想像貴妃醉酒的容顏。

我走下樓梯，想跟服務員說聲謝謝，看了我的簽名後，櫃台的志工已經認出我，「我姐姐跟你是同學！」有了這層關係，我不再是遊客，寒喧幾句後，漸漸找回那份親切感。在這塊土地生活了十數年，每回返鄉最怕想起賀知章的詩：「少小離家老大回，鄉音無改鬢毛摧，兒童相見不相識，笑問客從何處來？」還好跟我同學的是她姐姐，我比較怕聽到的是：「我媽媽跟你是同學！」「真的？」這種情形如今已很普遍，我的年紀比「老大」又多了一點。從孩子的笑容中，我努力地回想，希望能找出那些兒時的玩伴，其中或有青梅竹馬的那一位？其實我也忘了，就算給我一個名字，我又能記得多少，就簡單地說一聲再見，讓歷史，連同那些年少的情事，一起鎖在冷冷的文化館中吧！

午後的陽光灑落在一片翠綠的芋頭田上，我騎著嘎嘎作響的鐵馬，再度來到文化館的門口，混在人群中，免去簽名的尷尬。看到樓梯上「驅山走海」的海報，於是偷偷溜上二樓，在洪永善老師的畫前駐足許久。我不會畫畫，但是認得畫中所有的景物。古老的房屋、斑駁的磚牆、孤寂的海岸，都是記憶中家園，每一幅畫都像是在述說一個被遺忘的故事。這座島，這塊土地，對我這樣一個遊客，是既親近又陌生。明明就是從小生長的環境，為何看起來是那麼遙遠。水彩渲染的濛濛意境，像極了夢裏的世界。每幅被框起來的畫，都像一扇窗，畫框阻隔了我回鄉的路。我在窗外，記憶在窗內，我已回不去那個年代，回不去那個年少的家園。

藝術是一種美的展現，因為有藝術家，我們這些凡夫俗子得以親近美的事物，享受美帶來的娛悅。只是，偉大的藝術總是過於動人心魄，深情到讓人難以承受。年少時讀三島由紀夫的《金閣寺》，不明白為什麼小和尚要燒掉金閣寺，如今終於豁然，因為無法承受金閣寺的美，為擺脫美的觀念羈絆，為了永遠留住美，於是放火把美的事物燒了。三島描寫小和尚當時內心的獨白：「這美麗的東西不久即成灰燼，那麼，真實的金閣寺便和我幻想中的金閣寺一模一樣了。」有時候，我可以感受小和尚的苦，現實的生活與記憶中的夢境，為何總是不相容？「菩提本無樹，明鏡亦非台」，美本來也無意誘惑人，是人自己太多情！李白恐怕也是這般心情，面對這「驅山走海」的眼前景色，如何能不「心搖目斷」，不同的是小和尚把美留在幻想裏，洪明燦老師把美留在畫冊裏，至於我，還是希望它就留在文化館內吧！

我想學徐志摩，悄悄地來，悄悄地走，揮揮衣袖，不帶走一片雲彩。沒想到世事難料，竟然在閃過服務小姐的眼光後，被一件釘掛在牆上的水袖吸引而去。這幾件由「上苑歌劇團」提供的歌仔戲服，年代有點久，已看不出光澤，但是那種大紅大紫的色彩，讓人不注意也難。我曾為了晾曬女兒的水袖折騰了半天，由於袖子太長不好收，而且如果整件就這樣掛在陽台上，到了晚上恐怕會很嚇人。女兒好不容易考上智優班，突然說要轉到歌仔戲班，常理下應該會產生震撼，我竟然連疑惑都沒有，只是覺得有點感傷。年少時未能嚐試的夢，真的要讓女兒去實現嗎？

小時候舅舅家有一個歌仔戲團（即南聲閩劇團），晚上練習時常跟著表姐妹們去玩，因為是男生，也不是東林社區的人，最後終究無緣學唱戲，但劇團出來表演時，老愛跑到後台去攪和。隨著年紀增長，經常被趕出來，才慢慢與歌仔戲失去了聯繫。然而，歌仔戲的身段、音樂、迷人的戲服從此烙印在心靈深處，當後場音樂揚起時，我其實有種想粉墨登場的衝動。我原本就迷戀二胡的聲音，自從女兒學歌仔戲後，也在過了不惑之年時，真正拜師學藝，玩起二胡。可能是因為年紀大了，有點遲頓，即便認真練習，還是有時不我予的感覺，距離表演仍有一大段路要走，但我總是能自得其樂。曾經半開玩笑地跟女兒說，想去弄張街頭藝人證照，我拉琴，女兒唱戲，賺點學費。女兒比了一個小旦的「觀音指」，意思是說：「阿爸，你起笑囉！」何必這麼說，人生有夢最美！

「先生，你還沒簽名！」我又被叫住。為什麼進來也難，出去也難，這是什麼樣的一個地方？「可以不簽嗎？」我還是留下了名字。想起電影《蝴蝶夢》的主題曲「以吻封緘」（sealed with a kiss），Brian Hyland唱出多少好友、戀人之間「欲走還留」的心情，充滿感傷與淒美。如今我用簽名封住一段童年的回憶，讓它孤獨地留在文化館內，可心裏卻是一直唱著“I don’t wanna say good bye for the summer”。

芒花情未了

利用洗衣服的空檔，站在後陽台看看山，看看天空，突然被地上迎風搖曳的芒花所吸引。這塊空地屬於軍方所有，原本出租民間作停車場，鋪滿柏油，劃了數百個停車格。白天車來車往，極為忙錄，但因與住處有點距離，尚不覺得吵。可是到了晚上，夜闌人靜時，經常會被高分貝的防盜鈴響吵到睡意全消，對這塊空地一直以來就是既愛又恨。

更早之前，它是長滿雜草，常常被人偷偷棄置雜物的野狗天堂。靠入口的地方是一小塊一小塊的菜園，每到黃昏之時，就會看到一些老人家帶著孩童來散步，順便澆澆水，照顧菜園。這種場景，如果不要把眼光放在垃圾上，也蠻像是公園的。這幾年社會住宅吵得沸沸揚揚，有人看上這塊公有地，計劃蓋房子，因此停車場只好關閉。只是已經閒置大半年了，還沒動工。這塊地一旦蓋起大樓，我陽台上的這片美景恐怕從此成為絕響，想到以後可能連陽光都看不到時，不免感到憂傷。

看到芒花就知道秋深了，站在高樓上已經可以感覺到涼意。這裏的芒花是一欉一欉的，零星地從柏油地的縫細中硬擠出來。奇特的是除了芒草，沒有任何其他雜草敢與之爭鋒。在黑色的地面上，白色的停車格線中間，交錯地長著一欉欉的芒草，各據一方。平常不起眼的芒草，只有當它開花時，才會被注意到。一株株的芒花，像是被人刻意插上去的，如果不是親眼所見，會以為是假的。這景緻不適合拍照，照片難以捕捉那動態之美，有些許的柔媚，些許的堅韌，一點點的孤傲。

那些年，每到秋冬季節，我們常開車到九份後山去看整片的芒花，風吹來便往一邊倒，接著再向另一邊倒，就像浪花一樣，一波接著一波，美得讓人找不到休息的片刻。九份後山的芒花比其他野地上的芒花多了一層哀傷，芒花搖擺腰枝時，常可見到幾個墳塚靜靜地探出頭來，領受芒花的深情。讓人不禁想起許丙丁的台語歌〈菅芒花〉：「冷風來搖動，無虛花，無美夢。」芒花是台灣人心中的苦情花，這秋天的植物，卻一直盼望著在春天抽穗，「菅芒花也有春天」，只怕春天的花太多，芒草即使開了花，也等不到人來疼惜。

我想叫那幾位窩在沙發上的老佛爺出來分享這美景，不料被嗆聲：「已經開很久了，現在才發現！」「是嗎？我怎會沒注意。」可能是因為我都在晚上洗衣服，月光下看不清芒花的美。仔細看看，靠圍牆邊的芒花已有點枯黃，確實是開很久了，不明白為何我會如此後知後覺。步入中年後，對這週遭的景物變化，反應日漸遲頓。家裏不常開伙，屬於外食一族，因此特別會留意哪兒可以用餐。每次在開車時突然發現新的店面，或是一塊新的看板，就會興奮地報與女兒知，哪知道總是被嗆聲：「開很久了啦！」這世界變化得太快，我早已跟不上，或者說不想跟上。

不知何時開始喜歡上芒花，記憶中沒有芒花，小時候甚至不知芒花是何物。年輕時迷戀玫瑰，曾經為愛送出九百九十九朵玫瑰，可我心中最眷戀的卻是家鄉海邊雷區那一片黃色的待宵花，以及自家防空洞上隨意亂開的胭脂花。金門習俗，七夕要拜七娘媽，胭脂花是小女孩最愛敬獻的供品，滿滿一把，既祈求七娘媽庇佑平安長大，看著被花染紅的雙手，眼神則透露著期待長大的嬌羞。

胭脂花易謝，不若阿嬤髮髻上、母親鬢角上那枝有點俗氣的吉仔花，永遠艷紅，永遠不凋謝。每次家中有喜事，所有女性賓客，幾乎個個簪上一朵，這花不開在院子裏，卻都爬上新娘的頭。如今吉仔花成了金門的意象，成了我對家鄉的思念，看到有人頭上插著吉仔花，就有種親切感，「停車暫借問，或恐是同鄉」。

芒花再美，終究無法改變它是草的命運，不能簪上頭，也不能摘來瓶供養，更不適合種在院子裏。同樣是長在野地上，同樣是白色，比起野百合、野薑花，受歡迎的程度卻是天壤之別。倘佯在花間小道，捕捉一份人比花嬌的永恆，即使誤入百花深處，也可浪漫收場。可這芒花，不能擁抱，不能親吻，蜂不愛，蝶不來，只有當照相機的鏡頭對準它時，才能盡情地扭腰擺臀，留給電腦當桌布或印成月曆，提醒大家節氣的變化。

春華秋實，是生命的輪迴。世人都盼開花結果，種什麼花，得什麼果。只有芒花，一旦成熟，種子便隨意飛翔，落在屋頂上，飛到山坡上，流到小溪邊，不管飄到哪裏，都努力地生長。芒花用它的生命力鼓舞世人，要在逆境中奮鬥，即使沒有鎂光燈，沒有掌聲，沒人憐惜，也不要自暴自棄。當秋天來臨時，必定霸氣地佔滿山頭，用它那數大便是美的白，讓人不得不駐足驚嘆，這才是美。

世人皆愛美，我也愛美，無奈芒花的美總是讓人難以親近，看不清它原來的面貌。平常假日，喜歡帶孩子上山下海，尤其是有著清涼溪水的野地秘境。跳躍在大自然鬼斧神功劈鑿的巨石上，讓那幾根不知土地滋味的茭白筍，感受一下什麼叫做腳踏實地，或者說，頂天立地。滿山的花香鳥語，是大自然最誠意的獻禮，不應該被人破壞。只是終究敵不過頑皮的童心，時值蘆葦花開絮飛的季節，看到這花的美，使勁地折斷一根拿在手裏。

蘆葦，又名蒹葭，自古以來便是一種與人類歷史、文學、生活息息相關的水草。蘆花飛雪，騷人墨客最愛，蘆葦妙用無窮，《本草綱目》也不忘記載。為討美人歡心，偶犯點小錯，情有可原。未料，比起表錯情更令人難過的是，女兒一臉狐疑地說：「老爸，你也張開那小小的眼睛看清楚，這是芒花，不是蘆葦！」

What，怎麼可能？「周瑜病倒蘆花蕩」，真個是「氣煞人」。這芒花也忒無聊，跑到溪邊冒充蘆葦，騙了我一片深情。我原以為是個愛花惜花的人，剎那間完全失去信心，但塞翁失馬，焉知非福？我像禪宗一般頓悟，當然不能與佛陀的捻花微笑相比，只是手裏的這根「蘆葦」（芒草）一直讓我若有所思，愛是什麼？曾經有一段時間，聽到芝麻龍眼的歌就忍不住淚濕青衫，「動不動就說愛我，也不問我要什麼。」，「每個人都錯，錯在自己太成熟。」我的錯不在蘆花與芒花傻傻分不清，我錯在忘了理解與包容，忘了知足與感恩。

期待再相會

看著桌上這杯八分滿的高粱酒，說真的，會怕，如果可以，我暫時不想當金門人。雖然血液中有某種比例的高粱酒成分，平常也會小酌一下，只是，對於高粱酒向來是尊重多於愛戀。坦白說，這58度的熱情，膽子不夠大是會被燒傷的。我寧願來杯冰涼的生啤酒，炎炎夏日，酒入愁腸，心脾皆暢快，人生再也沒有比這更舒服的事。

「金門人喝啤酒，你是不是男人啊！」還來不及辯解，用來裝啤酒的杯子已倒入高粱酒，而且似乎有點故意，或是對我的敬意，別人半杯，我是八分滿。不知何時開始，喝高粱酒成了金門人的原罪，成為不得不努力傳承的文化使命。不就是喝酒嘛，需要到用人格來保證嗎？看來，這群自以為愛好金門高粱的人，並不是那麼懂金門，懂金門人對高粱酒的深情。

二〇〇二年秋收之時，金門辦了一場「醉戀金門」的詩酒文化節，邀請藝術名家彩繪陶瓷酒器，隨興創作。飲酒賦詩，一時之間宛如王羲之的「蘭亭」場景再現，

「群賢畢至，少長咸集」，在杯觥交錯中，登上莒光樓欣賞一輪明月，此情此景，連詩仙李白都會羨慕。金門因酒而富，因酒而貴，沒有高粱酒，金門只是名不見經傳的「蕞爾小島」，那幾場小小的戰事，比起古今中外的驚心動魄，只能當作茶餘飯後題材。

因為名酒，金門得以廣邀天下英雄豪傑，得以招徠詩人墨客，藉他們的筆與喙，把金門推銷出去。高粱酒對於金門人而言，可以微醺，可以酩酊，可以小酌，可以牛飲，可以營利，可以送禮。金門高粱酒養活了半個金門，也麻痺了半個金門。高官應酬，庶民待客，政客拉票，都離不了酒，無法想像沒有高粱酒的金門，若說高粱酒是金門的代名詞，不中亦不遠矣！

然而，當高粱酒走出金門之後，還能保有多少香味，多少屬於金門人的氣質？看到大賣場堆積如山的金門高粱酒，看到大街小巷新設的金門特產專賣店，看到愈來愈頻繁的電視金酒廣告，我也愈來愈覺得，除了還是那樣「辣」之外，金門高粱已經找不到它的「厚」，不是酒的厚，是人情的厚。

為了一場難得的同學會，好友從金門過來，帶來一大罈的高粱酒，擺放在桌子旁，引來餐廳其他客人的側目。從他們那種疑惑的眼神來猜，必定認為這是一群兄弟或幫派分子，否則如何能如此豪放地喝高粱酒，真的能喝完這一罈嗎？我心裏想著，上次端節從金門寄過來的兩罈「二鍋頭」，我喝了將近一年。這一罈如果讓我來喝的話，大概要喝到什麼時候？記得小時候父執輩喝這種整罈的酒，都是用碗來裝，人多時一人一碗，人少時一個碗輪流喝。這場景像極了梁山的綠林好漢，豪爽一點的一飲而盡，自覺酒量不好的也可以大口喝下。討海人，有時候需要藉酒來暖和身體，喝起酒來，既不詩情畫意，更無任何浪漫可言，但是，光是那股氣勢，便令人折服。

就在我恍神之時，同學幫我倒了一杯，就這麼一小杯，用金門特有的小小玻璃杯。這應該是我們帶來的，一般的餐廳不會有這種杯子，就算有，也是塑膠的。一句「同學我敬你」把我從歷史的混沌中拉了回來，二話不說，拿起杯子便往嘴裏倒。真的，必須用「倒」這個字，倒進去的酒其實連舌尖都蓋不住，但就是要這樣喝。一來讓人不能「杯底飼金魚」，二來可以展示「豪氣」，享受「乾杯」的快感。小杯的，不會害怕，容易多喝，容易醉，我每次喝醉酒都是因為輕忽它。

年輕時血氣方剛，回金門省親時，少有不醉的，經常是「今宵酒醒何處？楊柳岸，曉風殘月」。一直到最近，才開始可以抗拒醉酒的滋味，雖然難受，但有一種變態的痛快。最近一次返鄉，依舊難抵盛情。當我趴在「浯江號」的欄干上嘔吐時，一位來金門旅遊的好心大姐要我到艙內坐下，「坐著比較不會暈」。套一句最近學來的歌，我的字典裏沒有「暈船」，這大小金門的船我坐過數百回，我看著這處海水長大，豈可能暈船，只是不好意思跟人說，昨夜喝太多，還在宿醉。

酒過三巡，開始有人到處敬酒，不管熟識與否，在高粱酒的催情下，有聊不完的話題，一些三十幾年前的芝麻小事，一些年少時的恩怨情仇，終於可以毫無忌憚地攤開來算帳。像玩大風吹一樣，我快坐完所有的空位，突然有個聲音輕輕地在耳邊響起：「你知不知道我以前很喜歡你？」「是嗎？怎麼不早說！」我轉頭過去，想看看那種洋溢在臉上的少女嬌羞。或許是不勝酒力，臉早就紅了，紅到脖子了，雖然不知道是不是因我而起，無論如何，對這遲來的溫柔，我衷心感謝。想起郁達夫的詩句：「曾因酒醉鞭名馬，深怕情多累美人」，如果人生可以從來，我會更加珍惜這份友情。

當卡拉OK的音樂響起時，我已有點迷濛，「唸歌唱曲解心悶，無歌無曲味青春。」吃飯喝酒，喝酒唱歌，已經變成一種宗教儀式，對這一群中年男女來說，未必真的信神，但是大家都想捉住青春最後的尾巴。讓人難過的是，滄桑的歌聲，沉重的舞步，顯示我們都是有點年紀的人，青春已然如小鳥般飛走了。什麼人唱什麼歌，記憶中好像就是那幾首，只是突然覺得有些歌似乎沒有人唱，那種「遍插茱萸少一人」的覺悟，讓我剛high起的的心情剎那間down到谷底。

這一生第一次在公祭場合當主祭，是為了送你最後一程，在獻花獻果之後，禮儀人員竟然漏了讓我獻酒。莫非是因為年輕時喝太多，或是生病後已經戒了，不再碰酒了。我很想拿一罈陳高倒在你靈前，讓酒的香氣混著我們的友誼，陪伴你到天涯海角。握著稚子的手，我淚如雨下，想起韓愈〈祭十二郎文〉：「教吾子與汝子幸其成；長吾女與汝女待其嫁。」言有窮而情不可終，嗚呼哀哉！尚饗。

看著電視螢幕上翻飛的場景，還有這一張張熟識的臉孔，往事歷歷在目，還來不及把記憶串連起來，一聲「來賓請掌聲鼓勵！」把我嚇醒。這「黃粱一夢」竟是如此逼真，我真的分不清是夢非夢。為要趕赴另一場聚會，只好依依不捨起身告別，才剛說「我先走了」就被人打斷，「不要說走！」不能說「走」，不能說「再見」，不能說「回去」，千言萬語，一時之間找不到字彙可用。大半人生都在語言與文字中打混，靠一張嘴討生活，此時此刻，竟然被幾個簡單的字弄得啞口無言。

午後的大園突然下起一場大雨，雨來得不是時候，也正是時候。大園的天空原本就多了一層歷史的哀傷，這來自天空的雨似乎也特別沉重，打在小小的陽傘上，發出異於常情的聲響。我已偷偷地點了一首歌，應該會有人幫我唱。希望這首〈期待再相會〉能撫慰這三十幾年來失落的同學情誼，也希望老友你能聽到，期待再相會，天上人間。

四維漁港的黃昏

秋天是吃蟹的季節，大閘蟹肥美的蟹膏黃總是讓很多饕客讚不絕口，但奇怪的是對我們這一家子，雖然稱不上美食主義者，但肯定是愛吃一族的老外，至今竟然不曾有過大快朵頤的經驗。以前我沒有想過這個問題，畢竟人間美味千百種，不可能吃得遍，也或許是鍾鼎山林，人各有志。為什麼大閘蟹給終不是我們的菜？直到前些日子從冰箱裏清出了一隻至少已被冰凍三年的金門蟹後，我才恍然大悟，我記憶中的螃蟹只有金門蟹。

孩子的媽從黃昏市場買了三隻花蟹回來，特別強調很不容易買到，而且還是活的。廢話，這年頭誰還吃死的螃蟹！看到那三隻如電腦滑鼠一般大小的螃蟹，我不禁悲從中來。想我這一生吃過的螃蟹，要多大有多大，要多少有多少，完全不用花錢，如今，竟是如此卑微地把這三隻小蟹當作寶，叫人情何以堪！

我對遺傳學這門科學向來不那麼相信，但是生活中的一些現象又讓人無從解釋，就像算命一樣，信不信由你。我自小生長在漁港，對漁港有一份深情，沒料到這一家子竟然也喜愛這種充滿魚腥臭味的地方。大人可能是受我影響，小孩也喜歡海，只能說是胎教，還沒出生就吃太多海產了！

漁港是我們所有旅遊景點中最常去的地方，由北到南，只要車子可以到，或者可以順路經過的，幾乎不會放過。有時候，看到指標有漁港、漁村之名，便會不自覺地轉彎，事實上可能從未聽過這些地名。北部一些著名的觀光漁港，假日常可見到我們的踪跡。顧名思義，觀光漁港主要目的是觀光，因此賣魚的攤子與海產店到處林立。很難不被那些活蹦亂跳的魚蝦所誘惑，剛開始還會想買回家自己烹調，後來覺悟了，一方面是發現料理不是想像中的容易，另一方面則是，這趟旅程不知何時可回到家，冰塊再多也保不住魚的新鮮。於是改為買點乾貨，或者乾脆就在海產店裏用餐，美中不足的是，總覺得意猶未盡，想吃的沒能吃得過癮。

若只是為了口腹之慾，不需大老遠跑到漁港，來漁港主要是為了看船，看漁船回港下貨的場景，尤其是魚貨拍賣時熱鬧的情形，像是前年跑到東港看黑鮪魚。每次看旅遊節目的報導，全家都很興奮，你一言，我一語，約定一定要去一次。雖然交通方便，高速公路，一路到底，只是這四百公里的距離，從來不是想像中的輕鬆快活。更讓人無言以對的是，沒有弄清楚船進港的時間，一條黑鮪魚都沒看到，只剩幾條去除吻部的旗魚，堆置在角落等待宰殺。這時候餐廳還在休息，想吃幾口黑鮪魚，時機與氣氛都不對，只好買一點魚鬆，為到此一遊留下見證。

在人的感官中，視覺是短暫的，一旦閉起眼睛或離開現場，記憶就會變模糊，但味道這種感覺卻是會一直跟著走。有時候即便已經過去很久了，那種似有似無的虛幻仍會不時挑動你的神經，勾起你的記憶。儘管已經離開漁港了，魚腥味卻賴皮地黏在身上，再怎麼拍打衣服，還是揮不去。這海的味道參雜著車內的芬香劑，就算不暈車也會想吐。這種難以描繪的味道，之所以讓我如此敏感，牽涉到年少時的一場惡夢。

同樣的海風吹拂，同樣飄著魚的腥味，不同的是我們還有一片沙灘。近中午時，漁船陸續回港，全家大小聚集在沙灘上迎接父親歸來。六〇年代的金門，黃花魚不是算尾的，也不是算斤的，豐收時，都是用簍筐作單位。有時候碰到魚群，多到沒時間拆解，直接就把船開回來，衝上岸，連同魚網一起下貨。金門畢竟是個小地方，雖然有軍方的消費，也還是有一定的量，一旦超過額度，魚販便會收手，無意購買，通常得壓低價錢，拜託他們。在那個年代，沒有冷藏與冷凍設備，靠製冰廠的碎冰，無法大量貯藏。對於豐收，我們向來是既期待又怕受傷害。

捕魚有季節性，不同的魚穫使用不同的魚網和方式，拖曳漁網捕魚是其中的一種，儘管這種方式對海洋的傷害很大，但卻是捕撈底棲魚類不得已的方法。幾乎可以說是一網打盡，魚蝦貝類，包括螃蟹。蝦子的經濟價值最高，適合餐館，也適合家庭，作為軍方的副食也很恰當。只是一旦量太多時，一樣傷腦筋。較小的蝦子賣不出去，只好煮起來曬成蝦米。網中也會有一些根本不會有人買的魚，例如河豚，家鄉話叫做「刺歸」，有毒，但日本人視為珍饈。我們也知道河豚魚肉滋味鮮美，丟了可惜，因此就取肉的部份曬成乾，日後煮湯用。曬乾是我們處理剩餘魚穫的主要方式，醃漬只用於小型的螺與貝，通常是在岸邊的石縫下撿拾而來，不屬於魚穫。比較奇特的是螃蟹。金門有一道美食叫做「嗆蟹」，坦白說，我們並不常吃，用高粱酒來醃漬螃蟹，貴的是酒，不是蟹。

大家都知道蟹肉味美，但是一想到吃的過程，還是會有點猶豫，技巧不夠熟練，結果會很狼狽。每次點螃蟹，拆解螃蟹一直就是我的責任。看著女兒一口咬下蟹腿那種滿足的樣子，即便身為父親的我，牙齒隱隱作痛，臉上依舊洋溢著幸福的感覺。蟹肉食物或料理，現在已經很普遍，但蟹肉曬成乾，恐怕還是不多見。螃蟹容易腐敗，不像紅蟳，上岸後可以存活較久。面對大量的螃蟹，解決之道就是送人。國中時，學校請了幾位軍職人員，支援教導球類運動。我跟教練約好，載了一麻袋的螃蟹讓他帶回部隊，沒想到教練忘了，於是那袋螃蟹就這樣放在教室裏，從星期六下午到星期一早上，場面就不用形容了，臭味傳遍全校每個角落，用再多的香水都蓋不住，我因此成了學校的頭號戰犯。

螃蟹的樣子一如年少之時，惱人的是螃蟹的記憶已經模糊，螃蟹的滋味怕也變了質，如今餐桌上的螃蟹究竟從何而來，我也懶得問了。走出海園餐廳，來到我熟悉的「西湖古廟」前，媽祖婆的金身依舊，只是這重修後的宮殿，和這尊渡海而來的巨大塑像，感覺上有點陌生。這是我記憶中的古廟嗎？那年碰到大颱風，廟埕被海浪沖垮，半夜裏利用退潮時間，全村男女老幼都來搬石頭，築防波堤，終於守住這塊兒時的樂園。

重修後的媽祖廟與漁港的防波堤連結在一起，以後再也不怕颱風了。水泥與大理石鋪成的廟埕變大了，只是一直不見小孩嬉戲的當年情景，只見廣場上沒人坐的秋千，在風中隨意擺盪。海浪不斷拍打防波堤，激起雪白浪花，從交通船的玻璃窗上滑落，看起來似乎都一樣，不斷在重複，事實上，用心觀察，每朵浪花都有不同的姿態，不知不覺會看得著迷。這漁港早已沒有漁船，沒有舢板，沒有竹筏，連沙灘也沒有。

看到一個熟悉的背景，宛如當年父親坐在那裏。「阿叔，吃飯沒？」「你回來啦！」我拍了一下老人家的肩膀，「你知道我是誰嗎？」老人點點頭說：「你是〇〇的後生。」我們沒有再對話，就這樣一起看著海，或許我們都在想念一個人，他的老友，我的父親。小孩跑來叫阿公回去吃飯，我順勢也問了一句：「這是〇〇的後生！」老人家點點頭說：「要不要到家裏坐坐？」

我揮別了阿叔，再度回到媽祖廟，跪在拜墊上雙手合十，祈求媽祖庇佑漁港風調雨順，國泰民安，也庇佑離鄉背井的弟子們，健康平安，事業有成。漁港雖然已經沒有魚，但古廟的香火會綿延下去，一代接續一代，生生不息。

九宮碼頭的風

看著碼頭上那隻風雞，孤零零地站立在高塔上，很久沒有回家了，始終想不起來這雞是何時站在那裏的。小時候只要有雞躍上屋頂，一定設法把它趕下來，雞受到驚嚇便到處亂跑，在供奉祖先與佛龕的大廳上面跑來跑去，實在不像話，偏偏就是捉不到它，一旦急了，雞就飛到隔壁家去，看著它在別人家屋頂上耀武揚威的樣子，心裏只有一種想法：「我要不把你宰來吃，我還算是人嗎？」

風雞當然與風有關，但千萬別解釋成風中之雞。這幾年，金門開放觀光，上自政府當局，下迄地方文史學界，都極力想為金門找尋可以代表金門意象的圖騰，風獅爺與風雞有其宗教信仰與庶民生活的關聯性，因而脫穎而出，成了大小金門各自的logo，並且，在旅遊單位大力宣傳下，儼然就是金門的吉祥物。看到觀光客爭相與吉祥物合影留念，內心不免百感交集，昔日鎮風止煞，護佑居民的辟邪物，如今神性不再，英雄無用武之地，沒想到轉型之後，依舊還可以照顧居民，發揮一點招徠觀光客的剩餘價值。當觀光客問道：「這隻風雞為什麼會站在那裏？」時，一段關於小金門的故事便會從導遊口中娓娓道出：「想當年……」。

最近有一部國片夯到不行，連我那還在唸小學的女兒都跑去看，我實在搞不懂，干她何事？《那些年我們一起追的女孩》，很平常的故事，甚至可以說無聊，以我世故的眼光來看，如同一大堆的偶像劇，都是典型的肥皂劇。可是，為何這些女人家會看得如此癡迷到廢寢忘食？我不免懷疑，除了笑點過低之外，智商顯然也不高。有人愛作夢，幻想白馬王子騎著白馬來；有人喟嘆青春年華老去，對現實的情境有些不滿，卻又不得不認命，於是藉由小說般的情節，偷偷回味那段少女情懷總是詩的秘密。

我的秘密留在九宮碼頭。碼頭有風，有船，有心儀的女孩。高中三年，一千多個日子裏，碼頭一直是令人期待的地方，不是真的那麼愛讀書，急著回學校，而是為了一週才能一次近離看著她，或許還可以聞到一股淡淡的髮香。我對於風雞沒有興趣，也沒有太多的記憶，知道它的存在，因為屬於厭勝物，多少有些忌諱，不太敢去接近。但是，對於風，我可是相當敏感，可能不是只有我，所有必須來往於九宮與水頭之間的人，都很怕風，怕浪，怕離不開，怕回不來。這短短三千公尺的一水之隔，有時候是咫尺天涯，不論貧富貴賤，來到此地只能望海興嘆，有家歸不得。

小學生寫作文，最愛用「風平浪靜」一詞，長年住在海邊，我最能體會這句話是錯的。在九宮碼頭，即使沒有風也會有浪。風和日麗，萬里無雲，偏偏海面上就會捲起「千堆雪」，看到那小小的白色浪花，整顆心便往下沉，「又停航了。」以前的交通船，船身小，也沒有救身衣等設備，加上金烈之間水域洋流湍急，沒有人敢拿百姓的性命開玩笑，耽誤學校功課畢竟還算小事，出了差錯恐怕會遭來牢獄之災。但是萬一連續停航幾天，民怨產生，當局也怕受批評，有時候只好動用軍方，派出登陸艇將學生送過去。

我坐過幾次登陸艇，坦白說，我比較想坐海龍蛙兵的快艇，尤其是那種雙引擎的，似乎風浪再大也阻止不了他們。畢竟，對這些浪裏來，浪裏去的「水鬼」（兩棲偵蒐營）而言，以他們的專業訓練，就算翻船，絕對不會真的變成水鬼。事實上，這些「成功隊」也經常在沒有交通船時出任務，運送大官或勞軍團趕搭飛機回台灣，偶而也幫忙「國光戲院」跑片。

坐船是一門學問，俗話說「車頭船尾」，意思是比較不會顛波，震動起伏較小，可免暈吐之苦。這是一般人的想法，對我們這些少年英雄來說，一上船，先搶船頭，感受乘風破浪之痛快。其次是站立在甲板上，學武俠小說中的「千斤墜」，不用扶手便能站到船靠岸。船行海上，水波有其一定的韻律，用心體會，不難抓到訣竅，尤其是可能有學妹正癡情地默默看著你，或者，心儀的同學也正好看到你時，這馬步無論如何都得hold住。萬一hold不住，撞個滿懷，那散文就變成小說了！

但人算不如天算，海象變化莫測，一個沒能預期的大浪打來，女孩們個個花容失色，四處找地方躲藏。可憐的痞子英雄，就算全身濕了，快變成狗熊了，還是不敢跑。那時的交通船雖然也有船艙，只給大官坐，一般百姓，年長的偶爾會受邀進去坐，以彰顯長官親民愛民。其他的人，雨也好，浪也好，海水鹹鹹，隨人顧性命。有時候連交通船都坐不到，坐到貨船，浪大一點時，海水便從船舷溢進來，水愈積愈多，說不怕，假的。

事實上，我們不太在意船大船小，交通船或貨船，有船就好，只要能載我們回家，哪怕竹筏也願意坐。有時候整個星期六下午都耗在水頭碼頭，等不到任何船開來，最後一班的公車下來後，高職部的住得比較遠，只好黯然地先行離去，留下一群不死心的高中部，還在等待意外的驚喜，直到夜色暗下來才悻悻然離開。當時沒有夜航，就算浪平了，也不准再開船。幾個人趁著月色，沿著稚暉亭旁邊的小路，翻山越嶺，半走、半爬、半摔，回到學校宿舍已過晚餐時間，事實上即便早點回來，因為沒有登記，一樣沒得吃。

宿舍生活讓一群國中剛畢業的小孩學會獨立，學會照顧自己，對我來說，最重要的是學會適應想家時的難過。雖然已經拜過天公，轉大人了，畢竟從未離開過父母，未曾這麼多天離開家。住大金門的同學都已回家了，宿舍變得有點空蕩，因為是假日，不用照表操課，空下來的時間，或是到金聲戲院看場電影，或是到平安書店看看書。看免費的書是我們假日最大的收穫，瓊瑤的小說、鄭愁予的詩集，看一本賺一本，真的要感謝老闆對這群窮學生的寬容。「我達達的馬蹄是美麗的錯誤，我不是歸人，是個過客。」我不但是過客，也是有家歸不得的人！

金中三年，如同大師所說，是個過客。我蒐集了數百張詩詞書籤，特別喜歡李後主的〈相見歡〉，「林花謝了春紅，太匆匆，無奈朝來寒雨晚來風。胭脂淚，相留醉，幾時重？自是人生長恨水長東。」一張小小的卡片，寫滿祝福的話語，再附上這張書籤，當寫到「鵬程萬里」時差點掉淚，群雁紛飛後，不知何年何月再相逢？我在《金門日報》副刊留下這篇文章：〈別矣金中〉，字裏行間充滿對春殘花謝，別恨離愁的感慨，真箇是少年不識愁滋味，愛上層樓，為賦新詞強說愁。

我不愛層樓，我愛上的是碼頭。從這個碼頭到另一個碼頭，船愈坐愈大，家愈來愈遠，就算無風無浪也回不去。擠不進理想的大學窄門，只好流落在都市叢林裏，被補習班的廣告詞逼迫到喘不過氣來，無法決定該捲土重來或者半工半讀，畢竟國立大學的夜間部也算是不錯的成果。我心未死，卻又不知該何去何從，人生地疏，突然特別想家，「田園將蕪，胡不歸？」於是背起行囊，獨自南下高雄，來到異鄉的港口，讓風與浪送我回去那熟悉的碼頭。

回來後，幾乎每天都會散步來到九宮碼頭，但只敢遠遠站在高崗上眺望，不敢接近，怕看到那等在季節裏如蓮花開落的容顏，怕人問起鵬程萬里的舊事。手中厚厚的一本考前總複習，經常拿來當椅墊坐。看著船離開，看著船回來，碼頭的風還是一樣吹，至於有沒有捲起千堆雪，早已不在乎。整整半年的時間沒有坐過船，不是因為怕風，或是怕浪，怕的是人情冷暖。

而今的九宮碼頭早已變了樣，交通船大到可以運送汽機車，除了颱風之外，連黑夜也不能阻止它開船。現代化的影音設備，使坐船變成享受，與快艇不相上下的速度，快到讓人沒時間作夢。如同高鐵經過的一個站，再美的風景也來不及欣賞，或者說沒有人欣賞。如今誰還會在碼頭等船，即使看起來行色匆匆的觀光客，時間也掌握到分秒不差，上船下船，片刻不停留。每次回來，我都會在碼頭站一會兒，用力吸幾口海風。風的滋味讓我想起那段青澀歲月，我愛風，愛九宮碼頭的風，愛風中的故事，愛那「等在季節裏如蓮花開落的容顏」。

坦克與黃牛

說真的，我當了兩年兵，從來不曾看過坦克車在路上走，可能跟我的兵種有關，海軍陸戰隊與坦克車完全是不同的概念，任何人都很難將之聯想在一起。然而，我對坦克車卻一點都不陌生，去過金門的觀光客，必定都看過坦克車，甚至有人還看過數種坦克車：有國軍的，有共軍的；有些擺置在海岸邊，瞄準中國大陸，像是慈湖觀景台旁的那幾台；有些鎮守在戰史館的門口，例如「金門之熊」那兩輛大坦克，氣勢滂礴。在其他的景點，偶而也可以看到坦克或砲台，所有的坦克都是貨真價實的武器，但已完全不堪使用，擺著好看，目的不在展示軍事實力。坦克車的用意，為的是向人民訴說一段金門人英勇抗敵的故事。

金門解嚴之後，原本充滿肅殺氣氛的軍事陣地，陸續對外開放，尤其是在金門國家公園和文化局積極經營下，戰地逐漸變成兒童樂園。碉堡是戰地的表徵，也是發展觀光的好素材。金門縣政府曾在二〇〇四年時，邀請中國旅美藝術家蔡國強策展「金門碉堡藝術館・十八個個展」，藉由蔡國強的國際知名度，把金門推上國際舞台。二〇〇七年又在長寮重劃區舉辦碉堡裝置藝術展，以「魔幻光影・移動碉堡」為主題，帶領觀眾體驗光與影的魔幻饗宴，感受「火燒碉堡」的震撼力，讓卸下戎裝的碉堡以藝術風貌，變裝為觀光展場。藝術無價，我們肯定這樣的活動，只是對曾經走過那個烽火年代的鄉人，或是駐守在陣地內，以生命護衛這塊土地的老兵而言，不知作何感想。

碉堡對我而言，既熟悉也陌生，這是一種頗為矛盾的感情。家在海邊，沿著海岸線，分佈著各種碉堡陣地，碉堡的週遭幾乎都是雷區，鐵絲網圍起來的草叢，樹立一塊告示牌，或者直接掛在鐵絲網上，「地雷」這兩個字可能是所有中文字中最具威嚇作用的，嚇自己也嚇敵人。我常常想，是不是可以在向大海的那一面也貼出「地雷危險」的告示，讓敵人害怕，被困在沙灘上，進退不得。兵法上說「不戰而屈人之兵」，應該就是這種謀略，心理攻防更勝於碉堡內的槍砲。這幾年金門一直在進行掃雷工作，地雷二字變得相當熱門，腦筋動得快的商人已經把它作成紀念品出售了，繼砲彈後，金門又多了一項圖騰商品。

小時候曾經隨著阿兵哥進到碉堡內，感覺上就是一處住的房子，空間不大，但生活用具一應俱全。就像村裏的防空洞，可以躲宣傳彈的砲擊，也可當作住的地方。我在防空洞裏住了好幾年，還幫防空洞取了一個意義深長的名字——「潛龍」。碉堡內冬暖夏涼，是極佳的避暑勝地，大型的碉堡甚至有地下坑道，生活機能完善，如果可以拋開戰爭的陰影，碉堡會是很適合人類居住的建築。當兵時曾在柴山守防，防區有數個據點座落在西子灣旁，我們就住在類似碉堡的掩體內。台灣其實沒有戰爭的威脅，雖然軍事訓練經常把事情搞得像真的一樣，但大家心知肚明，阿共仔會跑到西子灣來，比天方夜談還不可信。

在兩岸較為緊張的年代，金門到處有反空降掩體，保守估計超過一千座，漆上迷彩色，座落在重要的十字路口或空曠的地方，這些機槍堡主要用來對付空降傘兵；另外還有一些掩蔽大砲的碉堡，用來對付飛機。解嚴後，這些軍事設施不再神秘，觀光客可以隨意拍照，放上部落格讓大家欣賞，完全不怕洩露軍機。機槍掩體比較沒有特色，不像海防碉堡，碉堡的存在與消失，正好見證了金門從封閉走向開放的進程。

二〇〇七年我帶著家小再次回來，正好趕上「碉堡藝術節」，因此也參觀了小金門的幾個知名碉堡，例如：將軍堡、鐵漢堡與勇士堡，號稱「烈嶼三堡」。另外也看了一些只有當地才知道的碉堡，例如虎堡、誠實堡、曙光堡等，這些名不見經傳的碉堡，似乎沒有整修的價值，多數仍是荒煙漫草。整修後的碉堡，早已沒有煙硝味，牆上的紅色標語，讀起來不但不感人，女兒還笑它字寫得太醜。國家公園一直在苦思如何應用這些閒置空間，或許可以這樣安排：在將軍堡內吃中飯，在勇士堡的大樹下喝下午茶，然後夜宿彷如迷宮的鐵漢堡，這會是怎樣的情境？既浪漫又實用。這些軍事陣地，畢竟不是古蹟，固然有其保存的價值，若只是提供參觀，意義不大。不必把所有金門的東西都變成戰爭博物館，既然金門想轉型，就得拋開過度的戰爭記憶。當槍炮彈藥銷毀後，當地雷清除完畢之後，碉堡只是一處生活空間，而且，以目前金門海岸陷落的速度，下一代未必還能看到謎樣的碉堡。

沿著四維坑道口到東崗採石場的海邊，以前有很多小型碉堡，外觀看只是個長滿雜草的小土堆，加上有木麻黃樹作掩護，不論從空中或地面都很難被發現。但是因為有駐軍，看著阿兵哥進進出出，碉堡的存在也不是秘密。前幾年，我帶小孩來東林海濱公園戲水，不管是向前看或往後看，一時之間竟找不到熟悉的碉堡，碉堡都不見了。小時候誤入沙灘會被衛兵嚇止，惡劣的衛兵還會作勢開槍。如今，沒有兵，也沒有碉堡，一整片的沙灘，只剩馬鞍藤和菟絲子，稀稀疏疏，卻又彼此糾結不清。在地勢較高的地方，偶而可以看到崩解的碉堡殘跡，鋼筋水泥或許可以抵擋炮火襲擊，卻敵不過海浪與海水的侵蝕，慢慢風化，被海水帶走，終致一無所有。大自然的力量讓人害怕，也讓人更加珍惜這片刻的存有。

來到東崗的直昇機停機坪，看到兩頭黃牛悠閒地在吃草，女兒拿起數位相機猛拍。以前去牧場玩時，看到的都是乳牛，買牧草餵大牛吃，買牛奶餵小牛喝，這荒謬的遊戲小孩玩得不亦樂乎。不管大牛或小牛都是被人圈養，不曾有機會與野外的牛如此近距離相處。眼前的黃牛似乎很怕生，小孩也怕牛生氣，無法像爬上坦克拍照那樣自在，把坦克當作大玩偶。牛雖然很溫順，是農人最好的伙伴，但牛脾氣一旦來了也是六親不認。

透過鏡頭，女兒突然看見很奇特的事，原來每隻牛都有記號，牛背上竟然烙著數字。經過我解釋之後，有點似懂非懂，但好奇程度不減反增。接下來的旅行中，只要看到牛，就會趨前去看看數字。還好沒聽過金門有人簽六合彩，否則牛不徒不能悠閒地吃草，恐怕連睡都不安穩。

家裏捕魚為生，雖然也有幾塊田，不常種，形同荒廢，既不養牛，也不需幫人牧牛，因此，對於牛沒有太大的感覺。金門人對於黃牛向來很敬重，從小我就被告誡不可吃牛肉，理由千奇百怪，我也不覺非吃不可，一直到高中才有機會偷吃。來到台灣讀書後，幾乎吃遍跟牛有關的所有商品，牛排、牛肉麵、牛肉乾，不吃牛肉還真的是件困難的事。大賣場的牛肉大多自國外進口，吃起來比較沒有罪惡感；菜市場標榜正宗黃牛，看到「黃牛」一字我反而有點退卻，總是會不經意地想起家鄉那些隨意放牧的黃牛，那種聯想讓人變得很難過，心情不對，再美味的食物都難以下嚥。

這幾年，金門的牛肉加工已經打開市場，成為重要的觀光商品，本地人吃牛肉料理的也愈來愈多。有人專門蓄養黃牛以供宰殺，有大型的牧場，也有零星的農家。路上看到的黃牛已經不全是為了耕田之用，多數會進入饕餮的五臟府。天生萬物以養人，耕田的未必不能發揮其剩餘價值。只是，對於黃牛我依然深覺不捨，我會購買金門的牛肉乾送人，但回金門時，我不會想吃牛肉。我無法克服黃牛與牛肉的矛盾，我不是素食主義者，但想到殺生，我寧可不食。

這幾年，為了提振金門的經濟，政府與民間業者大力鼓吹以金門酒廠的酒糟來養牛，以高粱酒灌製黑毛猪肉香腸，這個趨勢似乎已難遏止。在牧馬侯時代金門原本就是牧場，但養的是戰馬，不是會破壞生態的蓄牧業，顯然這些人誤解了歷史。我已離金門太遙遠，沒有資格對家鄉作任何建言或批判，只是單純地覺得，坦克與黃牛都是金門的資產，即便在那個烽火的年代，黃牛體現了金門人的生命力，認命與自在。金門人不怕沒肉吃，怕沒乾淨的水喝，當坦克已熄火、碉堡已傾頹，輕風吹來，卻是一陣陣的牛屎猪糞味，我怕金門會成為人們想再度逃離的戰場。

病中吟

一場小小的感冒竟然咳了三個禮拜還沒好，身體狀況真的是江河日下，一日不如一日。藥吃到不敢再吃，就怕好了感冒，壞了其他器官。人一旦老了，怕死也怕病，甚至連吃都怕。吃太多、吃太辣，腸胃受不了，脹氣算小事，拉肚子最要人命，有時候拉到真想就睡在馬桶上。

讀書時經濟情況不好，吃個便當都有問題，奢談大魚大肉、山珍海味。而今稍有餘力卻已是齒牙動搖，美食滿桌，竟然找不到下箸處。一大堆來自醫學上的恐嚇詞，當吃與不當吃、該吃與不該吃，已經不是想吃就吃那樣簡單。不過就是吃頓飯，需要搞得如此複雜嗎？年輕時來不及吃，年紀大了沒得吃，勉強破戒，下場就是看醫生。每次被診斷為腸胃炎時，就得忍受三日不知肉味的磨練，真的餓了只有稀飯或白吐司，已經覺得人生乏味之時，小孩偏偏利用這個機會在你面前大啖炸雞，叫人情何以堪啊！

前些日子參加一個同學會，三十年不見的導師突然問了一句頗為無厘頭的話：「還經常感冒嗎？」怎麼看我都不像林黛玉那種體弱多病的樣子，小時了了，也曾是選手級的運動好手，堪稱身強體健，為何對於感冒會如此沒有招架力？從小到大一點長進都沒有，我真的不好意思跟老師說：「又感冒了」。生病是無可奈何的事，尤其是重大病痛，按常理，應該沒有人願意生病。但是，偶而生場小病，似乎也無傷大雅，恐怕真的有人喜歡那種生病的感覺，或者想藉由生病獲得關心、惹人憐愛。

女兒每次感冒，喉嚨沙啞說不出話，等到病情稍好時就會故意發出經過變造的聲音，這種平常只有在卡通影片，或鬼怪片裏才會出現的聲音，成了她苦中作樂的消遣之一。孰不知，每一聲咳嗽，對父母親來說都是煎熬，聲聲催喚，徹夜難眠。年輕時最怕半夜聽聞父母親的咳嗽聲，戰地金門，醫療設施缺乏，只有隨軍的醫務所，作一些簡單的外傷處理。類似感冒的病大都向西藥房，或者雜貨店買成藥吃，病況往往很控制，總是會拖上個把月。將心比心，我若感冒，晚上常常用棉被摀住嘴巴，深怕咳嗽驚擾父母，讓人擔心。俗話說「養兒方知父母恩」，為人子、為人父，點點滴滴，有辛酸，有欣慰。記得女兒小時候感冒，鼻涕倒流，睡不安穩，只好抱著她坐到天亮。如今看著女兒這麼大一隻，只能感慨歲月不饒人。

郁達夫生病時寫了一首詩，前面兩句如下：「生死中年兩不堪，生非容易死非甘。劇憐病骨如秋鶴，猶吐青絲學晚蠶。」兩年前我到醫院安寧病房看了一位朋友，他的心境就如郁達夫所寫，才過半百就得跟生命說再見，真的很不甘心。為家人辛苦了半輩子，再過幾年就可以退休，不冀望享清福，至少可以出國去旅遊，看看這個世界。沒想到病來如疾風，竟然無緣一睹世界之美。風中殘燭，等不到蠟炬成灰、春蠶絲盡，只盼有來生。在「南無阿彌陀佛」的誦經聲中，望見極樂世界，西方境土。那裏百花齊放、百鳥齊鳴，無病無痛，無憂無慮，豈是這世界可比擬？卻又為何頻頻回首，不甘？不捨？不忍？我無言以對。

最近這幾年比較常參加一些告別式，一方面自然是與年紀有關，相交的朋友，認識的親人都到了隨時可能說再見的時候；另一方面也可能是自己意識到生命最終的歸宿，能夠較坦然接受生離死別的難過。古今中外有各種宗教，信徒遍佈世界各個角落，真正的無神論者不多。宗教之所以吸引人，讓人信仰，因為它提供了一個死後的世界，不論是基督教的天堂或佛教的涅盤，都是一種慰藉，舒解人們對短暫生命的驚恐。生命有時盡，靈魂或許可以永恆，至於有無來生，需有更高的智慧才能參透。

去年此時我回金門送舅母最後一程，今年再度返鄉，竟然也是為了奔喪，往後這種情形恐怕會愈來愈多。根據《金門縣志》的記載，金門人長壽的很多，百歲人瑞時有所聞，一百歲的外叔公可能還進不了排行榜。今年是辛亥革命一百週年，到處可以見到一百這個數字，外叔公若不是已經病了很久，其實可以幫政府作宣傳，見證百年民國史。雖然一百是個完美的數字，能活一百歲卻是連作夢都不會出現的情節，照理，這應該是一場喜事，有些族群也確實會以快樂的心情來辦告別式。金門人好古禮，尤其是在祭儀上，不管是大戶人家或一般家庭，都不敢隨便更改習俗，怕引來鄉里的非議。我原本有不同的期待，認為應該是一次較愉快的旅程，沒料到依舊跪到膝蓋酸痛。

在金門，喪禮是地方大事，是整個宗親家族全體的事，一定得在《金門日報》上登載訃文，治喪委員一字排開，幾乎都是金門地方上有頭有臉的人物，主委一職通常也由地方父母官擔任。因此，公祭儀式就變得相當重要且累人，只要是跟家屬沾上邊的都會派代表來上香，甚至連附近的駐軍也來軋一角。反倒是家祭顯得不是那麼有看頭，這可能是金門喪禮上的一大轉變。傳統形式的場景，日漸消逝，時間與場地都不容許完全依循古禮，因陋就簡的結果，通常就是便宜行事，即便有錯也不太計較，主事者與觀禮者可能也不甚了解，若不是靠一些耆老的教導，這一代的人恐怕無人懂祭拜之儀。

祭神如神在，形式不重要，最重要的是心意。然而，如何知道心意，還是得經由形式。任何儀禮都是形式，透過形式，表現態度，反映心意。換句話說，拈香的意義不在於香的多寡，也不在於拈香的動作，甚至即使香火已熄滅，也不是重點。獻花、獻果、獻饌、三跪九叩，都只是儀式，藉由這些規範過的儀式，人們得以近距離目送親人回去，在往後的日子裏留下一些回憶。這最後一程，無論如何都不能缺席。

我攙扶著母親與阿姨，在其他親屬中不乏像我的情形，這些早已白髮蒼蒼，行動不便的老人家，沒有人可以因為年紀大而享受特權，因為再大也大不過外叔公。這是我看過最令人感動的告別式，相信觀禮的人群應該也會心有悽悽焉。只要父母親還在，不管我們是多大年紀，對他們來說永遠是小孩；也不管父母活到幾歲，他們的離去仍是子女心中極大的傷痛。這也就是為什麼外叔公活到期頤之年，我們還是無法用愉悅的心情送他走，我依然必須在水泥地上爬行。

從金門回來後，除了膝蓋有點疼痛之外，咳嗽的情形似乎更嚴重，不時還會流鼻水、流眼淚，依我多年的經驗，這絕對就是感冒的症狀。記得有位醫生跟我說過，感冒沒有藥可醫治，如果不引發其他器官問題，一週之內會自己好，吃藥只是舒緩身體的不適感覺，不會讓病好起來。因此，我又拖了好幾天，實在是不舒服，而且顯然已影響到上課，於是只好選一個比較清閒的下午走一趟耳鼻喉科。熟悉的醫生不在，是一個年輕的兼職醫生，怪不得不用等候，還來不及坐下看報紙，立刻被護士小姐叫名字。

醫生忙著打電腦，輸入上一位病人的資料，看起來不是很熟練。自從實施健保制度之後，很少看到醫生手寫病歷表了。就跟學生一樣，大小報告都是電腦打，現在網路氾濫，按一個複製鍵就可以到處抄文章，很難判斷是不是自己的東西。學校一直在推行E化運動，紙本公文幾乎不見，每個老師都送一台筆記型電腦，連上教室或辦公室的網路後，就可以產生像科幻電影的情節，只是這些聲光器材真的對於教學有助益嗎？我向來持懷疑態度。醫生終於找到我的病歷表，轉過頭來問了一句：「怎麼樣？」我咳了兩聲給他聽，明白顯示喉嚨不舒服，也想藉由聲音表達心中的不滿。

「感冒了！」醫生不假思索，立刻診斷出我的病症。接下來就沒再問了，也沒其他的動作，專心地在鍵盤上打字，勾選處方，不時還會看看舊的資料，依照我的職業敏感度，這肯定是：「抄襲」。有一句成語很貼切，叫做「依樣畫葫蘆」。我沒讀過醫學院，但以百折骨肱的經驗，醫生說的沒錯，確實是感冒了，只有一點不明白。「是以前的感冒沒有好，還是新的感冒？」醫生大概沒有料到會有這麼牛的病人，問這麼無厘頭的問題。我一直盯著他看，等一個答案，醫生不得已認真地看了一下電腦螢幕，「應該是新的感冒」，語氣似乎很沒自信。「是嗎？」我也不那麼相信他的話。

拿著一大包藥回到家，不管是舊病或新病，藥是一模一樣，總共六顆半，外加咳嗽糖漿，份量不算少。病也看了，藥也拿了，一時之間反而有點矛盾，「要吃嗎？」想到《哈姆雷特》劇中的名言，改一個字就是我現在的寫照：“To eat or not to eat, that is the question.”只是吃幾粒藥，沒有到死那麼嚴重，但也夠折磨人的。吃藥是小事，生死抉擇才是最困難的事，我可以選擇不吃藥，可我能向生命說「不」嗎？

番薯是我的名

對於米飯我吃的不多，五穀雜糧這種養生飯更是吃得不習慣，平常在外面用餐，吃麵的機會比較多，一碗牛肉麵，簡單方便，也不用煩惱還要叫什麼湯，配什麼菜。在家裏時，老人家還是堅持米飯，而且一定要弄上幾道菜，飯、菜、湯三合一，這才像是吃飯，像個家。這種習性可能來自金門老家時期，吃飯一定得全家上桌，大人小孩都要到才開動。每到晚飯時間，全村到處都可聽見呼喚小孩吃飯的叫聲。煮什麼吃什麼，偶而可以要求吃些別的，不管是配菜或主食，可選擇的其實不多。家住海邊，父親捕魚，魚是飯桌上主要的配菜，有時候連早餐也有魚乾或醃漬的海產，十數年如一日，無從抱怨。

現在社會進步，物資豐裕，加上國際化的交流，各國料理，各種食材充斥台灣街頭。一般人最困擾的不是沒東西可吃，而是不知要吃什麼。有時候全家開車外出用餐，大街小巷繞一圈，最後還是回到自家附近的小吃攤，隨便點幾樣菜，有吃就好。

萬一碰巧經過「得來速」，乾脆就買漢堡炸雞，小孩快樂，大人也樂得省事。品嚐美食需要時間與精神，對一般上班族來說，經濟能力不是問題，問題在於沒時間好好吃頓飯。能夠悠閒地坐下來吃頓飯，或者輕鬆地喝杯咖啡，已經被型塑成一種都市生活的享受。

人的一生究竟需要多少熱量以維持生命，科學家應該可以算出來；但是，曾經吃過哪些食物，數量有多少，卻是一個無法統計的難題。每個人吃的東西都不一樣，有些人可能基於環境的因素，或信仰的限制，無由接觸某些類型的食物；也有人偏好特別的食材，即所謂的偏食或挑食。大體來說，吃是一種文化現象，與歷史背景和生長環境有關，因此產生一些既定的印象，例如東北餃子館；日本生魚片；義大利麵；瑞士的乳酪等，食物有時候可以代表國家與民族，經由食物聯想到某一族群，因為大家都吃相同的食物，於是產生一種族群意識，即「食物民族主義」，例如番薯與芋頭，對台灣人來說就是一種族群印記。

番薯，對走過那個清貧年代的金門人來說，是一輩子的記憶。許多金門籍的作家，作品中幾乎都會談到小時候吃地瓜的經驗。楊樹清以《番薯王》一書獲得梁實秋文學獎，洪王芬編的《島嶼・食事》一書中，收錄許多番薯戀情的文章。有人把地瓜當美食，遺憾在我的成長過程中，地瓜一直如同吳鈞堯所說，是一種「飢餓」的表徵。這些年在台灣，我吃過無數番薯做的食品，例如金山的拔絲地瓜、花蓮的薯餅、竹山的地瓜片、九份的番薯圓、台東的地瓜酥，以及一大堆不知名的路邊小吃，最常吃的則是到處可見的烤地瓜。在台灣，地瓜是很普通的食材，自助餐裏也會賣地瓜稀飯，只是在台灣，談到「番薯」一詞時總會參雜著一層政治與族群的氛圍，讓人對「番薯」一詞有所忌諱，喜歡吃地瓜卻不敢隨便講「番薯」。

有一陣子台灣流行二十四小時營業的「清粥小菜」，常常看到開雙B車的人停下來用餐，尤其是廣告看板上那碗熱騰騰的地瓜稀飯，白色的粥糜中半浮著幾塊黃色的地瓜，在這寒冷的夜裏，再沒有比這更窩心的享受。我隨意點了幾樣小菜，其實也不算是菜，不過就是一塊豆腐乳、一塊鹹魚干、一個荷包蛋、加上一小撮甜豆，結帳時差點爆粗口，竟然比一客牛排還貴。收銀員看到我的驚訝表情，似乎也很不爽，重新把每個項目的價錢講一遍。這要怪自己，一直在小菜堆裏尋找記憶中的食物，忘了抬頭看價目表，如果早一點看到，我可能就只點一碗地瓜稀飯。

心情不對，美食也隨之變味。這粥不夠爛，地瓜不夠甘甜，只有兩小塊，未免太小氣，想來想去，就是不如母親煮的好吃，早知道回家去吃。母親也不喜歡吃硬飯，有時候會私底下另外再煮稀飯，但都只是放在廚房，不會端上餐桌。有一次偷偷地問我要不要吃地瓜稀飯，我當然求之不得，沒想到被小孩看到搶去，結果是大人都沒得吃。阿媽看到小孩如此捧場，立刻允諾明天再煮，我趕緊阻止，別太相信小孩的話，地瓜稀飯不是人人能吃，只有真正餓過的人才能了解個中滋味。

我吃不完一碗小的滷肉飯，但地瓜稀飯可以吃三碗，仍覺意猶未盡。現在的地瓜稀飯，地瓜只是點綴，粥米才是主角，多吃幾碗仍會有飽足感，不像小時候，粥稀得像水一樣。閩南人有句俗話說：「時到時擔當，無米再來煮番薯湯」，番薯湯是一種心酸的記憶，當時沒得選擇，現在想吃需要天時地利配合。我們家的番薯湯通常與地瓜籤一起煮，有嚼勁的地瓜籤和軟爛的地瓜使番薯湯更加甘甜，而且比較不會覺得膩。小孩時期活動量大，沒零食吃就偷曬乾的地瓜籤來吃，偶而也啃過生的地瓜。地瓜固然隨手可得，但想吃烤地瓜就得靠運氣。

鄉下人家都有一口灶，煮完飯之後丟幾塊地瓜進去，利用灰燼的餘溫讓地瓜烤熟。這看似簡單的動作，學問其實很大，我烤的地瓜若不是沒熟，就是焦得像木炭一樣。戰地政務時代，不容百姓隨便砍伐樹木，薪柴通常是木麻黃鬚或雜草，這種灰燼很快就會冷卻，烤不熟地瓜。只有當過年前蒸年糕或發粿時才會用到大柴，大柴燒後變木炭，足夠烤很多地瓜。只是，有時候愛玩，忘了灶裏的地瓜，等想到時地瓜也一起變成木炭。運氣好時，中間還可以吃，焦掉的地瓜其實別有風味，苦中帶甜，甜中有苦，可能是因為水氣都已散掉，感覺上特別甜。這種苦苦的滋味，離開金門後就再也沒有機會品嚐，現在市面上賣的烤地瓜總是強調皮也可以吃，每次剝著烤地瓜的皮，我就會想起那塊黑黑的地瓜。

　　我從事教育工作二十餘年，活得愈老愈覺得有些東西可以不用教，時候到了自然就會。看著女兒吃地瓜稀飯的樣子，我更堅定自己的想法。她用湯匙將地瓜壓爛，和稀飯攪在一起，先舀一匙吃，然後拌一拌再繼續舀，唅在嘴裏的地瓜泥溢到嘴角邊，於是伸出舌頭左邊舔一下，右邊舔一下。吃相確實不雅觀，她娘出面制止，我卻看得入迷，想到我小時候不也是這樣吃嗎！英文有句諺語說："like father, like son." 雖然是女兒，但我們對於番薯的滋味卻是："Great minds think alike."（英雄所見略同）。

　　番薯怎麼做都好吃，至於地瓜葉，到現在我還是覺得怪怪的，尤其是那種會產生紫色湯汁的地瓜葉，我始終欠缺嚐試的勇氣。外面的小吃攤幾乎都會賣燙青菜，地瓜葉長得快而且一年四季都可摘採，因此成為首選。偶而我也會吃，但相較於地瓜之來者不拒，地瓜葉不是我的菜。有一次孩子的娘從市場買了幾塊地瓜回來，忘了煮，地瓜長出了新芽，發芽的地瓜不能吃，於是我把它拿到陽台，放在花盆內，花盆的土早已硬化，不能種任何東西。雖然沒有土，但靠著自己的養份居然長出茂盛的地瓜葉，滿滿一個花盆。有句諺語說：「番薯不怕落土爛，只求枝葉代代湠」，可惜陽台上的花盆沒有土，不久之後，地瓜葉也枯了。

小時候差點被人叫「番薯」，同村或同學中綽號「番薯」或「番薯王」的所在多有。我一直覺得這個名字很俗氣，對書讀得還不錯的我來說，顯然太沒水準了。由於我的排斥感太強，因此沒有人再這樣叫我。如今省視走過的生命，叫什麼名字，根本不重要，無所謂了，地瓜也好，番薯也好，愛怎麼叫，就那麼叫吧！

施捨的智慧

凌晨三點，正準備搭車南下，看到一位與我年紀約莫相仿的男子，正從圾垃桶中撿拾可以吃的東西。我觀察了一會兒，看看其他躺在椅子上的遊民，心裏一直想，如果我給他錢，其他遊民看到，會不會也跑來向我要錢，我有點遲疑，不知該與不該拿出皮夾。一直等到上車前五分鐘，打算一給完錢就上車，其他遊民就算看到，絕對不可能跟上車，因此拿了五百元出來，靠近他，輕聲地說：「你拿著去買個便當吃，不要再撿垃圾。」他看了我手中的錢一眼說：「不用了，我已經吃飽了。」聲音比我還大聲，我被這樣高調的拒絕弄得有點不好意思，只好趕快上車，不敢回頭再看一眼。

一路上，心緒難平，很累卻睡不著，不明白究竟那裏出了錯。是嫌錢太少，或是我的態度出了錯？遊民也有自尊，即使一時落魄，也不求人施捨，也不向人乞討，真的有這樣的人嗎？遊民的定義不就是遊食四方嗎？我常在車站碰到有人向我乞討，不全是遊民，也有像學生的人來借錢，希望借他錢買車票回家。這種錢不多，通常不會拒絕，但也不一定順利。就曾經有一次被人阻擾，別人告訴我，小心錢被拿去買毒品，這種善意的警告真的嚇到我。我也一大把年紀了，不再像年輕時一樣涉世未深，但社會陰暗的一面，我畢竟還是知道得太少。如果善心會助長犯罪，當然就得三思。

遊民是台灣社會的普遍現象，人數究竟有多少，幾乎無法統計，原因是真假難辨。每次看到宗教團體或社福單位有救濟遊民的活動，透過電視畫面看起來，不像遊民的人太多了。台灣人貪小便宜的習性一直存在，為了一個免費的便當，或是一個廉價的贈品，可以大排長龍，甚至全家一起來佔位子，耗掉一天的時間，只為省那幾塊錢。我向來不喜歡排隊，總覺得在眾目睽睽下，為一點蠅頭小利，貶低自己的身份，面子掛不住。我不相信世界上有任何東西非如此做不可，即便是排隊買票看電影或等候叫位吃飯，都寧願以後再說。因為自己的好面子而失掉很多的機會，偶而也會覺得遺憾，尊嚴固然高尚，但人一生不可能從不求人，人終究還是有落魄的時候。

大學時代，家裏經濟狀況不好，必須向親朋好友告貸，供我讀書或維持家中日常生活。這項艱難的工作向來都落在母親身上，那種場景有時候正巧被我看到，內心的酸楚難以形容，也或許因此更堅定自己必須努力的決心。對貧困的家庭來說，教育是脫貧的最佳途徑，在台灣社會，教育資源的分配未必盡如人意，但教育是公平的，機會均等，只要認真去讀去考，絕對可以出人頭地。現在的社會可能跟二、三十年前不一樣，當高等教育的窄門一旦開放，文憑不再是就業的保證，學歷無用論不但顛覆教育的價值，連帶的造成貧富的代溝無法翻轉，富者愈富，貧者愈貧。

以自己的家鄉為例，真的讀不起大學的幾乎沒有，私立學校學費雖然貴很多，但只要能考上還是會去讀，做父母的永遠是一樣的心態：即使窮，也不要窮在孩子的教育上。同學的小孩有早已大學畢業的，也有正在唸大學的，讀大學是相當普遍的事，不讀反而讓人覺得奇怪。有一天，大學會成為國民義務教育，到時候，教育水平可能更加低落，不知為何而讀，以及根本不想讀的人會多到搞垮一個國家。教育是國家的根本，本固邦寧，沒有好的教育，下一代就沒有希望。然而，教育的價值趕不上社會的變遷，學歷未能轉化成資產，學歷越高負債可能隨之增加，為讀書而背負債務，使教育淪落成窮困的幫兇，讓人不再嚮往高等教育。

我也曾因讀書而背負債務，若不是舅舅的資助，我讀不起大學，即便是公立大學也無能為力，何況是私立大學。因為除了學雜費，還有書籍費、住宿費、生活費，不管是以前或現在都是一筆龐大的支出。麻煩的是我一直在讀書，沒有立刻投入就業市場利用工作所得來改善家庭，父親等不及我畢業。辦完喪事之後，母親跟我說：「家裏的債都清了！」用的是父親的漁保和喪葬結餘，我聽完淚如雨下，即便到今天，想起那段話依舊忍不住掉淚。父親沒留給我任何房子、田產，也沒留給我任何債務，雖然被病痛磨了好幾年，但走得瀟灑，這一生我虧欠父親太多。

錢財是身外之物，但我畢竟還有一個家庭要養，孩子尚未成年，因此無法隨意揮霍，在錢的花用上仍然放不開，感覺上近於小氣。對我來說，問題不在於由儉入奢易，其實我也常有想要奢華的意念，也確實抗拒不了對某些物品的購買欲望，但都在適可而止的範圍，不敢任性而為。對公益團體的捐獻，也想盡一份心力，只是經常無法拿捏一個適當的數字，總是覺得應該可以更多。

所有的公民道德，或宗教教義都鼓勵人們行善布施，《論語》說「行有餘力則以學文」，重點不在「學文」，有沒有多餘的力量才是衡量的標準，最弔詭的也正是這句話。行善應該是心意，不是能力，大慈善家可以一擲千金，滿地灑錢，這些人早已視金錢如糞土，計算他們有多少錢毫無意義。然而，我們也不鼓勵自顧不暇，生活有問題的人出來幫助別人，善行與義舉有時候得靠機緣，來得是時候才能發揮作用。

這些年世界各地天災人禍不斷，台灣人民發揮愛心盡力捐輸，贏得不少國際友誼，也讓世界各地的人民見識到台灣人的慷慨。台灣不是最有錢的國家，國內的貧窮問題其實很嚴重，為何還能捐出這麼多錢？這是一個值得探討的問題？也有人批評台灣人喜歡當「凱子」，外交上如此，人民的心態也是如此。「寧贈外邦，不予家奴」，這是中國人的通病，學者譏諷為「國際精神病」，明白的說，即面子主義作祟。任何社會都有沽名釣譽的人，假藉行善以謀取另一種利益，事實上即便如此，我們還是予以肯定，因為金錢確實可以幫助很多人度過難關，受捐助者也必然會心存感激。「為善不欲人知」固然是美德，高調行善也不是壞事。

對某些人來說給錢最實際，當街灑錢的場景多少會讓人覺得不舒服，卻是最簡單、最直接的救濟方法。中國歷史上的一些義賊，往往也是採用這種方法，將盜來的銀錢或白米隨意抛進窮人家裏，捐贈者不求回報，受益者也不須背負「知恩圖報」的心理壓力。韓信「一飯千金」的故事不是行善的好例子，《史記》裏講了很多報恩與報仇的故事，報恩與報仇涉及人格道德與生命價值，都是大事，但我始終覺得這樣的行善太過於功利主義，「一飯」值千金，「千金」難買一飯，在當下，「一飯」與「千金」不可同日而語，相提並論。

當今台灣社會詐騙集團橫行，利用人皆有惻隱之心的弱點詐取金錢財物，使許多想行善的人心存疑惑，不敢放心將錢捐出去。捐出去的錢，沒能真正幫助到有需要的人，固然會讓人畏縮，若因此助長犯罪，恐怕更讓人難過。當兵時，曾在高雄火車站前的地下道，碰到一位身殘的年青人向我乞討，我給了他一千元。當晚我有外宿假，因為家在金門，台灣沒有可落腳之處，因此只得住進旅店。沒想到竟然在旅店內看到熟悉的面孔，而且四肢健全，正是先前在地下道的那位仁兄！顯然是乞討工作已下班，利用旅店來梳洗，也有可能就住在旅店中。我再看他一眼，他的從容自在讓我連生氣都不敢。

這種遭遇真的讓人氣餒，不得不懷疑自己的智商是不是太低，居然這樣就可以騙到我。施捨與被騙完全是不同的感受，年輕時情緒反應較為兩極，也因此對不信任的「化緣」與「勸募」裹足不前，即便有所表示，也都是「適可而止」。如今想法早已改變，施捨就是單純的施捨，是真心的想要給予，既不求回報，又何須在乎是否被騙！

近日我一直在找尋一位眼盲的老人家，第一次在下榻的飯店附近看到她，一個人撐著拐杖走在路中央。看她手中拿的塑膠盆子，我肯定她是個行乞者，會需要錢。於是輕輕的拉住她，將幾張紙鈔塞入她手中。這種情形後來又發生了幾次，從來沒有聽她說過一聲謝謝。每次下高雄，晚上出來吃宵夜就會四處看看，希望能碰到老人家。這學期快結束了，一直沒有再見到人，有點擔心。這是一種很奇妙的失落感，我竟然會想念一個素昧平生的人。看起來像是在行乞，但從未主動向我乞討，也沒有拒絕我給的錢。因為看不到，聽不到，我無從了解她的想法，會不會是我弄錯了？就算真的錯，也是個美麗的錯，錯了又何妨。

年年有餘

早在過年前一個月，岳母就問說初二回來想吃什麼，大哉問！考倒一個教授，一時之間真的想不出來，這年年都要吃的一頓飯，每次都是吃完就忘。一方面可能是喝多了，另一方面則是對食物早已沒有想望。人到中年最怕的是沒有欲望，莊子說：「夫哀莫大於心死，而人死亦次之。」有欲望才會產生夢想，能作夢表示還活著，用佛若依德（Sigmund Freud）的話來說，欲望是生命的動力，隨不同發展階段，人會固著於特定慾望客體，口腹之欲是最初始的原欲，不管以後如何昇華，都是本於口腔期的欲望。

常常聽到這樣的話：「四十歲的男人，千萬不要只剩下一張嘴。」這句話讓很多男人受傷，姑且不論話中的性暗示為何，其實也還好，至少還有一張嘴，表示能說、能吃，能吃也是一種「幸福」。到了五十歲齒牙動搖後，才真是可悲，空有一張嘴，既沒有性的福，也沒有吃的福，即便裝上假牙，也是心有餘而力不足，因為問題不在身體、不在體力，問題出在「心死」！倘若心未死，美食與美色當前，豈能無動於衷？「舜何人也，予何人也，有為者亦若是」，年紀不是問題，牙齒不是問題。

孟子見梁惠王時曾經談到「不為」與「不能」的差異：

> 挾泰山以超北海，語人曰：「我不能」。是誠不能也。為長者折枝，語人曰：「我不能」。是不為也，非不能也。

對孟子的辯證論我不是很贊同，「不能」與「不為」不是正反的概念，有能為而不為者，也有不能為而為者，能與不能、為與不為都存乎一心。「愚公移山」的寓言是最好的例子，過程的意義大於結果，今天我們所欠缺的正是愚公移山的精神。

幾年前台北銀行發行公益彩券時，推出一部令人印象深刻的廣告片。內容描述一對父子一起搭火車，小孩看到什麼都想要，爸爸就會說「喜歡嗎？爸爸買給你」。廣告想要表達的是「一券在手希望無窮」的投機心態，但是真正讓人記得的卻是影片中爸爸的那句話，甚至經過了幾年後的今天，還是經常會聽到有人戲謔地說：「喜歡嗎？我買給你」。

我也曾買過彩券，尤其是彩券剛推出那幾年，買得有點瘋狂。明知中頭彩的機率比被雷打到還低，偏偏就是不信邪，這種賭徒精神可以成為社會進步的動力，也可以毀掉一個文明。畢竟我還是比較理性，知道適可而止，雖然有一陣子被數字搞得神魂顛倒，連作夢都會夢到號碼，只差沒有跟別人到廟裏去求明牌了。我相信科學，相信這是一種機率與排列組合的遊戲，適用於博奕理論。遺憾的是運氣從來不是科學可以預測的，財神爺一直沒有眷顧我，而我似乎也漸漸覺悟，就算真的發了財，我拿這些錢財做什麼，吃喝玩樂乎？以我現在的體力和精神狀況，非不為也，是誠不能也。

當人連發財的夢都不想做時，就真的是老了。年關將近，到處都可以聽到「恭喜發財」的聲音，這應該是過年期間大家最愛聽的一句話，大賣場一直重複播放〈財神到〉的應景歌，電視的廣告也是一片紅通通，喜氣洋洋，商家用盡各種手段來刺激買氣，例如送福袋與抽獎，過年期間要不發財也難。大財可遇不可求，小財沾沾喜氣，雖然無濟於大事，但心裏愉快，因此也不會排斥。受到廣告的吸引，我突然想到是不是需要走一趟迪化街，採辦一些年貨。對這個提議，有人陷入沉思，有人一口回絕。人擠人、車擠車，光是想像就心灰意懶，窩在沙發上看電視還是比較實在。顯然吃已不足以成為行動的誘因，堆得像山的南北乾貨、鮑魚、魚翅，再怎麼珍貴，不會烹煮，如同廚餘。

吃的問題比較好解決，這些年，碰到重要的節日，或特殊的日子，幾乎都是上館子，尤其是飯店的歐式自助餐，我真的吃到怕。有必要弄一百多樣菜嗎？為什麼會有「吃到飽」這種折磨人的吃法？我吃飯的速度原本就比較快，不用十分鐘就站不起來了，勉強再去拿盤子，繞一圈回來，盤中只放一隻蝦子。人到中年，最能體會什麼叫做「心有餘而力不足」，吃飯雖是小事，吃不下時就是吃不下。每次讀到辛棄疾的「憑誰問，廉頗老矣，尚能飯否？」幾乎都得掩卷嘆息，能不能吃飯，居然悠關國家興亡！

以前的人常說「小孩盼過年，大人怕過年」，我從小孩到有自己的小孩，雖然不太能體會父親那個年代對過年的擔心，但我也同樣怕過年，不是經濟上的問題，是怕吃太多，怕吃個不完。從年夜飯開始，整個春節期間，都在大吃大喝，三不五時還會有人約喝春酒。如果可以用一個字來形容過年，「吃」是最貼切的單字。而吃也真的是一門大學問，先不談美食專家那些自以為是的虛詞虛語，光是吃的場所便已夠讓人煩惱。在家或在外，看似簡單的選擇題，而且無關乎對錯，但絕對是個不容易回答的兩難。

或許是我比較傳統，多年來我仍堅持在家圍爐，雖然又得讓母親辛苦，但我相信這是甜蜜的負擔。看著一群女人家，婆媳、妯娌，擠在小小的廚房，這不也是男人的一種成就嗎！不一定是有說有笑，但總是可以聯絡一下感情。現在的我幾乎沒事可做，看電視等吃飯，比起小時候，早已感受不到任何年味，甚至連貼春聯都有點意興闌珊。記得在金門老家時，每次過年至少得寫一、二十幅春聯，從室內到戶外；從防空洞到豬舍；從大門到窗戶；從佛龕到神壇，無一倖免，尤其是讀大學那幾年，自認書法稍有進步，於是猛力揮毫，寫得愈多愈能顯示書香門第。

只是好景不長，金門風大，春聯容易被風吹走，必須使用大量地瓜粉作成的漿糊，才能牢牢將春聯固定住。壞處是一旦乾了很難撕下，碰到清潔檢查時，苦了母親，怎麼涮洗都弄不掉，因此，春聯就越貼越少，如今再回金門，已看不到當年的盛況。這些年住在公寓大樓內，只有一個大門，窗戶也不像窗戶，偶而有想寫春聯的衝動，一想到沒地方可貼，熱情頓然消失。隨便撿一張民意代表送的春聯，用透明膠帶一粘，到明年之前，就算刮風下雨都不會掉，需要大掃除時輕輕一撕，一點痕跡都不留。至於春聯的內容寫些什麼，有何意義，似乎沒人在意，感覺上大家都變成文盲了，見紅就好。去年是「兔年行大運」，今年是「龍年行大運」，每年都希望行大運，究竟大運落誰家，就看誰的命好，終歸一句，「大家恭禧」！

按照習俗，年夜飯要吃得愈慢愈好，長長久久，有為父母祈福之意。西晉周處的《風土志》說：「除夕夜，圍爐而坐，達旦不寐，謂之守歲。」孟浩然也說：「續明催畫燭，守歲接長筵。」意思是說，這頓飯要吃到迎接新年到來。面對大魚大肉原本就有點辛苦，若再加上長時間的折磨，我早已不戰而降。望著滿桌的豐盛菜餚，只能以一種「年年有餘」的心態自我安慰，但是一想到幾天後，山珍海味可能會變成廚餘時，心情突覺沉重，「有餘」，該與不該？

無論如何，「年年有餘」是句好話，如同「恭禧發財」，大家都愛。當然，我也不排斥發財，然而，除了財富有餘之外，我更盼望時間上有餘、體力上有餘，在各方面的表現上也能「游刃有餘」。期許五十歲仍像一尾活龍，但這不能只靠「我心未死」，也要氣力有餘。雖然孔子說：「五十而知天命，不知命無以為君子。」孔子畢竟是聖人，我等凡夫俗子但知盡人事，人事有餘，天命不違。

「年年有餘」這張春聯，暫且貼在冰箱上，等過完年再移到書房，也可以摺起來隨身攜帶。對中年男人來說，再沒有比這更貼切的警語了，一則以喜，一則以憂，至於能否因「有餘」而幸福，就看各人造化了！

姐妹情深

最近常看一些講親子關係的節目，或許是為了節目的效果，許多情節對同樣身為父母的我來說，幾乎是匪夷所思，難以想像。至少到目前為止，兩個女兒，平庸中但見些許才華，資質中不缺慧根，未必是棟樑之材，但肯定在朽木之上，簡單的說就是比上不足，比下有餘。因此，固然還是望子成龍，望女成鳳，只是，對照別人養兒育女的辛苦，我們其實已經很幸運了，若再多求，反而不近情理。平安健康就好，每個孩子都是寶。

「第一胎照書養，第二胎照猪養」，再沒有比這更精闢的話了，尤其當你走過那段生手奶爸歲月，回頭來看時，都會覺得白忙一場，買太多書了！養兒育女是一種本能，無關乎知識，也不是科學，「一枝草，一點露」，生命的韌性往往超乎常人的理解。事實上，愈低賤的生命愈容易存活，太過於尊貴的反而不好養。以前的人就已經有這種想法，因此不敢給孩子取太好的名字，就怕遭天忌。同儕中很多人的小名不是阿猪，就是阿牛，在村裏隨便喊一聲，就會有一堆人跑過來。

老莊哲學，部份原因與懶的習性有關，另外的原因則可能如孔子所說，君子有三戒，《尚書・武成》：「諄信明義，崇德報功，垂拱而天下治。」年紀愈大愈喜歡「及其老也，血氣既衰，戒之在得。」年輕時好勝，即便是養兒育女這種尋常的事，也不希望孩子輸給別人。父母的虛榮心對孩子的成長是一種壓力，但也不一定就是壞事，適度的鞭策，大致上都能獲得相應的報酬。只是，一直以來始終未能在情感與理智上取得平衡，要付出多少才夠，要獲得多少才夠？俗話說：「人比人，氣死人」，無論如何，「較勁」是進步的力量，也是悲劇的開端。

學期結束，小女兒拿了一疊的獎狀回來，某些獎項的名稱我從未聽過，看來全班的同學人人有獎。我比較在意的仍是一般的課業，女兒的回答是前十名都有獎，但不排序，她自認為是第一名，我只能半信半疑。這就是現在的教育，我們竟然如此怕競爭，怕失敗，為了怕禁不起挫折的孩子受傷害，只好用這種廉價的詐術，粉飾太平。當孩子的臉上盡是笑容可掬，見不到淚眼婆娑時，作父母的恐怕得擔心，有一天孩子號淘大哭時，我們要用什麼話來安慰他。

「小時了了，大未必佳」，這是個人的經歷，也是很多人的感慨。任何群體中都會有競爭，尤其是台灣的社會，每個教育階段都要考試。我從事教育工作二十餘年，教養孩子十餘年，知道每個孩子都有其不同的天賦，不能完全以制式的考試來評量學習成果。然而，我也肯定考試是最公平的手段，是學習進步的動力。為考試而讀書，或許有違人本教育的精神，但也不須撻伐，畢竟考試與讀書，都只是過程，不是目的。

大女兒考基測，成績不理想，哭了一個晚上，難過幾天就忘了，結果是雖不完美，尚可接受。這也是我想給她的價值觀，人可以有理想，但要適才適性，不要過度執著，過了就要放下，放下才能從新開始。當然，面臨必須跟人比較的場合，心中還是難免有些遺憾，有挫折感，這也是無可奈何的事，這就是人生。因為不完美，所以要更努力，更加珍惜當下享有的一切。

我不相信星座學，到現在也不太確定自己是哪個星座的，但對照一下五十年前的農曆與國曆，可能落在巨蟹座上。對這個星座我倒是不排斥，尤其是說到巨蟹座的男人是戀舊的居家型男人時，更是舉雙手贊成，準！成家立業，生兒育女是年輕時便已立下的志願，即便來生，我仍堅持這樣的生活。如果沒有小孩，婚姻對我沒有意義。雖然結婚時年紀有點大，好在上天憐閔，及時給我一個女兒。對這掌上明珠自然是寵愛有加，閒來沒事，翻閱以前的相簿，一張張天倫之樂的泛黃照片，盡是幸福的回憶。古今中外多少英雄豪傑，甘願為此作牛作馬，即便是江洋大盜，也難捨這份親情，與之相較，功名富貴，可棄之如敝屣。

相簿已經過分類整理，雖然事隔多年，但照片中的人，或者拍攝的地點，大致上都還記得，弄錯的機會不多。但時間愈往回推，小孩愈小愈難認，看到出生時醫院拍的那一張，已經不確定那是大的還是小的，原來我還有另一個女兒。兩個女兒相隔四年，但我依稀記得護士抱出娃兒給我確認時的情景，只翻出手和腳給我看，還沒來得及看長相就抱回去了，若不是有手環，我真的沒把握哪個是我女兒。醫院中常有抱錯小孩的事，有時候會跟女兒開玩笑，我們抱錯了。看著女兒日漸長大，既不像爸爸，也不像媽媽，姐妹的身形與樣貌，似乎也不太一樣，難不成真的抱錯了！

以前家鄉有句俗諺形容物資的匱乏，「新老大，舊老二，縫縫補補給老三。」我們家只有兄弟二人，因此不曾經歷第三個階段。如今經濟好轉，老二所受的待遇依舊沒變，一樣得穿姐姐的舊衣，感覺上是有點不公平，但這未必不也是一種幸福。常言道：「阿媽疼大孫，父母惜么子。」面對兩個女兒，固然說手心是肉，手背也是肉，但要一視同仁，真的很難。經常會聽到「不公平」抱怨聲，沒有刻意要差別對待，實在是不知道該如何做才算公平。

喜歡爬格子的人，通常都會留下幾篇以孩子為主題的文章，記錄孩子的成長，兼抒發對孩子的情感，像是很多名人都曾寫過的〈給兒子的一封信〉，或是如陸游的〈示兒〉詩，文筆好一點的作家甚至可以寫上好幾本書。這個話題永遠有人寫，沒完沒了，如果說科學是日新月異的知識，那麼文學就是最不長進的情感。今日的科學肯定比上一世紀進步，但現代人寫的文章，找不出幾篇可以和「古文觀止」相比，道理很簡單，每個孩子都是獨一無二的，因此關於孩子的文章也是絕無僅有。即便是大文豪，一旦陷入親子對話的情境，寫出來的句子一樣是「親親我的寶貝」。

我從來不敢如法炮製，寫一封信給女兒不難，但肯定沒人看，平常都已嫌老爸碎碎唸了，哪來的美國時間看信。坦白說，這些作家的信，是寫給讀者看的，天下的兒女都一樣，只有等她們也生了兒女之後，才會有空去想想父母以前講過的話，如今的我不也是如此。年紀較大，經常提醒自己，要學習放手，兒孫自有兒孫福，只是知易行難，看似輕鬆的一句話，牽扯的卻是至死方休的感情。長得太瘦也擔心，太胖也擔心，連長顆青春痘都會怕它留下疤痕。至於以後的種種，哪敢去想，可憐天下父母心，十之八九都是自尋煩惱。

最近常聽到女兒說：「要不然呢？」「你管我！」讓我不時想到布袋戲中經常

出現的一句口白：「惡馬惡人騎，胭脂馬碰到關老爺！」天生萬物，一物剋一物，人生至此，不得不低頭。上古之時，堯派舜來管理天下，為了讓老百姓懂得樂舞，舜派夔到各地去傳播音樂。有人擔心夔一個人不能擔當重任，舜說：「音樂之本，貴在能和。像夔這樣精通音律的人，一個就足夠了。」夔果然出色地完成了任務，孔子贊嘆道：「無為而治，說的正是舜啊！他自己需要做的，只要安安靜靜坐著而已。」

我很想學無為而治，事實上，也不用學，很多事早已力不從心。當君王可以選擇無為，當老爸也無為而治未免太無趣，太無聊。生兒育女的意義，或者說樂趣，在於參與的過程，親情來自於與孩子的相處、相知與相惜。看到兩個不同「世代」（國中與高中）的人守著同一部偶像劇，為同樣的偶像著迷，有著同樣低的笑點，不再為遙控器爭吵，突然覺得不習慣，「今夕是何夕？」當小女孩都變成大女孩時，當沒人可以呼嚨時，一種強烈的失落感頓時襲上心頭。午夜夢迴，突發奇想：「老婆，我們再生個女兒來玩玩」，說時遲，那時快，一聲巨響，有人滾到床下去了！

跟往事乾杯

元宵過後，與二十餘位浯島同窗相聚於桃園之老船長，藉幾瓶金門高粱，敘說離散三十餘年之鄉愁。昔日俊秀，今之社會中堅，都已兒女成群，回首前塵，感慨係之，於是將是日參與同學名字與席間聽聞故事拼湊成詩，為這場同學聚會留下記錄。其中或有不願外人知曉之情事，盼好友們敞開胸懷，已是知天命之年，何妨一笑置之，人生自是有情痴，此恨不關風與月！

自古良師如寶藏，筆墨難寫是文章，之乎者也無人賞，桃李花飛滿穹蒼。
炳樂曾遊四大洲，大海歸來嫌錢多，游龍戲鳳展歌喉，笑看人間幾多愁。
金盞花兒開山坡，迎風搖曳送秋波，裙擺飄飄未曾皺，人如風中枯枝瘦。
水財終究不是財，志發自是好人才，委身公門當信差，老來讀書太悠哉。
梅桂玫瑰最豔麗，唱歌總會想到妳，母性光輝照大地，幸福人妻在這裏。

耀光從小立大志，村長專管芝麻事，服務熱誠載鄉誌，攜子來台為甄試。
婉茹最愛瓊瑤夢，亭亭玉立人稱頌，姻緣路上有人寵，妝罷方覺帽子重。
世耀敦厚行事緩，謙謙君子春風暖，少年老沉舊時款，說話依舊不輪轉。
玉堂原為宮闕形，神仙寵妃居所名，巾幗常伴鬚眉影，風韻猶勝當年情。
孟弘向來愛燈光，技術獨到有眼光，鏡頭總是對山川，快門按下忘閃光。
秀猜默默常無言，嬌小玲瓏惹人憐，滄桑歷盡嘆紅顏，深閨夢裏難廻旋。
智育曾是人中龍，陸戰隊裏稱英雄，酒色聲光太縱容，未老先衰痛失聰。
春香秋香都是香，伯虎但知點秋香，春香賢娍傳家鄉，鄰村雄哥搶爭先。
水源修車名聲揚，娶得嫩妻美嬌娘，莫管閒語與閒言，相親相愛比人強。
罔市已然如雲煙，秀萍相逢在鄉間，猶記當年故人樣，萍踪如今在眼前。
金壽特立又獨行，專業電器自修行，山中別墅埋幽徑，夢裏仍盼儷人行。
美葉可憐無花果，半吊日語來誇口，東京夢斷歸碼頭，還在啊伊烏噎嘔。
建慶兄弟相識久，黑白道上麻煩有，兩岸三地二號酒，浪子回頭是好友。
亞珠無緣享盛饌，電話熱線掛不斷，流觴若有下半段，金門有人想來亂。

博學之名已難追，半生戎馬愛相隨，航太科技子何為，國內國外任來回。
玉樹臨風時俊彥，夫唱婦隨人稱羨，治國大家有貢獻，含貽弄孫明年見。
笠島青衫酒未醒，平平仄仄分不清，詩詞胡亂湊成型，說給故鄉親友聽。

作夢

電視報導，前副總統呂秀蓮訪問印度，在新德里與西藏精神領袖達賴喇嘛會晤。達賴喇嘛說他退休後睡得很好，連作夢都沒有。我聽到這句話，真的有醍醐灌頂的感覺。近來我一直苦於睡不好，一個晚上下來，睡睡醒醒，每次醒來都依稀記得夢裏的情景，片片段段，想要好好回想，究竟夢些什麼，卻總是拼湊不起來，愈想愈難受，又無法不想。夢多表示煩惱多，俗話說：「日有所思，夜有所夢」，心緒不寧，夢便如影隨形。雖不至於被夢嚇醒，但不管做的是什麼樣的夢，醒來時，通常是疲憊多於愉悅。

年輕時，有一陣子對心理學很著迷，曾研讀過弗洛依德的《夢的解析》，對與作夢相關的學理知識稍有涉獵。也曾經在枕頭旁擺了筆記本，試著記錄做過哪些夢。古往今來，一直存在著占夢的故事，甚至有學者把它演繹成一門學問，名之為「夢學」（oneirology）。我讀的是歷史，了解夢對人生的影響，也知道個人的夢境可以被操作成讖緯之術，但我始終不相信，夢可以用科學的邏輯來解釋，因為沒有人能完全記得夢裏的事物。許多以夢為基礎寫出來的文學，不是真的夢，是想像出來的夢，也就是我們常說的「作夢」。

對不切實際的想法，不可能做到的事心存幻想，或是愛幻想的人，會被諷刺或者自我解嘲為「愛作夢的人」。就像蕭煌奇的歌一樣，幾乎沒有人不愛作夢，有夢最美，希望相隨。可以實現的夢叫做理想，不可能做到的夢叫做眠夢。小時候如果誇口說出一些不切實際的話，會被大人斥責為「憨眠」（作白日夢），雖然說大家都可以作夢，事實上，夢會因人而異，什麼人作什麼樣的夢。有時候，作夢得量力而為，不可以隨便做。好夢由來最易醒，夢醒時，或是夢想幻滅時，經常是人生最痛苦的時刻。

古今中外不乏愛作夢的人，中國有《黃粱一夢》，美國有《李伯大夢》，夢的內容雖然不同，卻都相當明顯地告訴讀者，夢想虛幻的可能性，夢想隨時都可能成為過眼雲煙。許多文學評論者指出，千百年來，在尋夢的道路上，總有癡狂者絡繹於途，夢的確是小說中不可或缺的一部分。小說中的夢大都有警世作用，反應作者內心深沉的盼望與寂寞，透過現實與夢境的對照，呈現某種不便明說的隱喻。看大陸製作的連續劇《三國演義》，劉關張三顧茅盧，遇諸葛亮晝寢，不敢打擾，諸葛亮醒來，口吟：「大夢誰先覺？平生我自知，草堂春睡足，窗外日遲遲。」一幅眾人獨醉我獨醒的踐樣。

當大家都在作夢時，誰先醒來，誰就掌握了先機。只是，夢有好壞，噩夢會把人嚇醒，好夢會讓人不願醒。有人會重複做相同的夢，但沒聽說過夢可以像連續劇一樣，一集接一集。臥龍先生很清楚他的大夢是什麼，能夠認清夢境與現實是不同的世界，這叫做智慧。分不清夢與現實，或者過度迷戀夢境，可以視為一種浪漫，凡以浪漫開始的，必以悲劇收場。《紅樓夢》最後一句詩：「由來同一夢，休笑世人痴！」向來愛作夢的大抵是痴情的人，因為痴情以致耽迷，不可自拔的結果就是分不清夢或現實。很多人都曾有過〈莊周夢蝶〉的經驗，究竟是莊周作夢變成蝴蝶呢？還是蝴蝶作夢變成了莊周呢？莊周與蝴蝶有分別嗎？

我一直很喜歡黑格爾的一句名言，甚至提供給學生作為判別歷史真相的依據。「凡是合理的都是存在的，凡是存在的都是合理的。」有些夢太逼真，而且也合情合理，這些原本屬於虛幻的夢裏情節，慢慢變成記憶的一部份，時間久了，漸漸分不清哪些是夢的印記，哪些是真實的經歷。如果覺得有種似曾相識的感覺，偏又想不起來哪裏見過，大概就是作夢的後遺症。許多科幻電影會把記憶和夢境結合在一起，記憶是夢的構成要素，沒有記憶的素材無法作夢。因此，夢可以透過記憶來控制，即所謂的「造夢」。利用外在的環境刺激，讓人產生某種類型的夢，外在的刺激會結合夢境內容，當感知受到侵入後時就會馬上警醒。

在中國文學中，與「夢」相關的造詞特別多，除了「作夢」與「造夢」，另外像是「尋夢」、「追夢」或「織夢」、「築夢」，也都是大家愛用的詞彙。場所的話有尋夢園、尋夢谷；唱歌的話有追夢人；至於電影，為慶祝建國百年而拍攝的紀錄片就取名為《築夢者孫逸仙》。人之所以要追逐夢想是因為對現實不滿，清・錢彩《說岳全傳》第五十九回：「自古至人無夢，夢境忽來，未必無兆。」品德高尚的人，不會做想入非非的夢；無所求的人不會做升官發財的夢，因此說，因為至人無欲，因而無夢，就像達賴喇嘛一樣。

但話又說回來，能作夢代表活著，不管是生理上的睡夢或心理上的夢想，都是一種生命力的展現，一旦對未來不抱希望，夢自然沒有意義，沒有價值。從字面上來看，這兩種夢經常會相互糾纏，當有人說「我做了一個夢」時，可能是真的在睡眠中做了夢，也有可能只是象徵性的表示「我有一個理想」。由於理想不切實際或難被認同，因此委婉地說那只是一個夢，跟「我有一個夢」是同樣的意思。當我們聽到這樣的話時，大致上可以理解，他有一個很難實現的理想。因此，夢代表幻境，人到不了，但心可以想望。作夢無罪，因而可以規避掉某些責任，於是就有人以把心理上的願望說成是作夢，這樣的夢不但清晰明確，而且富含弦外之音。

美國黑人民權運動領袖馬丁・路德・金恩博士，一九六三年八月二十三日於林肯紀念堂的台階上發表一篇名為〈我有一個夢〉的演說，該演講促使美國國會通過《一九六四年民權法案》，宣布所有種族隔離和歧視政策為非法政策。在〈我有一個夢〉發表四十五周年後，美國歷史上終於出現首位黑人總統歐巴馬，金恩的夢終於不再是夢，〈我有一個夢〉也成了學生作文最佳的題目。每個人都會作夢，每個人心中也同樣有一個夢，不管是金恩紮根於美國夢中的夢，或是孫中山為中國所構築的夢，都是激發年輕人追逐夢想的典範。

這樣的夢不是真的夢，就像黑澤明的電影《夢》，從一九九〇年上映以來我看過很多遍，除了感覺電影的畫面優美，情節令人動容外，還是沒能理解黑澤明究竟想說什麼。這部作品講述八個夢，都沒主題，按照影評的說法，黑澤明可能想要表達對自然、戰爭、核能、階級…等議題的主張與看法，每一段都以「我曾做過這樣的夢」作為開場白，引領觀眾進入綺想與象徵的夢境裏。電影導演是黑澤明，但我不相信他真的做過這樣的夢，黑澤明只是想藉由夢來述說他的內心世界，用這些荒誕且沒有邏輯的夢來影射錯亂的現實世界。這樣的夢其實不是夢，是寓言，是文字無法明說的寓言。

人皆有夢，我也無法不作夢，無奈塵夢勞人，睡夢傷神。生日即將到來，如果有機會吹蠟燭許願，希望能像金恩一樣說出："I have a dream." 我的夢沒有他們那樣偉大，我只想「不要再作夢」。現在的年紀已不適合再「築夢」，現在的身體更不適合太多的「眠夢」，無論如何，當下我最大的夢就是「戒夢」，就怕心事一旦說出口會引來這樣的噓聲：「你，作夢！」

南塘山風蕭蕭

每次返鄉都會興發許多感觸，人在病中，感慨尤其深刻。前些年曾想回去把老家翻修重建，無奈產權問題，只好任其傾頹，在左鄰右舍的新式樓房中，獨自成為供人憑弔的古蹟。自高中畢業離開家鄉，數十年來，已他鄉作故鄉，鄉愁滋味，早已淡然。

沒有家，自然就回不了家，不想回家。但人畢竟是感情的動物，家鄉的記憶一旦被挑起，伴隨而來的便是一種莫名的酸澀感覺，有時候甚至弄濕眼框。也許是年紀大了，近來特別喜歡參加一些同學聚會，尤其是來自家鄉的同學，幾乎到了隨傳隨到的程度。不知情的人或許會認為貪好杯中物，只有同是天涯淪落人，才能體會我割捨不掉的是那種浸泡在高粱酒中的鄉愁。

「你知道〇〇過逝了嗎？」「我知道，我看到了墓碑。」這樣的對話，如果不進一步解釋，恐怕沒人聽得懂，即便問話的人也是一頭霧水，雖然我的心常神遊故鄉，還不至於能通靈到看見墓園裏的情景。去年回去奔喪，再度來到南塘公墓，將近二十年沒有來，最近這一年竟然來了兩趟，這意味什麼，我實在不敢多想。這一次母親也跟來，她想看看前年舅母安葬的地方，我以識途老馬的姿勢帶著她，沒料到竟然找不到墳塚，一時之間著實慌了，我親眼看著靈柩入土，怎可能憑空消失。一直到把整排的墓碑仔細瞧過一遍才恍然大悟，原來安置在不同層，這短短一年，新塚已增加了兩排。因為還有一段距離，而且得再走階梯，母親無緣見到她的兄嫂，而我也為如此快速增加的新墳感到難過。

數年前我曾獨自開車誤入南塘山，之所以說「誤入」實在是因為平常日子不會有人來這裏，觀光客更不可能，因為進去與出來只有一條路，車輛不會行經這裏，連垃圾車也不會經過，加上兩旁都是較原始的樹林，沒有開發，一直以來，這條路總是給人蕭颯的感覺。

小金門空氣清新，白天雖然較熱，海風吹來頗為涼爽，幾乎可以不用空調，即使開冷氣，由於距離短，很可能溫度尚未降下來已抵達目的地。我搖下車窗，方便看清週遭的景色，了解這條路到底通往哪裏。儘管在這塊土地生活了十數年，還是有很多地方沒去過，很多路沒走過，即便到現在依舊會迷路。我的車速很慢，慢到如同步行，路很窄，兩旁的大樹幾乎把天空遮蔽。樹陰下的溫度原本就比較低，空氣透過遙下的車窗灌入車內，冷熱對比，一陣寒意突然襲上心頭，抬頭看，公墓的牌樓就在眼前。我終於明白身在何處，此時有短暫的遲疑，要繼續開下去或者回頭，畢竟這裏不是人應該來的地方，若遇到純樸的鄉人，我如何說得出這樣的話：「我來拜訪墓園」。

來到入口，沒有下車，隔著擋風玻璃看著山坡上被圍牆阻隔的墓園，努力想從記憶中拼出它的樣貌，順便數一數圍牆內有多少親人。小時候每逢清明節，整個墓園裏人山人海，好不熱鬧，五顏六色的墓紙將墓園裝點得繽紛豔麗。長輩們閒話家常，小孩則是到處找認識的同學聊天，雖然還是會聽到傷心的哭泣聲，似乎也只是點綴，未能改變滿園的歡樂氣氛，說「路上行人欲斷魂」太沉重，至少對我來說，這是踏青的好時節，學校總是利用這時候舉辦遠足活動。

掛墓紙是我對清明節最深刻的記憶，離開家鄉之後就再也沒有經歷，雖然之後仍然有十數年得返鄉探親，都在過年期間，因此沒機會看到這種奇特的「古仔紙」，事實上，平常日子也不會有人賣墓紙。一個人在台灣讀書時，清明節的意義就是放假，祖先的墳自有父母親去處理，還輪不到我操心，一直到父親仙逝，我才再度參與這個節日，而且相當投入，清明節於是再度變得重要。台灣有句諺語說：「過年無返厝，沒某；清明無返厝，沒祖。」掃墓，有其「慎終追遠」的涵意，壓墓紙就是要告訴世人，這個墳是有後嗣的。只是，生活在台北都會區，掃墓卻是一個奢侈的夢。父親靈骨暫厝在佛寺內，任何時間都可以前去祭拜，至於掃墓的情景，只能在夢裏想像。

有一年上進修部的課，下課時有學生跑來向我推銷塔位，而且還說買一送一，這樣的師生互動讓我哭笑不得，靈骨塔居然可以量販，而且還賣到學校來。當時年輕，確實覺得觸眉頭，而今十餘年過去了，反倒是有點懊悔，現在想買除了價錢漲了好幾倍外，更讓人沮喪的是有行無市，好的地點，好的位置早已一位難求。我曾想過在父親旁邊偷偷幫母親安個生位，怕老人家有忌諱，久久未能下定決心，去年清明節來上香，不但整面牆，整個佛寺幾乎客滿，只剩下幾個風水比較不好的位置，大家都不想要才會留到現在。

儘管已經過了三十多年，在他鄉的日子數倍於故鄉，我還是沒有放棄，有朝一日落葉歸根時，順便帶父親一起回去，回去小時候清明節的樂園，如果可以，我也留在這裏與他作伴。這些年金門發展太快，山不像山，海不像海。以前被長草與雜樹包圍的軍事區多數已歸還人民，阻礙視線的木麻黃也因鄉村整建快被砍光，站在高樓上可以飽覽方圓數公里內的景緻，甚至看到海邊的船隻。而海邊原本禁入的雷區也開僻成可以悠閒散步的風景區，新修的道路更是多到像棋盤，原本屬於桑田的地，竟然都舖上水泥成了產業道路，但我始終不明白，金門有什麼產業需要這麼多的路。

顯然，這股建設風潮也波及墓園。除了為容納更多的新墳而砍樹整地外，新種的花草和新式建築也陸續出現，為符合現代墓園的形象，看來鄉公所做了不少努力。為了方便車輛進入，路勢必得再拓寬，不久之後，墓園的人潮會愈來愈多，觀光客有可能慕名而來，在牌樓前拍照留念然後上傳網路，如果在谷歌上看到墓園的照片，無須太驚訝。我已經看過很多「烈嶼公墓」的圖片，尤其是那座具有歷史意義的牌樓，總是會在某些節日時出現在報紙上。

小時候，每逢青年節與軍人節學校就會帶隊來這裏，軍民一起向因公陣亡的國軍英靈致敬，緬懷他們保家衛國、犧牲奉獻的愛國精神。這個儀式一直維持到今天，自上次來鞠躬後已有數十年沒有再穿越牌坊，現在路過這座回家必經的墓園，早已沒有感覺，我比觀光客更無感，牌樓之於我，就跟路樹沒兩樣。

從南塘山回來後，對於被竊佔的墓園名稱便一直耿耿於懷，「烈嶼公墓」理應是鄉人長眠的樂園，不應是一處清明節不會有人來掃墓的歷史古蹟。把這處風水寶地讓給為國損軀的陣亡將士，隔著海峽眺望故國山河，顯示鄉人對英烈的敬重。歷史不容抹煞，碧血千秋，見證一段大時代的故事，幾座孤墳，徒留後人無限哀思。我贊同墓園繼續留存，然而，誠如孔夫子所說：「必也正名乎」。名不符實，容易讓人產生誤解，正名是有必要的，如今的墓園已像座公園，為何不順勢將牌樓正名為「烈嶼軍人公墓」，把「烈嶼」二字還給鄉人。或許有人會說名字只不過是一種符號，一種對事物的稱呼，如何稱呼並不重要，這是無知。看看這麼多的墓碑，名字可以刻錯嗎？

依照官方的文件，南塘山墓園的可葬基座僅剩數百個，一、二十之後可能就會額滿，屆時鄉人就得另覓長眠之地。以時代的趨勢觀之，寶塔建築早晚會出現，鄉人會慢慢接受火葬習俗，將來就算我能如願落葉歸根，未必能找到一方淨土。這只皮囊原也是空，就讓它塵歸塵，土歸土，或許歸向大海也是不錯的選擇，好山好水留給後代子孫。只是不知為什麼，總是無端由地想起蘇軾的〈江城子〉：「十年生死兩茫茫，不思量，自難忘。千里孤墳，無處話淒涼。」

石頭的故事

學期結束時請幾位修我課的陸生吃飯，一位來自雲南的同學送我一個東巴文的手機袋，另一位來自南京的同學則送我一塊雨花石。我不曾接觸過這種石頭，看起來有點小，而且鑲嵌在壓克力中，做成紙鎮，既難把玩，也不好携帶，因此無法感受它的貴重性。

年輕時曾買過一些石頭，請人刻藏書印，對雞血石、田黃、凍石等名貴石材確實很嚮往，緣於經濟能力無法購買，但有機會把玩欣賞時，總會被那溫潤的觸感和千變萬化的色澤深深吸引。石頭可以賣得比黃金貴，是有點離譜，但石頭迷人的程度肯定超過黃金。我這樣一個門外漢尚且如此，毋怪乎那些行家會痴迷到近乎瘋狂。

《紅樓夢》的作者曹雪芹正是一位石頭謎，他畫過石頭畫，寫過石頭詩，《紅樓夢》原名《石頭記》，不是沒有原因。《石頭記》中的主人翁賈寶玉是「通靈寶玉」幻化而成，這塊「大如雀卵，燦若明霞，瑩潤如酥，五色花紋纏護」的通靈寶玉，據考證就是南京雨花石。中國自南北朝以來，文人雅士寄情山水，嘯傲煙霞，至唐宋時期達到顛峰。雅史趣事中有關賞石的佳話不勝枚舉，神奇的雨花石更是成為石中珍品，有「石中皇后」之稱，被譽為天賜國寶，中華一絕。

能擁有一塊雨花石也算是一種機緣，因為雨花石而讓我想起曹雪芹的《紅樓夢》，這本書對我影響很大，在那段青澀的歲月裏，陪伴我度過無數寂寞的夜晚。在為賦新詞的年代，最愛吟誦黛玉的〈葬花詞〉：「一朝春盡紅顏老，花落人亡兩不知。」正當青春年華，本不應有此灰色思想，或許是因為身世有點坎坷，以致比同年齡的人早熟了一點。

如今偶而重回《紅樓夢》的世界，風花雪月的情緒已淡，比較在意的是整個故事的悲劇宿命。我跟那塊頑石一樣，身入紅塵，經歷了悲歡離合，炎涼世態，雖然故事還未劃下句點，但結局似乎可以預期。這個石頭的故事流傳了二百多年，《紅樓夢》被評為中國最具文學成就的古典小說及章回小說，而且以一部作品就能構成一門學術性的研究學科——「紅學」，這在文學史上是極為罕見的。

每塊石頭都有它的故事，小石頭有小石頭的故事，大石頭有大石頭的故事，古今中外每個文明中不乏巨石的故事。外國人愛石頭，中國人也愛石頭，金門人更愛石頭。

去年返鄉，散步來到陽山，又見到那塊山寨版的「毋忘在莒」勒石。在島上生活的十幾年，一直被這塊大石壓得喘不過氣來，每年青年節都得來這裏向領袖致敬（高中以後換到太武山），高呼口號。從山腳下仰望天空，領袖的字蒼勁有力，有稜有角，以一種堅毅不拔的精神提醒前線軍民，毋忘大陸淪陷之恥，早日反攻大陸，收復國土。正版的「毋忘在莒」刻於太武山上，時間為一九五二年，之後到處都可見到這四個字，全是仿刻，例如澎湖馬公的「毋忘在莒」石碑便是仿金門太武山。這些仿冒的碣石，有些是真的石頭，有些則是水泥做成；有些放在營區內，有些擺在大路口。不管安置在哪裏，終究少了一份氣勢，無法讓人產生景仰之情，在我心中，偉大的是山，不是石頭。

曾幾何時，原本難以登頂的碣石已平民化到可以撫摸，可以依靠，可以攀爬，可以任意拍照。看到部落客到此一遊的照片，我不禁難過起來，看到陽山的碣石上還有觀景台，我更是啞口無言。我寧願站在碣石下默禱，不願學觀光客以碣石為背景搔首弄姿。走過那個威權的時代，如今可以放肆地為所欲為，我卻像失落了些什麼。民主的生活得來不易，但不應囂張狂妄。這些年金門變了，不但環境景觀變了，人們對大自然的敬畏之心、對歷史的敬畏之情也變了。歷史的功過，留給後人述評，政治的恩怨也可以暫拋腦後，「毋忘在莒」的石頭有朝一日可能如同「漢影雲根」倒了，我們仍應感謝，這些石頭豐富了金門人的歷史情懷。

自南宋以來，金門常是王孫世族避難的天堂，新亭對泣的情景不難想像。滿清入關，金門成了鄭氏家族反清復明之根據地，監國魯王兩度寓居金門，後薨於島上，「漢影雲根」碣正是他所題。魯王朱以海感慨自己一生輾轉流離、居無定所，如行雲般飄遊各地，雖然落腳金門，終究難忘江山故國。追隨魯王的一些明朝遺臣，也在其下刻字記述此一過程，使「漢影雲根」四字更具歷史研究價值。目前碣石已崩落，四個字中的「根」已不見，只留下「漢影雲」三字倒立在地上。後來的人在原石旁另立仿拓碑碣，字出自大書法家之手，幾可亂真，畢竟還是少了一點歷史的況味。

日前讀到陳炳容著、葉鈞培圖照的《金門碑碣翫跡》一書，對金門有如此多的碑碣驚嘆不已。從太武山頂到海邊，從金門城到大二胆；從住宅、祠廟到村落、田野，皆有碑碣的蹤跡。立碑地點，包括行政機關、公家建築物、寺廟、祠堂、交通要道、港口要津、海岸、井泉、公園、湖庫、墳塋、風景名勝等地，無所不在。金門人對於碑碣向來不陌生，甚至可以說就生活在碑碣的環境之中。在目前縣定的古蹟中，碑碣類古蹟佔了大部份，尤其是古墓。這些古墓大都有牌坊及墓道碑，每一塊碑石都是一個故事，同時也是金門歷史的見證。透過古墓、牌坊與碑碣的調查與研究，浯島素來被稱為「海濱鄒魯」，絕非虛名，其來有自。

最讓人印象深刻的是文化局圖書館旁的「金門碑林」，這些石碑，雖然只是金門現存明清迄民國以來百多件碑碣的一部分，但包含種類很多，碑文清晰可辨，書法氣勢磅礡，數量雖少，卻頗為壯觀，件件耐人尋味。碑碣常常存在於生活周遭，如果沒有活化的解說就會是一座冰冷的石塊。為讓「碑碣不再冰冷、史料不再死板」，台灣一些地方政府會舉辦「碑碣與生活特展」，藉由展示與解說讓讀者重新認識碑碣的意義，並且搭配拓碑活動，欣賞碑碣的內容背景與形式之美。這些年，金門經常舉辦古蹟日活動，鼓勵民眾親近文化資產，並從參觀、導覽活動中了解文化資產在現代生活中的意義。每處古蹟、每塊碑碣，背後都有一個歷史故事。

金門是一個石頭島，詩人稱它為岩島，尤其是太武山，全山遍佈花崗片麻岩，遠遠看去，像極了古代戰士載的頭盔，因此《金門縣誌》才會說：「峻嶒皆石，近觀之，狀若兜鍪，故以太武山命名」。這座石頭山雖然只有二百多公尺高，對登山行家而言，連丘陵都稱不上，卻是金門人心中的聖山。解嚴之前在島上求學的人，每年都得來此爬山朝聖，一般民眾也會利用過年期間軍方特許開放三到五天，上山來拜拜，因為山上有一座明代的古廟——「海印寺」。

太武山也是一處軍事基地，山上有雷達，山內則是星羅棋布的坑道，那石頭開鑿的「擎天廳」，更是令人嘆為觀止，只能用「鬼斧神工」來形容。為了戰爭的需要，金門到處有坑道，「翟山坑道」與「四維坑道」如今已成了國家公園極力推銷的旅遊景點。站在花崗岩石的坑道內，感受那驚濤裂岸的澎拜氣勢，雖然戰爭已遠離，洞外炮聲隆隆的情景，仍不難想像。

我們常說「歲月如碑」，對金門人來說這只是粗淺的常識，金門人的「碑碣情結」有時候幾近於「歇斯底里」。從「漢影雲根」到「毋忘在莒」，從「虛江嘯臥碣群」到無所不在的「戰鬥標語」，金門島多的是石頭，多的是刻了字的石頭。如今每個村莊的入口處都放了一塊大石，刻著村落或社區的名稱，各個石頭造型不一，字體不一，但大大的紅字，反映著金門人追尋歷史，活化歷史的情懷。

兩岸開放後，藉著小三通的便利，各種石頭建材紛紛從對岸運進來。從媽祖公園的巨大雕像，到村落裏鋪設的大理石步道，以及廟宇內外騰龍飛鳳的樑柱，全部來自大陸，由於物美價廉，甚受歡迎，到處都是。前些年返鄉，看到村落中放置了一組石桌石椅，很想坐著休息，寫點筆記，無奈烈日當空，椅子燙如火爐。現在全鄉類似的石桌石椅不下數百組，理應在大樹下供人納涼休息的桌椅，變成住家院子的擺設。數百萬的公帑就這樣灑下去，真不知這些官員和民代在想什麼。以其買石頭不如多種幾棵樹，我想，如果石頭有靈，也會想在大樹底下乘涼吧！

包包啟示錄

小姨子出國回來，幫岳母買了一個名牌包，換算成台幣超過六位數。對向來節儉的岳母來說，如果在國內肯定會要她拿去退，還好沒有退路，因此可以保有一份子女的孝心。每次看她撫摸那個包包，嘴裏總是唸唸有詞，很想用偏又捨不得用，任何人都可以看出來那種洋溢在臉上的窩心感覺。我對這個包包一直是既愛又恨，一方面當然是自己也想有一個，另一方面似乎在忖度，是否該幫某人也買一個，我突然覺得包包像個沉默的殺手，一個簡單的手提袋居然隱藏著足以致命的殺機！

上個月學校召開全校導師會議，一位坐在我對面的女老師要我回頭看看另一位女老師，說她全身上下都是名牌，而她本人則是從不用名牌。夾在兩個女人之間，我能說什麼？只能苦笑以對。名牌究竟有何迷人之處，若問我喜不喜歡名牌的東西，我肯定大聲說："I'm loving it!" 但是如果得花很多錢去買的話，我大概會變成羅丹的「沉思者」，開始思考人間的各種悲劇，包括名牌。

當今世上，名牌的東西太多了，食衣住行育樂，無所不在。有名氣不等於東西好，但有牌子的東西材質必然不會太差，畢竟名氣不是一朝一夕可以建立的，口碑需經過歲月的檢驗。只是，冒牌的假貨一樣也很多，一旦假到幾可亂真時，就會害慘名牌，讓它變得一文不值。物品是真實的存在，名則是虛無的概念，如同《心經》所說：「色不異空，空不異色，色即是空，空即是色，受想行識，亦復如是。」追逐名牌是一種心靈與感官上的享受，到頭來，隨著生命的消逝，名與物都是一場空，但存在的價值也不能否認，對某些人來說，擁有名牌即是擁有存在。「不能天長地久，但願曾經擁有」，恐怕這才是芸芸眾生熱切的盼望。

喜歡美的事物、好的東西，應是人之常情，但不應鄉愿地認為「物美價廉」是輕鬆容易的事。「天下沒有白吃的午餐」，慾望的滿足都得付出代價，天上掉下來的禮物，通常不是有瑕疵，就是有毒。胡適說：「要怎麼收穫，先怎麼栽」，對於享受名牌也要有這樣的心態。「名副其實」是我們衡量一個人的準則，名聲與名義是否相符講的不只是人，物品也一樣適用。名牌一方面代表貴重，另一方面則是時尚與品味。也就是說，除了物品本身，整體所形成的氛圍是否能讓人感覺娛悅，這才是名牌所散發的價值。享受名牌，也要有足以承載名牌的內涵。這就是什麼商品會用名人或模特兒來代言，不會想找遊民來試用或試穿的道理。

我認識的名牌不多，也沒有足夠的能力去判別真假，我們常說「人不可以貌相」，事實上，我們經常以貌取人。孔子說：「視其所以，觀其所由，察其所安，人焉廋哉，人焉廋哉。」當然，孔子的話有更深一層的含義，但外貌反映內在，也不全然是假。其實，某些名牌商品會刻意設定限制，藉由商品形成階級，財富不是唯一的考量，還有社會地位，甚至連五官長相也有可能在考慮範圍。換句說，某些人即使用的是一般貨品，也會被視為名牌；另一些人，就算穿金載銀，珠光寶氣，一樣被輕視，認為俗不可耐。

當然，確實有些人可以超脫於對名牌的迷思，我還在努力中。每年三節，學校都會發禮券，法律上禮券等同現金，但內行人都知道其中是有分別的，對大企業來說，錢轉來轉去，最後總會轉回來。通常禮券不應該限定使用期限，但我手中這一疊禮卷卻明白蓋著期限章，再不用恐怕會變成廢紙。走一趟購物商場，看中了一只名牌包，櫃姐不斷介紹，要不心動也難。只是看了標籤後，我只想盡快離開，因為這一疊的禮券加起來還少一個零。心虛讓我不好意思再看別的包包，既已決定不會買，就不要再裝模作樣。體諒別人工作也辛苦，只是一時之間也不能立刻調頭就走，我很想對她說：「我隨便看看，妳不必理我！」最後我還是在別的地方買了一個包，手中禮券只用掉一半，這個背包用了一個星期就收起來了，早已忘記它的樣式。

也不是所有的名牌都很貴，某些小東西我還是可以負擔，最近又「偷偷」的買了一個名牌保溫壺。手中的壺不下數十個，如果把那些塑膠材質的一併算進去，肯定超過百個。年前大掃除，一口氣把許久未用的所有瓶瓶罐罐全部送給資源回收，只留下幾個有牌子的，打算從此以後就用這幾個，再也不浪費錢了。有時候我會懷疑，我會不會是台灣原住民的西拉雅族，他們的宗教信仰是拜壺，看到像壺的東西就有一份親切感。女兒給了我一個綽號，叫「壺狂」，在大賣場中只要老爸突然失縱，十之八九是被某個壺纏住了。

從書包到公事包，數十年來不知用過多少個，但是在包包裏順便放入水壺，好像是近幾年才開始的行為，尤其是可以保溫又保冷的真空罐子。現在便利商店到處都是，渴了隨時可以補充，真的有需要自己帶著水嗎？水與水壺，水壺與包包，這個辯證論一直困擾著我：買水壺不是為了要喝水，買包包只是為了裝東西，那干名牌何事？買了包包，發覺水壺放不下，於是換個水壺；換了水壺，發覺包包太大，於是換個包包。我開始陷入壺與包的泥淖，有時候自得其樂，有時候擔心會瘋掉。

對我來說，包與壺都是生活用品，不是收藏品，因此不論買過多少個，都不能視為一種嗜好。我在流動中享受物慾帶來的快感，或者說生活的情趣。包已不是包，壺也不再是壺，甚至連名牌都不再是名牌，因為名牌早已跟著我的心情一起在流動。要我立刻停止買包與買壺，短時間內做不到。對一些買來卻不用的東西固然有些遺憾，也還沒到後悔的程度。任何東西，在買它的當下必然曾讓你感動，否則就不會在你身旁，這也算是一種緣份。有些緣份比較持久，有些比較短暫，緣起緣滅，強求不得。

年輕時喜歡買書，雖然零用錢不多，對買書倒是很放得開。日積月累，藏書在同儕中算是豐富的，曾自許為「書痴」，平生最大心願就是能擁有一個書房，四面牆壁都是書，換新房子時這個心願多少實現了一半。書的數量沒能與期待相符，更讓人難過的是不知從何時開始，不再買書了。距離上一次去參觀書展，或逛書店，已是數年前的事，對一個曾經號為書痴的人，真是一大諷刺。

然而，事實就是如此，家裏偶而還會進幾本書，但都與我無關。我已很少買書，不再藏書，不再看書，視力變差是主要的藉口，另外則是熱情不再，不知為何而看書。電視與電腦完全把書打敗了，但陣亡的卻是人。以前的人沒有這些影音媒體，「三日不讀書，便覺面目可憎，言語乏味。」如今讀書已成為優雅的休閒生活，有時候還會被認為跟不上時代。平版電腦的流行，紙與書已經沒有關係，書或者讀書都得重新定義。終有一天書蠹會絕種，曬書成了歷史名詞，而《世說新語》中曬肚皮的故事就更難理解了。

平常總愛說一些痴心絕對的話，像是「海枯石爛，此情不移」、「天長地久有時盡，此恨綿綿無絕期。」對元好問的〈摸魚兒〉：「問世間情為何物，直叫人生死相許」，更是愛到不行。一生中，有過愛，有過執著，有過誓言，也曾盼望過永遠。愛過，痴過，狂過，年歲愈大愈覺得，最難的不是生死，是永遠。一時的痴情容易，一輩子的執著，難。

偷窺

歐陽修曾寫過一付對聯：「書有未曾經我讀，事無不可對人言。」在中國文學史上，歐陽修被尊稱為唐宋八大家之一，其文學成就已獲肯定。但是，我個人卻不甚喜歡宋代的這些知識分子，有些是個性固執，不懂變通；有些是自以為是，自恃太高。在政壇上浮浮沉沉多年，不是被罷就是被貶，就算能全身而退，境遇都不好。就以這句話來說，不無自我吹噓的成份，後人敢於引用的不多。歐陽修在自己寫的《六一居士傳》中說：「吾家藏書一萬卷，集錄三代以來金石遺文一千卷」，弦外之音就是說：「我讀過很多書。」

我相信歐陽修讀過很多書，一生中讀一萬本書也不是太難的事。但若說任何事都可以坦然對別人說，我很難接受，至少對我來說，不可能，也沒有必要。「機密」或「秘密」有時候關係到國家民族，「保密」甚至會是法律上的責任，告密與洩密，不但道德上不允許，也是人格上的瑕疵，能否守住秘密經常是衡量信賴程度的指標。很多事不是能不能說，而是該不該說，方不方便說，尤其是涉及其他人時，更得謹慎，台灣有句諺語說：「關門著門，講話要看」，正是這個意思。

秘密是人們用來保護自我的最後一道防線，有時候即使犧牲性命也要守住。秘密可以輕於鴻毛，也可以重於泰山，整部人類文明發展史充滿太多不可知的秘密。探索秘密與挖掘秘密，一直以來就很吸引人，有些人甚至以此為業。今天的台灣社會充斥著各種八卦，坦白說正是一種想要發現秘密的偷窺心態。問題可能不在人皆有秘密，而是人皆愛秘密。「秘密花園」、「秘密情人」、「聖經密碼」、「達文西密碼」，秘密永遠吸引人，永遠是談不完的話題。如果有一天，這世間不再有秘密，人們未能擁有隱私，生活會變得極其無聊，而且可怕。

歐威爾的小說《一九八四》，小說中不時見到這樣的標語：「老大哥在看著你」，意指侵犯隱私的監視行為無所不在。歐威爾諷刺的是極權主義，然而，這種現象卻在民主社會的台灣大為流行。無所不在的監視器和行車記錄器，讓人無所遁形，即便虛擬的網路與通訊世界，凡走過必留下痕跡，一樣可以輕易地被人肉搜尋。科技的進步，對人類究竟是幸或不幸，我無法斷言，但是可以肯定的是人因此變得更加渺小，活得更不自在。因為秘密太容易被揭發，隱私太容易被發現，一旦秘密曝光，將會引發一場罪與罰的良心煎熬，甚至可能牽扯法律上的責任，或是顯現道德上的瑕疵。

似乎人都有偷窺的欲念，不完全是好奇心作遂，有時候是出自愛心，一種想要了解的責任感。平常不會刻意去翻動孩子的東西，除了不准把門鎖上外，只要是經過「加密」過程的，再怎麼好奇都不會去動它。偶而還是會撿到一些紙張，因為是「公然」發現的，難免隨意看一下。不管內容寫些什麼，只能看不能說，永遠得裝作不知道。我們知道女兒的秘密，女兒也應該猜得到有人知道她們的秘密，因為大家都不說，因此沒有秘密。尊重隱私，在我們那一代根本做不到，現在環境變了，小孩子也有人權，對身為父母的人來說，很不甘願放棄這種權力，因此常常會忘記原先的承諾。

孩子用完電腦忘了登出，我於是就這樣被帶進她們的臉書世界。像哥倫布發現新大陸一樣，我感到震撼的是這一家人都有臉書，只有我被摒除在外。臉書已經流行一段時間，我還是一頭霧水，從來不曾在上面留過話。有時候甚至覺得這是浪費生命與時間的遊戲，打字絕對不會比講話的速度快，三分鐘可以溝通清楚的事，為何要花三十分鐘來你一句，我一句。當然，如人飲水，我的世界跟她們的不一樣，誰是誰非，一時之間說不清。有機會可以偷窺她們的人際關係，倒也樂得讀一些無聊的話，只是當看到「他媽的」這種不雅的字眼出現時，雖然沒有嚇出冷汗，也足夠讓人擔心的。

現在的孩子常常會學到一些口頭禪，在她們來說可能是好玩，也可能是想要融入群體，不想被孤立，只是這些言辭對我來說代表的意義就是沒有教養。或許是重男輕女的觀念，即便罵粗話，也覺得男人可以偶爾為之，理應端裝賢淑的女人，無論如何都不應該接觸三字經。我一時情急出言訓戒孩子，忘了處於偷窺狀態，女兒不悅地關閉臉書，不檢討所犯的錯，反倒怪起老爸為何偷看臉書，這真是一段難解的公案，做錯事的竟然理直氣壯。

在刑事訴訟法學上有一種理論叫做「毒樹果實理論」，違法直接取得的證據稱為毒樹，基於該違法取得的證據而衍生出來的證據稱為毒果，毒樹與毒果，在法庭上都不得使用。這道理我懂，但你面對的不是其他人，是至親的孩子，情感必然超越理性。網際網路是最容易犯罪的地方，稍一不慎，害了別人也害了自己，涉世未深的小孩，輕常不知輕重。

去年一位導生急著找我幫忙，事情是她在學校的「批踢踢」發文批評任課老師，老師覺得是一種污辱，準備提告。師生關係弄到這樣地步，確實讓人難過。幾經協調，學生一再道歉，終於可以不用對簿公堂，只是氣氛仍是不佳。這個前車之鑑使我對網上的發言一直戒慎恐懼，深怕孩子自恃聰明反被聰明誤。

當社交網絡服務網站尚未出現之前，官網便已非常盛行，學校更是半鼓勵半強迫老師架設網頁，作為輔助教學的另一個場所。畢竟懂網路的不多，這種事通常得請學生幫忙，上傳資料、更新網頁、或是答覆問題都不是簡單的事，因此後來似乎不了了之。代之起的是學校自行設計一套系統，結合各種網絡功能。系統愈弄愈龐大，不管電算中心如何開班上課，不懂的依舊不懂，問題不在學習的困難度，最重要的是引不起興趣。老師無意經營，學生懶得上來流覽，網頁內容幾乎都是空白。

相較於網頁，部落格就簡單多了。二年前我弄了一個部落格，虛有其名，沒有內容，閒置了很久，最近才開始放一些雜文，歸類為心情日記。說是日記也不像，雖然文章多少反映所思所感，但都不是一時之間寫成的，而且還經常修改，字數也刻意湊到三千字，已是可以發表的完整散文，不單純只是情緒的渲洩。興緻好時隔個三、五日會進來整理一下，有時候忘了，超過一個月沒有更新也很正常。一些有名的部落格每天都有數萬人瀏覽，我的統計數字到現在僅有數百人，其中有一半可能是我自己登入的。人不多，但確實有人在看。我其實很矛盾，好幾次想關閉，把文章都刪掉，總覺得有一些陌生人在偷窺你的心，他們可以隨意進出你的秘密基地，無法防備，也不能拒絕。

「是誰多事種芭蕉？早也瀟瀟，晚也瀟瀟，是君心緒太無聊，既種芭蕉，又怨芭蕉。」這是清人蔣坦與妻子秋芙的對話，充滿夫妻鶼蝶情深的生活情趣。幽默大師林語堂曾說，秋芙是中國歷史上最可愛的兩個女性之一，另一位是沈復的妻子芸娘。「既種芭蕉，又怨芭蕉」可以說就是我現在的心情寫照。生活中總有一些情事，一些意念，不是那麼光明正大，可以隨時寫在芭蕉葉上，輕意對人說。即便是最親密的愛人，也無法做到完全沒有隱私。這與道德無關，也不涉及法律，純粹是人性與生俱來的弱點，當遇到危險或挫折時，就會想逃到山洞中把自己隱藏起來。不論如何受歡迎的公眾人物，在某些時刻最盼望的仍是可以不受打擾的獨處時光。隱私與人權，或者說知的權力，大概是近來台灣社會最熱門的公共議題。

至於我，究竟藏著多少秘密？一方面要看如何定義秘密；另一方面要看是誰想知道我的秘密。無論如何，佛曰「不可說！」不可說的，就是不能說，因為說了沒有用，說了不會懂，說了會有誤會，當然就不可說了。世間上的好話、好事，通常都可以說；但是，世間上也有一些話、一些事，不可說。

學術這一行

幾位國立大學的教授因為研究經費核銷不實，被檢察官提起公訴。看到這些教授在鏡頭前遮遮掩掩，讓人既心疼又難過。同樣靠學術這行混飯吃的我，慶幸很久沒有向公家單位申請計畫案了，若事情早幾年爆發，我恐怕也難逃法網。坦白說，這真的是歷史共業。做研究當然不是為了錢，但是因為努力做研究，用研究經費購置一些與計畫無關，但是可以輔助日後研究的器物，也是順理成章的事。如果一定要按照法規解釋為私用，會讓辛苦做研究的人覺得憤慨，對研究失去興趣，更怕稍一不慎惹禍上身。

自從大學開始評鑑後，在大學內教書變得相當辛苦。有些人為評鑑與升等搞到身心俱疲，心理壓力大到難以負荷，多多少少都有點憂鬱症。在外人看來錢多、事少、放假多的教職，如果不是因為讀書人沒胆隨意換職業，恐怕真願留下來的沒幾人。尤其面臨少子化的困境，缺乏競爭力的大學終將退出市場，私立大學有一半得關門。學校辦不下去，老師只好自求多福，這又是另一個壓力，學術這行飯愈來愈難吃。

創辦大學，有其理想性，但是理想不能當飯吃，沒有經費一切都是空談。對私立學校來說，學生就是衣食父母，沒有學生就沒有學雜費，沒錢就沒有老師，沒有學校，這三者是共生且寄生的關係。私立學校本身就是企業，或是企業集團的一部份，用賺錢與否來衡量學校經營太不道德，卻又是事實，一直虧損的事業無法持久，賺不了錢的大學，如同負債的企業，就讓它倒下吧！最吊詭的是，再大的企業都會倒，但即便已被掏空的大學，也還沒見到收歇的。曾有人開玩笑說，私立大學倒了，國家接收就變成國立的，樂見它倒。也有私立大學不願經營，無償要送給政府，與法不合，政府也不要。因此，一直以來都有某些大學要倒的傳聞，也有學校放出這類訊息來威嚇老師。「項莊舞劍」，目的為何，大家心知肚明。

企業老闆在尾牙致詞或新春團拜時，總會說一些感謝員工的客套話。的確，若無員工的努力，企業賺不了錢。也算另類企業的大學，要辦得出色，更需要優秀的教職員工。大學教授這個頭銜，得來不易，在社會上有其一定的份量，無奈在校園中，也只是員工。把教書比作做工，老師像工人，看似侮辱知識份子，其實現今在私立大學中教書的人，愈來愈多人自嘆不如工人，寧願去當工人。

有位朋友用「神仙、老虎、狗」來比喻大學中三種不同職級老師：教授、副教授、助理教授。也許是各個領域情況不同，我一直沒有樣的感覺，是有比以前自在，只是離神仙的境界還很遙遠。教書、輔導、研究，沒有一樣可以輕鬆。這些年在三級教評會中當委員，三天兩頭就開會，雖是教授也只是橡皮圖章，簽個名，吃個便當，頂多舉個手參與表決，幾乎不曾有過任何事可以自由意志決定。教授治校是高等教育的理想，但在私立學校並不適用，出錢的是董事會，不可能完全不干預，即便校長聘請專業人士擔任，學校的運作與發展仍然決定在董事手中，包括人事的決定權。

大學教授大概是最難管的一群人，要馴服這些人真的不容易。尤其是同儕之中並沒有權力上的高低，更讓兼任行政工作的老師難有作為，沒有耐心處理人際關係的人，隨時都會掛冠求去，當然也有人樂於從事行政工作，多領一點津貼。這些年來，或許是個性使然，除了在委員會當委員外，從來不曾接下任何行政職務。看到同學的名片上都有不錯的頭銜，感覺上自己太不長進，混到現在這個階段，連個什麼「長」都沒有。

說實在的，什麼長都不好當，我還是安份守己地當個陽春教授，寫寫文章、做做研究，好好教書。教了近二十年的書，似乎再怎麼努力都教不好，始終無法像那些知名教授，隨便弄個演講題目就可以擠爆會場，座無虛席。究竟是學問好，還是口才好，或者只是會討好，有時候我真的不以為然。笑聲多過讀書聲，這樣可以算教書嗎？也不能老是怪學生，課程本身的設計恐怕才是問題的癥結。從下學期開始，一些傳統的共同必修要刪減一半時數，這種已存在幾十年的科目早該掃進歷史的山洞，就算換湯不換藥也該換個响亮的名稱吧！顯然是受到社會風氣的影響，學校是企業，課程如商品。好吃固然重要，好看更重要，因為賣相差就不會有人點，沒人買就換包裝，俗話說佛要金裝，人要衣裝，想不到教書也要學化妝術！

不管教書被歸納為製造業或服務業，總是要讓顧客滿意，消費者的笑容就是銷售員最大的安慰。如何知道客人是否滿意，就看評鑑的數字。學生胡亂勾填的問卷常是老師的夢靨，影響層面甚大，小則年終獎金不保，大則晉級升等無望。餐廳端盤子的最怕客人投訴，即便碰到奧客也得忍氣吞聲。當老師的就算學生睡到打呼，也不可輕易發飆，逞一時口快，否則下場會很麻煩。不是老師沒有愛心，人難免有情緒，正好又是血氣方剛之時，愛之深，責之切，也是人之常情。證嚴法師《靜思語錄》教人「存好心、說好話、結好緣」，這「三好運動」看似簡單，其實是了不起的修行。在精舍內修行容易，在課堂上修行需要更大的智慧。

大學教授不會教書，簡直是不可思議，偏偏就是這麼一回事。長期以來大學中普遍有一種想法，研究與教學是兩件事，彼此之間未必有關聯。也因此，教育部甚至將大學分類成研究型大學和教學型大學，教師自然就可以選擇以教學為主或研究為主。事實上，在目前學術過度專業化的情況下，研究的內容與教授的內容經常是南轅北徹，尤其是一些屬於通識的課程，已經到了不能視之為學問的地步，純粹就是消遣與休閒。不會教書，或者書教不好，也許可以辯解為技法不同。如果連做研究都不會，遲早會被踢出大學殿堂。

唸完研究所卻不想做研究，不會做研究的人愈來愈多。原先進研究所可能只是為了學位，將來出社會有更好的工作保障，沒有計劃走上學術研究的路，因此也就沒有認真學習研究的方法。當年的我也是這樣走過來。因緣際會來到大學校園內，努力上課，拼命超鐘點，為了多賺一點錢，將近十年未曾寫過一篇像樣的文章。直到聽聞同學升上正教授才驚醒，大學教師不是職業，來到這裏不是為了賺錢，如果不作研究，不夠資格當教授，不作研究的教授是對這個身份最大的諷刺。可是，不知為什麼，經過數年的努力，出了幾本書也寫了一些文章，我還是覺得不會做研究。

學校鼓勵老師做研究，寫文章，每年都有期刊論文獎勵。有些老師確實會做研究，靠幾篇論文就可以比同儕多領一年的薪資。有錢拿，何樂不為？事實上，很多事情不是表面想像的那麼簡單。某些領域的老師幾乎沒機會參與競爭，原因很多，不滿的聲浪也很多，但這就是學術，進入這個圈子，就得接受它的遊戲規則。基本上任何制度的設計，目的在獲取最大效益，「公平性」不是必要的考量。用SCI或SSCI作為教師研究表現與系所評鑑的依據，儘管議論之聲不曾間斷，但任何大學都不敢自外於這項國際性的評比，為了學校的排名，只好強迫老師多加努力。必要時甚至延請專家演講，指導教師如何「從事」研究，如何「製作」論文：從選擇題目、遣辭用字、分析市場，到投稿方法，都有一些只有過來人才懂的門道。

文章不好寫，因此，有人為了寫文章而出了問題。「學術倫理」一般學者都知道什麼意思，但要做到合乎法律，沒有爭議還是有點困難。剽竊與抄襲是學術界最常見的專業犯罪，只是問題通常很複雜，除非真的太過明目張膽才會被人揭發。即使如此，要證據確鑿到不容狡辯，也不是容易的事。刻意剽竊與抄襲的人料定不會被發現，沒想到隨著資訊媒體的進步，資料蒐集愈來愈容易，早年以為天衣無縫的犯罪，如今完全被攤在電腦螢幕前。有人因此被收回學位，有人被拔掉教授，也有知名作家公開道歉。

「歹路不要走」，我也曾走過，不曾走過，如何知道是歹路？學術這條路不好走，要不怕跌倒，也要不怕黑，耐得住寂寞，擋得住壓力。面對諸多的陷阱和誘惑，不是一句學術良心就可以把持得住，也要靠運氣。「醉過才知酒濃，愛過才知情重。你不能做我的詩，正如我不能做你的夢！」胡適的學術身影太巨大，只能遠觀，難以比擬，但他的〈夢與詩〉，一直在我心中迴旋，在我耳邊輕唱。如果人生可以重來，在學術與詩之間，我選詩。

我愛玉蘭花

在台北都會區，不管住多高，對治安仍是不放心，有勇氣不裝鐵窗的人不多。鐵窗是一種必要的「惡」，好壞參半，一方面可以保護身家財產的安全，另一方面也是阻斷生命的禍首。這些年，一直很在意鐵窗的問題，考慮的不只是逃生的路線，也有我對居家環境要有內外之別的偏好。也就是說，一定要有陽台或露台。不論是換房子，或者重新裝璜，我都堅持要有一個屬於「室外」的空間，可以吹到風，可以淋到雨，卻還是在自己的家裏。

大樓後院有一棵玉蘭花，愈長愈高，尾端已經快接近我的陽台。再過一年半載，花開時，也許就可以順勢採個幾朵。這玉蘭花的香氣已經困擾我好一陣子，想摘它的心也已浮動很久。站在陽台上，看著玉蘭花一日一日茁壯，葉子相當茂盛，擋住了我往向看的視線，也因此帶給我很多想像的空間。住在高樓上的人，一定要覺悟，不管是火災或地震，只能聽天由命，要跑到樓下或等消防車來救你，機率太低了。

從五樓往下跳，即便是訓練有素的特技演員，就算能活命怕也是重殘。有了這棵玉蘭花樹，或許可以把它當作天梯來用。小時候擅長爬樹，再高的樹都難不倒我。從陽台先跳到樹上再往下爬，應該是輕而易舉的事。只是現在的體型早已無法用輕巧來形容，能不能跳到樹上都成問題，何況還要搆住枝幹。就怕樹枝撐不住體重，一路重摔到地上。若只是受傷也還好，畢竟撿回一條命，兩相比較仍是不錯的選擇。電影看太多了！腦海裏充滿各種想像情節。

我想到《傑克與魔豆》的故事，傑克為逃避巨人的追趕，於是把豆莖砍斷，讓巨人摔下消失了。竟然真的有人仿效故事的情節，把玉蘭花鋸斷了！才離開家幾天，幾天沒有看到玉蘭花，沒想到從此永別。這事讓我很生氣，玉蘭花是社區的公共財產，管委會怎可未經住戶同意就把樹砍了？很想去找人理論。這玉蘭花陪伴我十幾年，就這樣消失了，叫我情何以堪！看著僅剩樹根頭的玉蘭花，不禁悲從中來。「好夢由來最易醒，紅顏自古多薄命！」玉蘭花獨自在後院生長了十餘年，花開花謝，從未有人來採摘，只有花香，偶而在暗夜裏擾人清夢。社區住了一百多戶，就我最深情，最幸運，可以天天看到它的身影，聞到它的體香。奈何多情總被無情傷，成也玉蘭花，敗也玉蘭花，當年種它時怕就已知今日的結局。

玉蘭花種在圍牆旁邊，樹根已侵入基座，枝葉也影響到一樓住戶的生活。有棵玉蘭花當然是好事，只是，再怎麼愛花的人都不可能要花不要房子，一旦樹根擠破圍牆，玉蘭花會成為傷人兇手。颱風季節即將到來，玉蘭花長得太高了，可能經不起強風吹襲。盡早砍了，或許還可以留下些許美麗的回憶，記得你的好，你的美，你的香！

樹沒了，鳥也不再來。人愛花，鳥也愛花。每天早上總有幾隻聞香而來的鳥兒，在玉蘭花的枝葉間戲鬧，或是佇立在陽台的欄干上鳴叫。心情好時，對這天外飛來的山谷瓊音，百聽不厭，慶幸有這樣一個家，這樣一棵樹。萬一鳥兒太早起，把我從睡夢中喚醒，也會不解風情地關上窗戶，或無情地把他們趕走。歐陽修有一首詩描述籠中的畫眉鳥：「百囀千聲隨意移，山花紅紫樹高低。始知鎖向金籠聽，不及林間自在啼。」這首詩被收錄在小學的國語課本中，詩的意義不難理解，但詩的意境和它的哲理，恐怕大人也未必能體會。我大概也只能從自由與快樂去思考，事實上，如果萬物有靈，不知他們又如何想。

大一時學過《理則學》，對莊子與惠施的一段辯論一直很著迷。莊子在濠水橋上與惠施一起散步，看見魚兒在水中悠然自得，便對惠施說：「你看魚游得多快樂啊！」惠施不以為然的反問：「你不是魚，怎知魚兒很快樂？」莊子反問：「你不是我，怎知我不知魚的快樂？」兩個人你一言我一語互不相讓，結果當然是沒完沒了。這是一種詭辯術，很難論斷誰勝誰負，無論如何倒是讓我重新去思考被砍斷的玉蘭花和鳥兒的命運。花兒、鳥兒，何其無辜，到底為誰辛苦為誰忙，去吧！這年頭儘是些有情無心的人。我的玉蘭花，我的啾啾聲，他朝倆忘煙水裏！

我向來喜愛玉蘭花，常在十字路口搖下車窗買個一、兩串，掛在後照鏡上，與紅色的香囊繫在一起。花香與神明的祝福，讓我可以安心地開車。等紅綠燈時，總會抬頭看看，看看花也看看後座的家人。年輕時不懂，會香的花很多，為何只賣玉蘭花。當我買得愈多，愈有能力買花時，愈能體會玉蘭花的意涵。玉蘭花是台灣社會底層悲情的象徵，它不只是花，它養活了很多家庭。

講到賣玉蘭花，通常會想到在夜市、街口的小女孩，用一隻瘦弱的小手提著花籃，在你面前不停地鞠躬，哀求你：「叔叔，買玉蘭花。」要不就是戴著斗笠、包著頭巾，穿梭在車陣中，突然貼近你的車子，示意你搖下車窗買花的各種人，男女老幼都有，其中不乏身體殘障者。許多人買花不是因為愛花惜花，純粹是因為心腸好。賣花與買花都不是因為花，也與玉蘭花無關，就像那些發廣告傳單的工讀生，在車陣中快速來回，險象環生。若不是為了一口飯，不會拿性命開玩笑，這就讓人覺得為難了，愛之適足以害之。雖是電動車窗，在開與不開之間，有時候輕如鴻毛，有時候重於泰山。

在花的語言中，玉蘭花代表忠貞不渝的愛情，是詩人們喜歡自喻諷詠的一種花。「新詩已舊不堪聞，江南荒館隔秋雲。多情不改年年色，千古芳心持贈君。」每逢喜慶吉日，人們常以玉蘭花饋贈，是表露愛意的使者。玉蘭經常在一片綠意盎然中開出白色的瓣，清新可人，芳鬱的香味令人感受到一股難以言喻的氣質。因株禾高大，開花位置較高，迎風搖曳，神采奕奕，宛若天女散花，且在初春開放，常被人引為高風亮節的象徵。

只是不知何故，在台灣社會中，玉蘭花一直有著悲情的寓意。幾首以玉蘭花為主題的台語歌，述說的都是為生活奔波的辛酸，都是社會角落的不幸。出現在社會新聞中的報導，玉蘭花早已不是花，而是一種用以營生的商品，一種引起矛盾與衝突的誘因，玉蘭花再香，玉蘭花再美，已無人疼惜。

「玉蘭花喔玉蘭花，放置心內香歸工，提轉去厝內香歸暝。」聽著林強唱的〈玉蘭花〉，心中無限感慨。在台北一年四季都可以買到玉蘭花，奈何採下的玉蘭花不耐久放，頂多三天就「香消玉殞」，因此花店不賣玉蘭花，玉蘭花只在馬路上賣。許多人只知道玉蘭花香，從未看過玉蘭花樹開花的樣子。在一整片綠油油的樹叢中，點綴白色或淡黄色的花朵，不同的綻放程度，總是引人遐思，像那美人的姿態，溫柔中帶著些許嬌羞。

這幾年台灣人瘋賞櫻，看到賞櫻人潮帶來的商機，金門縣林務所也想種櫻花，期盼櫻花花海能帶動金門的觀光旅遊發展。金門國家公園內不乏美麗的櫻花，問題不在花，而是人，金門人不會喜歡櫻花。櫻花是日本官方的國花，幾個世紀以來日本國民一直鍾愛它，在日本文化及民俗方面佔有極重要的位置。尤其是在文學上，常被用來與武士精神相比，櫻花盛放之際亦是凋零之時，武士道精神如櫻花，終究逃不出盛極而衰的宿命。金門曾被戰火摧殘，也曾被日人荼毒，也許不必把單純的賞花想得太複雜，但是花與人，花與民族，永遠相牽連，何必一定要東施效顰！金門多的是「浯州芳草」，例如四季蘭，芳香四溢，只是很少人知道，它是我們的縣花。

我還是比較喜歡玉蘭花，曾經做過這樣的夢，退休後回去選鄉長。不做工程，不蓋房子，不築道路，只做一件事，就是種樹。把不能耕種的空地、濱海大道的兩旁、村落的院子、廟埕的廣場，全種上玉蘭花。當花開時，歡迎來作客，來賞花，來品酒。所有的花任憑採擷，做成花環戴在頭上，串成手鐲掛在手上，滿滿一把放入花籃，完全無償。讓玉蘭花的香味洗濯旅途的辛勞，讓玉蘭花漂洋過海，撫慰離鄉背景的遊子。這來自故鄉的花有你幼時的記憶，這玉蘭之名讓你想起「仙姑廟」的香火。花開時記得回來，回來看花，回來省親。

我還有一個夢，希望有生之年，可以聽到人們這樣說：「小金門，又名玉蘭花之島」。

別叫我金門人

開學第一堂課我都會問一下班上有沒有金門人，是金門人這門課一定可以過，同學也會起哄說現在遷戶籍可不可以。當然，這是玩笑話，但也未必不是真的。面對家鄉的子弟，俗話說「人不親土親」，再怎麼不上進也不會把他當掉。就像自己的小孩一樣，必然會付出雙倍的關懷，甚至可以說比對待別的學生更嚴格，點名時絕對不會漏掉。有些金門同學在學期結束時會抱怨，早知如此，當時真不應該表明身份，害得他連蹺課都不敢。讓人欣慰的是，我的金門子弟一直以來都沒讓我失望。只是，對其他同學的提問，我倒是不知該如何回答。戶籍遷到金門，就可以說是金門人嗎？金門人究竟是一個民族，一個由血緣、族裔與文化所構成的共同體，或者只是單純地住在這裏，來過這裏？

說實在的，多年來我一直在研究民族主義，了解民族主義是很迷人的一種意識型態，古今中外很少有人不被影響，但是，對於怎樣才算是民族還是很困惑。姑且不去管政治上的紛擾，在人們的內心始終有一種對「家園」的企盼，一種對「根」的執著。目前離散在全球各地的「金門人」不下數十萬，有些人其實對金門早已沒有記憶，但是一旦重新踏上這塊土地，不管經過多久，離開多久，對這塊自己出生或父祖生長的土地，依舊感動到淚流滿面，忍不住跪下來親吻它。那種感情，看起來不太真實，事情過後也會懷疑，有那麼嚴重嗎？其實，這都是情境所激發出來的溫情，當週遭盡是金門人，加上幾杯高粱酒，鄉愁就會瀰漫整個房間，產生像是吸不到空氣的窒息感覺。

「同鄉會」是一種接近民族主義的組織，包括地緣的關係與血緣的意涵，世界各地，不分種族國籍，都有類似的組織，金門人在這方面更是不遑多讓。新加坡、馬來西亞、印尼、汶萊等地幾乎都有「金門幫」、「金門會館」的組織。解嚴以來金門最大的人際活動就是尋根之旅，遠赴世界各地尋找金門人，世界各地的金門人也應邀回來懇親，有錢的出錢，有力的出力，儼然就是"We are the world"。「四海皆有金門人」，我不禁要唱起這樣的歌，比那支〈朋友〉金酒廣告更有穿透力，金門縣政府可以考慮改編來當縣歌。

台灣有多少個「金門同鄉會」，應該可以查得到，事實上也確實有人寫了這方面的論文。對一般人來說，通常只知道同鄉會之存在，只有理監事才會了解同鄉會的運作。畢竟這是一種地方性組織，難免各自為陣，相互較勁，展現實力。我唯一知道的就是高雄的金門同鄉會，因為那些年我們都要到這裏報到，然後從十三號碼頭坐船回家。同鄉會給我的感覺就是旅館，每次返鄉都得在這裏住一、兩個晚上，來到高雄金門同鄉會，心裏就會這麼想：「家，近了！」落籍新北市以後，離「四號公園」很近，偶而會看到鄉親在辦活動，「金門同鄉會」的名字很容易聽到，看到，不能說响叮噹，至少讓人不敢忽視。

日前台北市金門同鄉會改選理監事，會場一片花海，芳香四溢。席開一百多桌，賓客超過一千人，政商名流接踵而至，可謂冠蓋雲集，熱鬧非凡。我為了購買《金門鄉訊人物誌》，有幸見證一次金門人的軟實力。再大的官來到這裏都得客客氣氣，說幾句「我愛金門」、「金門人真行」的好話。我向來對政治沒有興趣，「詩萬首，酒千觴，幾曾著眼看侯王。」買了書便匆匆離開，認識的鄉親遺憾我不能留下來吃飯。飯當然還是要吃，只是我可能比較習慣回家一邊喝咖啡，一邊看書。

讀書人買書天經地義，不必特別強調，但不是什麼書都買得到，千萬不要認為想要就可以擁有。我之所以急著買這套書，是因為這幾日的《金門日報》副刊文學一直刊出這套書的序，讓人產生一種想要先睹為快的衝動。坦白說，書中的內容我應該大半看過，從報紙或從作者的部落格，有些文章甚至被超連結轉到沒頭沒尾。真正吸引我的不是文字，而是作者為新書附加的照片。以前讀這些文章時總是覺得有點美中不足，當時不甚明白是何原因，現在終於了了，就是因為沒能看見受訪人物的廬山真面目。

我們常說「讀其書而想見其人」，書中所報導的人物有些是自己的師長、同學，只是太久沒見，已想不起模樣。有些是心儀已久的前輩，一直無緣認識，對我來說，這數百張照片喚起我諸多的回憶，文字有時候反覺多餘。比較遺憾的是，人都會老，不論裙擺如何搖曳，正妹已然變熟女。看到這麼多「老人家」，豈能沒有感觸，「滾滾長江東逝水，浪花淘盡英雄，是非成敗轉頭空。青山依舊在，幾度夕陽紅。」人物對學歷史的我來說，它已不只是文學作品，也是我的文獻資料庫。

我向來不寫書評也不看書評，總覺得文章是寫給喜歡的人看，硬要挑剔的話就是不解風情。文學原本就帶著幾分情緒化，不像學術性文章，有其一定的規範，尤其是要在期刊上登出時，自然必須相當嚴謹。這幾年，不管是自己寫文章或審查別人的文章，常常審到一肚子氣，別的審查員也一樣，有時候甚至撂下狠話：「要不要改，隨便你啦！」作者的心理可能會這樣想：「有本事，你寫給我看！」在金門文壇，特別是報導文學這個領域，如果不認識「大俠」楊樹清，肯定會被我當掉。坦白說我也沒勇氣評論他的著作，就怕他說：「有本事，你寫給我看！」如果只是寫幾篇文章，倒也不怕跟他比一比，只是想到花六年多的時間，訪問四百多人，十冊書一百多萬字，光是數字就夠嚇人了。如果再把他以前出的書也拿出來，我大概會說：「瘋子，誰要跟你比。」

大俠是好人，只有朋友，沒有敵人。對他筆下的人物，沒有一句重話，沒有任何批評，相較於砲聲隆隆的學術界，我還真是有點不習慣。當今台灣社會，罵人是時尚，批評是學問，只會說好話，會被說是鄉愿。因此，請容許我說些討人厭的話。我對這套書的策畫、編輯、作者都不認識，素無交情，也許可以產生公正超然的假象，還好沒有被寫到書裏去，否則我不敢寫這篇文章。

書匣有點緊，取書不甚方便，我索性把書倒出來，讓書散落一地。順序亂了，正打算加以整理時，突然被幾道反射的光芒鎮住。這帝王般的金和如木炭的黑，交織成一種深沉的美感。拆掉摺紙，我尤其喜歡那黑到不行的封面。什麼樣的人會設計出這種圖案？我想到禁忌的海峽，想到柴門輕輕扣之後，就再也沒有回家。島嶼還在，只是不確定是不是年少離開時的模樣。金門離我愈來愈遠，有時候竟然忘了我是金門人。朋友從金門回來，盛讚金門人好客，連續請他們喝了三天的酒。煽動我將戶籍遷回去領配酒，買機票可打折，老了還有老人年金！我無言以對，我已很久不當金門人了！

馬英九總統接見美國議員，說林書豪是台灣人，沒料到被吐槽：「很抱歉，林書豪是純正的美國人。」國家認同與族群意識，在沒有衝突時可以分開來看，一旦涉及權力、義務與利益時，任何人都必須做出抉擇。民族是一種血緣關係，與生俱來，沒得否認。族群認同可以選擇，可以形塑。只要心中有金門，熱愛金門，歡迎大家來做金門人。金門鄉訊人物的這些「名門俊彥」其中不乏像林書豪的情形，說他們來自金門不會有問題，說是金門人他們未必願意，至少新加坡政府會希望他們自稱新加坡人。

有一群金門人，結合了愛金門的一群人，共同在為金門打拼。金門之所以成為金門，因為有這些過客，他們比金門人還金門，反倒是那些在各行各業表現優秀的金門人，再大的官位，再大的事業，也是他個人的表現，與金門何干。沒有人像大俠一樣，用一生的愛致力於這塊土地的記錄，那種無可救藥的原鄉情結，已經提早被當作歷史人物研究了。我一直覺得族群意識是把雙面有刃的刀，過度強調便會引來排擠，最怕聽人說：「你們金門人……」，隱藏在話語背後的可能是族群的矛盾，也可能是利益的糾葛。

自從金門大學開張以後，總有人會說「為何不回金大去教」，看到金門的學生也問「為何不回金大去讀」。金門終於盼到一所高等學府，而且校長還是金門人，加上縣府當局與地方人士鼎力協助，難免讓人覺得那是金門人開的。國立金門大學和金門縣立大學，意義不同，差別很大，別讓族群意識和地域主義阻礙金門的未來。

我把倒出來的書按順序放回匣內，一併把剩下的情緒也收納進去。我喜歡這些書，它的質感和視覺讓人愛不釋手，就單純地喜歡這「書」，無關乎書中的內容。問我何時會再抽出來看，就像問我何時回金門，我無法給個肯定的答案。離開故鄉三十幾年，庸碌一生，沒有可堪記述的事跡，沒有可以誇耀的名位，默默無聞到寫文章只敢用筆名，不要叫我金門人，這名字太沉重！

生氣辯證論

夏天到了，賣飲料的小舖愈來愈多，這種生意不需技術，也無關專業，若是加盟店或連鎖店，連材料都不用費心準備。因此，在眾多的競爭者中，要能脫穎而出，料好實在固然重要，服務品質恐怕才是關鍵。雖然超商也賣飲料，還是敵不過人們對「現做」的迷思。隨時隨地來一杯，插上吸管，走到那兒喝到那裏，這是近幾年台灣的新街景。一些較特別的產品如「珍珠奶茶」甚至揚名國外，成了觀光客指定非嚐不可的台灣名產。我向來愛喝茶，但泡茶要有閒情逸緻，而且要有材料器具，在家裏時只要心情對了，就會泡上一杯。出門在外，只好仰賴這些飲吧。

茶是很簡單的飲料，要泡出好茶需要真功夫，能否吸引顧客再上門，就看是否對味，當然，也要讓客人有「賓至如歸」的感覺。平常都是點無糖的茶，裝在保溫壺中，冷熱皆宜。一日心血來潮，想換新口味，看到有新鮮的葡萄柚汁，於是就想來一杯，或許可以補充一點維他命C。沒想到一時的意念改變卻讓我難過了好幾天，激發了許久未有的自我反省，想到孔子的話：「從心所欲不逾矩」，我還有很長一段路要走。

為了滿足各種人的需求，每家飲吧的產品項目總是多到沒有人可以看完，我猜想即便店員也記不起來。可以理解必然有很多商品從來沒有人點，就像我們到餐館吃飯一樣，有時候連菜單都不用看，反正會吃的，想吃的就是那幾道，不曾吃過的也沒勇氣嚐鮮，這或許就是人性，也可能只是我的個性。

收了錢後，店長忙著打電話，調配飲料的事交給助手去做。一方面是技術尚未純熟，另一方面可能是沒人點這種飲料，一時之間不知該如何弄。我的隨身杯就放置在桌上，卻還是裝到塑膠杯內，準備封口。店長突然記起我說不加糖的事，告訴我說他們加的是蜂蜜，不是果糖，問我要不要加一點。我已等很久，不耐煩地回答一句：「隨便啦。」店長指示工讀生舀了一匙蜂蜜，用熱水泡開後倒入我的隨身杯。蜂蜜水佔了一半的容量，工讀生再將已調好的葡萄柚汁倒進去，由於沒有經過搖勻的過程，倒給我的是浮在上層的水，留下來的是果汁。

我的忍耐已到極限，指出他的錯誤，店員可能沒聽懂我的話，照舊將隨身杯遞給我。杯口溢出來的水漬也不擦乾，我真的生氣了，打開蓋子喝了一口，根本就是不甜的蜂蜜水，於是順手將它倒入門口的排水溝，動作看起來可以感受得到有點憤怒。走沒幾步，店長衝出來，攔住我的去路，我本能地作出防衛的姿勢，如果他不即刻說話，我會以為要打架。我接受道歉，但不想再等他幫我另做一杯，我已沒心情喝了。轉身離開之後，我立刻後悔，有必要這樣嗎？

顯然，我的情緒已經傷害到某些人，人都會犯錯，何況不就是一杯果汁，需要把它弄到不可收拾嗎？身為人師卻一點雅量都沒有，我如何教學生！但事後再想想，做錯事本來就應該付出代價，讓他們有所警惕也未必不好。手段看似有點極端，其中仍有些許菩薩心腸。生氣有真有假，當下我是真的失控，如果有更充裕的時間，也許可以再想想，需要生氣嗎？

不管是喝或是吃，同樣的東西，久了都會膩，換換口味應是人之常情。回飯店之前，我終於踏入迴轉壽司店，外帶幾份握壽司和生魚片。接著到便利商店買了二罐啤酒，辛苦了一天，也該給自己慰勞一下。吃了一口甜蝦，感覺味道不對，從小在海邊長大，家裏又是捕魚的，對海產是否新鮮相當敏感。我又吃了一口再確認，這次不得不吐出來，絕對是壞了，再多的芥茉都蓋不住腥味。我憤怒地將其他的蝦子丟進垃圾桶，號稱「爭鮮」竟然是浪得虛名，教人如何不生氣。我很想打電話過去，說幾句重話，表達我的不滿。也許是天意，電話號碼小到沒有老花眼鏡根本看不清。挫折感讓我想放棄，屈屈幾十塊錢，又不是花不起。

看著垃圾桶中的蝦子，心中百般不願意，可惜，可惱，可恨，愈想愈生氣，就這樣算了嗎？看看時間，即將打烊，現在回去也許還來得及，再過幾分鐘就關門了。走與不走，必須在幾秒鐘內決定。一生中決定過許多大事，從來不曾像現在這樣急迫，我終於了解什麼叫做「十萬火急」。撈起垃圾桶中的蝦子，快步走加小跑步，十分鐘後我再度來到店門口。有點喘，仍然故作鎮靜，冷冷地說：「這蝦子壞了！」店長接過手提袋，打開來看，我原以為她想嚐嚐，看我是不是說謊。現在「奧客」很多，很多人把東西吃光了才說東西壞了，看到我袋中的蝦子幾乎原封不動，店長立刻吩咐師父重作。

我提著剛「出爐」的貨品，除了補足我吃下去和吐出來的那兩隻，又增加了一份，算是一種補償。照講心情應該很愉悅才對，可我就是快樂不起來，腳步莫名沉重，幾百公尺的回程，路卻像是通到天涯海角，怎麼走都走不完。蝦子是新鮮的，啤酒早已不冰，苦了！這一來一往，一得一失，算盤不管怎麼打，顯然我都是輸家。為了一口氣，我累到嚐不出美食的味道，假若當時放下，沒有蝦子，我至少還有冰涼的啤酒。如今，蝦子與啤酒都在眼前，感覺上卻像都沒了。

《論語・公治長》記載宰我白天睡大覺，孔子說：「朽木不可雕也，糞土之牆不可污也。」這話看起來很溫和，其實是氣到極點，形同一般人的破口大罵。不管修養多好，要完全不生氣真的很難，即便聖人如孔子也做不到。有時候生氣是一種身體機能的正常反應，直接到無暇思索，因此容易招惹事端，正所謂「禍從口出」。孔子若生活在今天，早晚會被學生告「公然侮辱」。事實上，很多「生氣」都是裝模作樣，「義憤填膺」的背後包含太多的謀略。古時候兩軍對陣，常用「激將法」，就是看準一般人容易因生氣而失去理智，作出得不償失的行為。

宋代文人蘇東坡有一位相知甚篤的方外之交，名叫「佛印禪師」，兩人經常討論佛法。雖然東坡的文章寫得很好，但在禪學的領悟上始終不如佛印，心中當然很不是滋味。有一天坐禪後突然有所領悟，於是作了一偈，自認此偈意境深遠，是了不起的澈悟，立刻請童子送過江給佛印看。詩的內容如下：「稽首天中天，毫光照大千，八風吹不動，端坐紫金蓮。」佛印禪師看過後，莞然一笑，在詩上寫了兩個字：「放屁」，再交給書童帶回。蘇東坡氣到破口大罵，心想這麼高超的意境，不懂欣賞也就罷了，竟用如此粗俗的言語，簡直是「豈有此理」。立刻束裝過江，準備與佛印理論。來到佛印的禪室門口，不見佛印，只見門上貼著一句話：「八風吹不動，一屁打過江。」東坡看後深覺慚愧，自知修行遠不如佛印。這故事家喻戶曉，一般人看到的是佛法與修行，我看到則是生氣的人性，不會生氣的不是人。

生氣是哲學，也是學問。要生氣，莫生氣，如何生氣，單純的一種情緒反應，有時候複雜到讓人生氣。有醫學和情緒管理專家認為，「生氣」可能是我們最健康、而且最有益的情緒表達方法，因為它可以讓你正視問題所在，進而激發正面的改變，壓抑憤怒對我們的健康和情緒都會造成相當大的傷害。看來，生氣未必是壞事，道德上我們希望大家不要生氣，只是，如果生氣有利可圖，為何不生氣？有人因生氣而做壞事，有人因生氣而做好事；有人因生氣而人財兩得，有人因生氣而名利雙收。如何拿捏生氣的時機，思索生氣的後果，需要修行，修行需要智慧，智慧來自生活中的跌跌撞撞，不是靠幾個歷史故事就能頓悟。

還在生氣嗎？有些氣可以生很久，有些氣生完就後悔。我不適合生氣，尤其不適合生悶氣，氣壞身體沒有什麼大不了，最可怕的是因生氣而產生報復心理，那種意念讓人不寒而慄。有時候，生氣的目的只是要讓人知道誰才是老大。把門用力甩上，宣示「我生氣了」，許多人都有這種經驗，年輕時我也曾用這種方式來發洩情緒。有一次，就在即將重施故技時，有人搶在前面做了想做的事。一塊到口的肥肉就這樣硬生生地被搶走了，就是那種感覺。我還是可以開門，但想到門後孩子的哭泣聲，這門竟然有如銅牆鐵壁，怕還通了電。此時此刻，終於覺悟，不是想生氣就可以生氣，你有本錢生氣嗎？你敢生氣嗎？最重要的是，有必要生氣嗎？氣當然可以生，緩一緩，或者慢一點會比較好。

天台上的星星

等了將近一個小時，護士終於叫了我的名字：「〇〇〇大德，先去量血壓再拿來給我。」我接下掛號單，忍著疼痛，一拐一拐地走向量血壓的地方。幾十公尺的路，竟然無法一路到底，中斷了好幾次，稍作休息。排隊時，有人願禮讓我優先，要扶我找位子坐下，真是感激不盡。我畢竟正值壯年，站個幾分鐘沒問題，何況身上沒有任何顯示受傷的指標，就這樣插隊，難保不會引起公憤。

又等了幾分鐘才得以坐下。也許是因為疼痛，心跳比平常快了些，血壓當然也就偏高，而且不是高一點點，已高到會讓人懷疑儀器出了問題。志工對我笑笑說：「不要緊張，是不是看了我血壓就升高了！」「大姐，愛說笑了，您都快當我的媽了！」我勉強擠出一絲苦笑，心裏五味雜陳，這老式的幽默顯然沒能減緩我的疼痛。

坦白說，我不喜歡來大醫院看病，除了手續麻煩外，就是要等。有時候等待比疼痛更讓人煩躁，更讓人難受。一種對未知的恐懼，叫人不胡思亂想也難。腳筋要是斷了，可能就要開刀，一旦動手術，萬一失敗，我豈不是以後不能跑，不能跳，那人生還有何意思。「〇〇〇大德」，一語驚醒夢中人，這夢若繼續做下去，結果會很嚇人，感謝護士小姐救我脫離苦海。醫生聽完我的陳述，用手在我的腳板上按了幾個點，輕描淡寫地說：「扭到了。」聽完醫生的話，心中一塊大石終於放下，畢竟那一聲迸裂的巨響著實讓我嚇出一身冷汗，我就怕某條筋或肌鍵斷了，若只是扭傷，我可以說是「久病成良醫」了。

從小愛運動，追趕跑跳碰，無所不來。全身上下到處見傷痕，每個疤都有一段故事。洗澡時細數身上的疤痕，一時之間還真的不容易把經過想清楚。除了看得到的傷痕，還有一些隱藏的疼痛，稍一不慎就會復發，幾十年來似乎一直未能斷根。以前在家鄉，沒有骨科，也不懂復健，小孩子生命力強，就算骨頭斷了也會自己癒合，只要能好，家長也弄不清是不是長歪了。骨頭歪了會影響發育，萬一內傷而不知，後遺症便會如影隨形，困擾一輩子。扭傷是最常見的運動傷害，從手指到腳踝，有關節的地方幾乎都曾受過傷。現在知道要冰敷，以前哪懂這些，即便家裏買了冰箱以後，也沒想過冰塊可以療傷。

回到家，看到腫得像麵龜的手腳，父親二話不說立刻帶去找推拿師父。這些師父並不是真的中醫師，有些只是年輕時學過武術，有一點筋骨知識，加上懂得調製跌打損傷的藥酒，便以大夫之名為人治病。通常都不會收錢，至於禮物或禮品，屬於人情世故，自然不好拒絕。不過，會回贈一小瓶藥酒，讓人拿回家自己擦用。青草油加上黑嬤嬤的藥膏貼布，是我年少時最親切，也最害怕的味道。如今，使用過各種酸痛製品，擦的、貼的、噴的、滾的；日本的、泰國的、台灣的，我最懷念的仍是金門的，那種由「一條根」或「海芙蓉」泡製而成的藥酒。奇怪的是，自從它被開發成各種產品後，我竟然從未買來使用。為什麼用過那麼多牌子的凝劑，獨漏了「一條根」？或許是因為它已經沒有小時候的味道，用金門之名，卻未必與金門有關。

正準備起身跟醫生說聲謝謝，沒料到醫生竟搶在我前面說了一句話：「去照一下X光」，我差點又坐下去。我一臉疑惑，「有那麼嚴重嗎？」還沒想到要說什麼就被護士送出門，交代我照完片子再將健保卡給她。

醫學影像室在邊邊角角的地方，路途之「遙遠」與「艱巨」數倍於量血壓處。我不禁吸了一口氣，將週遭環境蒐尋了一遍，電梯、手扶梯、樓梯，像設定導航器一樣，計算一下要走哪一條。平常絕對不會去做這種無聊透頂的事，此時此刻，少一步就可少一點疼痛，不得不斤斤計較。這段路對我而言，真的可以用「千里拔涉」來形容，總而言之，相當難受。到了X光室，領了號碼牌，繼續等。看著閃爍不定的指示燈，好像在說，有些人的生命正在一點一滴地流逝，當然，也有新的生命正準備來臨。

我終於有機會看到自己的骨頭了，「沒事」。其實我已不在乎有事沒事，出現在電腦螢幕上的那隻腳，曾經讓我傷透腦筋，有時候痛到真的想把它砍了。多少次的按摩，多少次的撫摸，祈禱你快快好起來，原以為傷痕累累，沒料到竟是這般潔白無瑕，讓我不禁感嘆：「X光真神奇！」人最怕無知，看清楚了，明白了，自然就放心了。只是，在醫院這個地方，多的是讓人無法放心的事，無法放心的人。許多人的第一次在這裏，最後一次也在這裏；張開眼、閉上眼、等著閉眼，都在這裏；各種歡笑聲、哭泣聲，這裏都有，但都會離開，會消失。很多人選擇在這裏說再見，讓人覺得醫院像是離別的月台，其實，醫院更像生命的驛站。生生，死死，都從這裏經過。

現代化的大醫院更像休閒場所。來醫院既不看病，也不看人，一杯咖啡，一次下午茶，偷得浮生半日閒，無視那些正為痛苦折磨的人們。我不免生氣，怎會有如此冷血的人。有人正在跟死神搏鬥，有人正在手術室門口坐立不安，看到這樣的哀傷臉孔，這咖啡如何喝得下？醫院反映人性，醫院人生，肯定比夜市人生更精彩，而且更有內涵。達官貴人、販夫走卒、英雄豪傑、江洋大盜，誰都躲不掉，叫醫院「一視同仁」未免強人所難，但病痛絕對大家平等。我很想在沒有病痛時也來喝杯咖啡，回想這一生在這個場所的點點滴滴。醫院是人們記憶中最難忘懷的場景，即便所有的記憶都淡了，發生在醫院的那一幕，永遠彷如昨日。

剛下部隊沒幾天，長官拿著一封電報過來，大概知道有重大事情發生，陪在我旁邊等我拆開來看。「父親病危，速回」，簡簡單單的幾個字，很難令人相信。長官可能也在猜，會不會像連續劇的情節，假傳聖旨騙幾天假。也許是我的憂傷與真誠獲得長官的信賴，立刻准假並幫助我辦妥所有手續，包括搭機證明。在還沒有民航的年代，一個受訓中的預官竟然可以跟一群星星同坐軍機，真不知要感謝政府德政，或者感謝父親生病？

回到花崗石醫院，父親正坐著輪椅回到病房，意識清楚，可以跟我說話，看到我回來有些驚訝。看到父親的樣子，我也很驚訝，無法與電報的內容聯想在一起，我擔心會不會是一場騙局。懷著不安的心情問過醫生，知道病情確實很嚴重。戰地政務時代的金門，醫療設備差不在話下，醫生的醫術水平怕也差很多。碰到不會醫的病，或者自知醫不好的病，處置方式就是先開一張單子給家屬，預告「病危」，省得以後麻煩。尤其是一旦認定是那種病，家屬可能就會放棄，「病危」是早晚的事。我立刻決定「後送」，無論如何，只要還有機會，這局非賭不可，即便最後魂斷異鄉，背負不孝之名，我也認了。

將父親送上C130，我回去跟舅舅商量後續的事情。舅舅在平房的屋頂上等我，我喊了一聲「俺舅」，舅舅點點頭沒有說話。那一晚我們應該談了很多事，但我記得的只有這句：「可以救，再多錢都花。不能救……」後面的話很難說出口，我心裏明白，父親的性命豈能用錢來決定。雖然說生命無價，但我們也都知道，窮人家總是活得比較辛苦。

經過三總的檢查，父親只是肺發炎，跟那種病完全無關。多年後雖然還是走了，也跟那種病無關。孟子說：「盡信書，則不如無書」，醫生也是人，人都會犯錯，問題不在犯錯，在是否盡了力。人生有很多的遺憾，許多事不是一句「無愧」就可以卸責的。當父親闔上眼之時，我真的覺得錯了。醫院救了父親，醫院也讓父親受盡折磨。身體的苦，心靈的苦，無藥可醫。我明白父親想回去，就跟當年一樣，只要還有機會，我總想嚐試。沒讓父親回去，怕是我這輩子最大的遺憾。

每次返鄉都會去一趟舅舅家，獨自一人坐在天台的石椅上。父親走了，舅舅也走了，天上的星星卻依舊閃爍不定。我不懂占星術，對董仲舒的「天人感應」說也不太認同，只是不何故，一直覺得人跟天上的星星存在著某種關聯。每個生命都是星星下凡來，在人世間走一遭。中國神話故事中，文章寫得好且被朝廷重用的大官是文曲星下凡，老是帶來霉運的女人通稱「掃把星」。《水滸傳》中一百零八條好漢，天罡三十六、地煞七十二，各有名號。我不知道父親與舅舅是什麼星，但每次夜觀星象，似乎看到，他們就在那裏。

江郎才盡

新學期開始，舊的課本、作業簿、參考書和評量照例會被我當作回收資源丟掉，女兒知道我會做種事，及早交代務必留下作文簿。這本作文簿是她的寶貝，不時會拿來翻一翻，想來必定是對自己所寫的文章很得意。看著老師給的評語和分數，幻想自己將來可能就是知名的大作家，不知不覺地臉上便浮現志得意滿的笑容，我不免好奇，想瞧一瞧究竟寫些什麼，真的有那麼好嗎？

翻開本子，立刻被女兒工整的硬體字和老師的硃批深深吸引，思緒一下子全湧上來，根本無心看內容。我有多久沒有用筆寫文章了？多久沒有看過有格的稿紙了？這些年來，我寫過最多的字竟然是自己的名字，包括信用卡刷卡帳單、開會時的簽到，以及一大堆必須確認的文件。長時間使用電腦，有些字早已不知如何寫，有一陣子試著經由練習書法回憶字的形態，也是一天捕魚，三天曬網，效果不大。

以前，最受不了的就是女兒的鉛筆盒，各式各樣的筆，多到數不清，三天兩頭就要求買筆，搞不懂筆到底是用來寫字，還是拿來吃？自從使用電腦後，已十幾年未曾買過原子筆，自己要用的，女兒的除外。似乎到處都可以撿到筆，廉價的原子筆沒人要，比廣告用的面紙還不如。要將一支筆寫到沒有筆水，對我來說簡直就是天方夜談，就算不寫字，一直給它塗鴉，要劃多久才能用光墨水，想來也是一種折磨。

不寫字，但仍然想要一支筆，一支名牌鋼筆。其實我跟女兒也差不多，我擁有的鋼筆和鋼珠筆數量，一個鉛筆盒絕對裝不完。有些是人家送的禮物，有些是自己買的，都是普通貨色。一直期望有一支可以傳之久遠的「好筆」，像傳家之寶一樣將來傳給女兒。真的，不要單純地認為筆是用來寫字的，筆也可以像黃金珠寶一樣價值連城。有些簽過重要條約的筆，更是國家典藏的歷史文物。只是，名貴的筆不一定寫得出好文章，寫出來的字也不一定就會比較好看。

南北朝時有一位頗有名氣的文學家名叫江淹，文思泉湧，意到筆隨，一就而成。有一天作夢，夢到朋友跟他催討寄放的筆，江淹不知有這回事，但懷中確實有支「五色筆」，只好還給人家。夢醒之後，非常納悶，覺得腦海一片空白。提筆沉思半天，想寫點東西卻一個字也寫不出來。絞盡腦汁好不容易作出二、三句詩，不是文不對題，便是俗不可耐。從此以後，文思枯竭，再也寫不出像樣的好文章，這就是我們熟悉的成語故事——「江郎才盡」。

如果是寫書法，好筆才能寫出好字，應該可以理解。至於好筆也能寫出好文章，可能就比較牽強，但也未必沒有影響，要不然就不會有「妙筆生花」一詞了。畢竟，文章的好壞跟心理素質有關，江淹的問題不在於失去了「五色筆」，是筆水已經用完，再好的筆沒有墨水，如何寫出文章。晚年的江淹先後依附蕭道成、蕭衍等權貴，做起了大官，過慣了富裕尊榮的生活，早已沒了創作的心思，是胸中無墨，與筆無關。

歐陽修說：「文窮而後工。」日本知名作家廚村白川也說：「文學是苦悶的象徵。」古今中外似乎都認為，越是困頓的環境，越能激發好的文章靈感。杜甫之所以成為詩聖，跟他窮到連一間可以抵擋秋風的茅屋都沒有或許有關。但是，「艱難苦恨繁霜鬢，潦倒新亭濁酒杯」，像杜甫這種窮到極點的文人，畢竟是少數，真正會寫文章的人，通常都是名利雙收，其間不乏浪得虛名者。

女兒在作文中介紹她爸爸：「教授兼業餘作家」，「作家」這個頭銜讓我覺得很不好意思。出過幾本書，寫過一些論文，都是學術性的專著，跟文學完全沒有關係，稱呼「學者」還可以接受，這樣就自翔為作家，未免把文學看小了。這兩年在《金門文藝》和《金門日報》副刊發表一些生活感想，大多是隨意寫寫的雜文，與所謂的散文也還有一段距離。因為有這兩份刊物，金門出了一大堆被尊稱為作家的人。小說、散文、新詩，老幹新枝，遍佈在各行各業，幾乎都是業餘的，雖然金門有寫作協會的組織，但專職寫作似乎還未成氣候。

因為自己也在投稿，難免多花一點時間看看別人寫的東西。「文章千古事，得失寸心知」，對自己的文章可以被刊登，總是覺得很光榮，但是若因此認為這就是好文章，恐怕氣死的不只是那些成名的作家，國文老師也可以退休回家吃自己了。評論別人的文章是讀書人最忌諱的事，卻也是容易犯的錯，總是會在不知不覺中說了讓人不舒服的話。文學批評是一門頗為艱深的學問，理論很多，通常只有學院派的才會寫這類文章，評論的作品也都是古今中外知名的作家與作品。一般性的文藝書寫，即便是暢銷書，未必具有可供評論的條件，所謂書評充其量只是內容介紹和讀後心得。

我一直牢記曹丕在《典論‧論文》中的一句話：「文人相輕，自古而然。」不敢隨意批評他人的文章，畢竟，在文學創作這個領域，我仍是初生之犢。只是，讀了這麼多文章之後，有些話似乎不吐不快，可以不說，卻無法不想。在金門文壇，精確的說，應該是藝文圈子，喜好寫作的朋友差不多大家都認識。知名度較高的更是被尊為前輩，受到後輩的敬重。只是，文人重情，自然容易拉幫結派，稱兄道弟，文章中充滿情深義厚的惺惺相惜、相互標榜，有些描述與事實真的差很多。我也經常玩文字遊戲，深知文人習性，「士為知己者用，女為悅己者容」，文章向來都是寫給想看的人看。

金門太小，文壇太擠，可以書寫的東西太少，寫了幾十年，已經沒東西可寫了。從八三么到兩岸小三通、從砲彈鋼刀到浯島城隍、從高粱酒香到番薯戀情，已經不斷在重複，很難想像文章竟然有季節性，隨著二十四節氣出現在報刊上。如果經常在《金門日報》副刊文學和浯江夜話上遊走，會懷疑自己又從小到大活了一遍。正因為能寫的素材太少，寫出來的東西相似度太高，一再重複，如果只是重複他人的題目，倒也合情合理，畢竟如人飲水，冷暖自知，個人感受不同。

但如果是自己重複自己的文章，陷在自己往日的情境中而不可自拔，這種現象就值得注意了。原本寫小說的開始寫散文，寫散文的改寫新詩。散文讀起來像小說，詩讀起來像散文。新聞報導像作文，副刊文學像地方新聞。我已分不清哪些是時事報導，哪些是文學創作。什麼是小說，什麼是散文，什麼是新詩？我只看到一堆中文字在組合與排列，一些詞彙不斷地出現，一群作家一直霸佔報紙的版面，金門就只有這些人能寫，這些東西可以寫嗎？

最近，常參加金門同學會，最怕聽到這句話：「你跟以前一樣，都沒變。」愛說笑，人怎可不變，如果有人說我現在寫的東西跟以前一樣，一點都沒有變，我恐怕會難過到哭出來，擺明了是在批評我一點長進都沒有。人到中年特別喜歡回憶過去，藉由書寫回顧走過的人生，肯定是人情之常。不管寫得如何，即使再怎麼不順暢，仍想為自己留下記錄。只是，或許是自己的生命不夠精彩，一下子就發覺沒東西可寫了。放著學術論文不寫，越界來插花，刊了幾篇文章便以為可以成為作家，沒想到愈寫愈沒趣。對副刊編輯的厚愛不但不知感恩，反倒有些微詞，何苦接受這些文章，當初若沒有被虛名所誘惑，也就不會有今天的苦痛。

讀了半輩子的歷史，抄抄寫寫，不是困難的事，說它是文章也行，只是不免要問：「寫得好嗎？」沒有華麗的詞藻，沒有浪漫的故事，沒有引人入勝的情節，也沒有感人肺腑的告白，這算什麼散文？我只看到一個愛碎碎唸的父親、一個時不我予的中年男人，喟嘆青春年華不再，嚐試藉著文字的排列，組合失落的記憶。有人喜歡我寫的東西，那是因為移情作用，不是文章好，好友的一聲「加油」讓我更加迷惘。就像那輛開了十幾年的老爺車，外觀上保養得不錯，但我最清楚，就算把油門踩到底，一樣跑不快。問題不在「加油」，加再多油也無濟於事，換一台新車才是重點！

整個下午坐在電腦桌前，腦袋一片空白，寫不出東西，老花眼鏡拿上拿下，一度懷疑眼鏡是罪魁禍首。真箇是「江郎才盡」？寫作原本就是嘔心泣血的事，沒有靈感當然就寫不出東西，一旦心血來潮，還是可以文思如泉湧。近來這種情形經常出現，文思枯竭的時間愈拉愈長，更惱人的是有些明明是熟到不行的人名或術語，要用時偏偏想不起來。課堂上常舉例子，講了上一段，下一段竟然接不下去，記憶力退化到讓人「步步驚心」。「不，那不叫江郎才盡，是阿茲海默症」，躺在沙發上的那個人冷冷地說，面無表情，因為臉上正敷著面膜。一時之間還沒搞懂什麼是「阿茲海默症」，有點熟卻想不起來。等終於明白時，難過的心情只有一個人懂，江淹〈恨賦〉：「人生至此，天道寧論！」

斷弦

中國人取名字，學問很大，字裏行間蘊含著一套生命與生活哲學，不論是筆劃、聲音、字形都有其特殊的考量。大抵上，一些較不文雅的字，或者容易引發諧音聯想的，都不會被用來命名，一般人也可以清楚地了解名字的意義。每個人都有名字，學過英文的人幾乎都有英文名字，有些人只是好玩，隨便找個名字用，也有人當它是另一種身份，終其一生與這個名稱相連結。唸研究所時選修德文，外籍老師幫我取了一個德文名字，叫「沃夫岡」。由於沒有別的英文名字，這二十幾年來便一直將它當作英文名字使用。

外國人的姓名學其實也很複雜，與我們漢族人的姓名大不相同，除文字的區別之外，姓名的組成，排列順序都不一樣，還常帶有冠詞、綴詞等，對我們來說難以掌握，而且不易區分。我這個德文名字，知道它是德文的人不多。坦白說我不太喜歡，德文發音與英文發音不一同，字母也有點多。除了書寫時會用到外，我似乎未曾自我介紹過這個英文名，也沒有人這樣叫我。某些場合需用到英文名稱，習慣上仍是中文名字的漢語拼音，畢竟不是生活在國外，無法像外國人一樣。

有一天女兒看到我使用這個字，告訴我那是莫札特的名字，莫札特全名為沃夫岡•阿瑪迪斯•莫札特。我當然知道莫札特，只是很少會去注意他的全名，這個訊息解開了我一個多年的困惑。雖然女兒也學英文，但之所以知道這個字卻是源於鋼琴課。我一直從「英文」去思考這個名字，才會覺得格格不入，若從「音樂」去理解，我會更愛這個名字。如今的我對於音樂的熱愛更勝於英文，英文只是過度性的工具，音樂才是這輩子最大的安慰。我沒學過鋼琴，但絕對聽過莫札特的音樂，或許冥冥之中我與音樂已結下緣份，說不定上輩子是個音樂家。

聽完女兒管樂團最後一場表演，三年來的辛苦終於可以暫時放下，畢業後是否還繼續吹奏，學生也好，家長也好，大家都很矛盾。音樂這條路不好走，孩子辛苦，大人也辛苦。我從不期望孩子成為音樂家，雖然女兒在這方面有些天分，可惜我們太懶，缺乏那種作為音樂家推手的企圖心。玩樂器可以陶冶心情，偶而來場業餘演出也不錯，但是要以此為職業，以此營生，我們肯定潑冷水多於鼓勵。我高中時參加軍樂隊，吹了三年的伸縮喇叭，畢業後再也沒有碰過這種樂器。當年或許也曾做過音樂夢，無奈好夢易醒，宋朝蘇軾〈與潘郭二生出郊尋春〉詩：「人似秋鴻來有信，事如春夢了無痕。」我卻有另外的體悟：「夢醒情未了」，對於音樂尤其如是。

小時候父親曾教我唱過一段南管，有幾句歌詞現在還記得，調調也還會哼，只是沒把握就是當年的版本。父親也沒真的學過南管，我猜想應是年輕時喜歡跟著村裏的老人家喝茶，從茶室那邊聽來的。以前家裏有一件南管樂器，名為「拍板」，我常拿來亂玩，學會在演唱者換氣時拍一下，雖然不懂歌詞唱些什麼，對於節拍、音律似乎已產生濃厚興趣。高中時住宿，跟著同學學吹洞簫。管樂有其共通性，洞簫與伸縮喇叭指法不同，氣的運用可以互通。家裏有一個防空洞，封閉的空間可以產生最佳的共鳴效果，我常躲在洞內吹奏。重考那一年，因為有洞簫的撫慰，我得以熬過無數寂寞的夜晚。

有句俗諺說：「月品、年簫、萬世弦」，意指笛子與洞簫比較容易學習，畢竟每個音都是固定的，只要勤加練習，指法熟練了，技巧便水到渠成。唯獨弦樂器，有人一輩子也學不會，因為音感奇差。我在過了不惑之年，終於提起勇氣，真正拜師學藝，圓了年少時的另一個夢，拉二胡。笛子屬於年輕人的樂器，我曾經會吹「陽明春曉」，現在則已經沒有那種心境再接觸笛子。二胡的聲音比洞簫更具穿透性，我尤其對較哀怨的曲調特別敏感，琴音經常引領我進入另一個想像的空間，思索更深層的生命問題。在許多告別式與送葬場合都會看到胡琴，用它悲涼的音色，傳達人聲無法表達的情感，「如怨如慕，如泣如訴，餘音嫋嫋，不絕如縷。」

我跟在美國作研究的朋友說正在學二胡，很喜歡劉天華的「病中吟」，朋友回覆我說為什麼不拉「月夜」或「空山鳥語」？看來，朋友不但懂二胡，也懂我的心境。會二胡的人很多，名家輩出，像我這樣一大把年紀才來學二胡的，大有人在。社大裏有人開二胡班，曾想去報名，看到一堆老人家立刻打退堂鼓。年紀大的人學什麼都難，初學二胡那段日子，每天都想放棄，學不會當然難受，更難受的是自尊心受損，「不經一番寒徹骨，焉得梅花撲鼻香」，說的總是比唱的容易！

轉眼間，學二胡已有好幾年，功力沒有長進，卻一直很想再買把好琴。幾次留連樂器行，心動卻不敢衝動。日前看到一把小葉紫檀，價值十萬元，打完折還是很貴。可那音色美到讓人很想做傻事，如果可以使用信用卡，難保那一天我不會就給他浪漫一次。好在樂器行不接受刷卡，要不然我可能會因買樂器而破產，真的捧著大把現鈔來換樂器，應該是經過深思熟慮了。

年輕時想要一屋子的書，現在想在牆上掛滿各種樂器，家中的樂器也真的不少。女兒的鋼琴、吉他、豎琴，我的二胡、板胡、洞簫、月琴、把烏、陶笛、塤，盡是一些小件的國樂器，大都是初學用的次級品，買來玩玩可以，真的要演奏還是不成氣候，樂器本身也上不了台面。每次去樂器行就興起一種念頭，如果可以來打工，不用付我薪水，只要各種樂器任我玩就可以。

好的樂器不便宜，價錢固然是重點，但不識貨才是問題。樂器市場太亂，幾乎沒有公訂價，好壞存乎一心。一把簫可以從數百元到數千元；一把琴可以從一、兩千元到一、二十萬元，好在哪裏，行家也未必有把握不會被坑。購買樂器必須量力而為，我的樂器數量還會再增加，品質也會提升。沒有財力學人家玩古董字畫，買幾件優質的樂器應該不難，花些許的錢就可以玩到不知老之將至，樂器也好，音樂也好，都是不可思議的發明。

最近，學校為了應付評鑑，弄了一大堆評量報表，對理工科的老師可能習以為常，卻苦了文史的老師，如何將質的東西轉化成量的分析，總是有人學不會。雖然只是填幾個阿拉伯數字，卻比寫文章還難。藝術的表現不能量化，但學習的過程還是可以評量，鋼琴有檢定，英文有檢定，二胡也有級數。曲調的深淺難易，對應於不同的級數。台灣的二胡學習環境尚未成熟，科班的少，胡亂自學的多，沒有一套標準，很多人基礎沒有打好就想一飛沖天，我也是其中之一。很快我就發現學習上出現瓶頸，不得不再回去進修，正好學校國樂社的指導老師專攻二胡，於是請他撥空指導我。每週一堂課，每堂課一千元，鐘點費付了幾個月後還是不得不放棄。缺乏練習，跟不上進度，自己當老師卻老是不能準時上課，只好慚愧地「退學」。

學問之路，無君王之道，訣竅就是練習，練習，再練習。所謂「台上三分鐘，台下十年功」，就是這個道理。我曾想過在某年紀時為自己辦一場二胡成果驗收會，拉幾首曲子娛樂一下親朋好友，無奈始終缺乏決心，訂不出一個期限來。得過且過，轉眼又過了好多年，依舊停留在拉拉小曲、小調的地步，對於一些較高級的名曲只能敬而遠之，就算真的學習，也是有頭沒尾。以前有老師指導時，一首曲子常常得拉一、二個月，錯了就重來，過不了這關就沒有下一步，也因此會覺得煩。我是一個極其沒耐心的人，學音樂主要還是好玩，沒有想過要專精到什麼程度，好像會，卻沒信心說會。拉給自己聽，感覺還不錯，但女兒卻不給情面，一下子說音不準，一下子說節拍不對，看來我還是再回去找個老師，認真學一學吧！

二胡其實是很簡單的樂器，主要用來伴奏，與人的關係較親密。現在的二胡演奏已經完全變了樣，技巧不但複雜而且艱深，曲子也長到這一輩子都背不起來。說真的，名家演奏名曲，聽來固然讓人「心曠神怡，寵辱皆忘」，搭配管弦樂團，氣勢磅礴程度不輸打擊樂器。只是，聽了這麼多演奏曲，我還是比較喜歡單純的二胡聲音，阿炳的絕響〈二泉映月〉，聽過一遍又一遍，我會不會拉琴已不重要。

擦拭著手中的琴，有點鬱悶，琴跟人一樣有感情，久不接觸也會生氣。音怎麼調都不準，即使用了調音器，聲音就是不對，稍一恍神，外弦應聲而斷。換弦時，手指竟然被斷弦刺到，莫非這也是天意，一種無言的抗議。似乎在告誡你，愛是付出，愛要行動，愛要即時。慢慢旋緊琴軸，調整一下琴馬，拉幾個長音，愛上二胡，無悔。

逛街

學期即將結束，我喜歡讓學生以田野調查報告代替考試，讀萬卷書不如行萬里路，人類的知識有一半來自生活的體驗。以其窩在房間內打電腦，不如出去走一走，看一看。只要親自到達現場，在報告的主題面前拍一張照片，證明到此一遊，這個報告就及格了。

剛開始，學生都很興奮，太簡單了，這門課也太好混。沒想到，輪自己上台報告時才驚覺報告沒有作，竟然沒空出去繞一下，沒時間成了千篇一律的藉口。報告不難，難的是找時間，有時間睡覺，有時間上網，沒時間出去玩。我想到周杰倫的歌：〈牛仔很忙〉，「不用麻煩了」，怕麻煩是多數人的通病，但也有一些人總是愛將簡單的事弄得很複雜，時間多到宛如地球停止轉動。

除了古蹟外，老街、夜市、商圈是學生最常選擇的報告主題。我原本就沒打算將報告定位在學術性的成果，吃喝玩樂未必就沒有真知識，生活上的體悟或感受有時候比課堂上的知識更有價值。我的評量標準是「玩得快樂，吃得滿足，講得有趣」，在茶餘飯後想想人與環境的關係，文明與文化如何影響我們的生活，給我簡簡單單的幾句話，勝過高談濶論。

大部份的學生確實從報告中獲得樂趣，講得口沫橫飛，欲罷不能，即使時間已到，仍然堅持要將報告講完，讓我既為難也欣慰。《禮記・學記》：「是故學然後知不足，教然後知困。知不足然後能自反也，知困然後能自強也。故曰教學相長也。」學生的報告常帶給我某些觀念上的啟發，有些是我從未接觸的，社會的角角落落，各行各業的辛酸故事，那是課本上的文字無法形容的，我喜歡作報告，也喜歡到處走走。

二〇一二年交通部觀光局舉辦「台灣十大觀光小城」，金門縣金城鎮後浦有幸擠下其他的競爭者，脫穎而出，對我們這些離鄉背井的遊子來說，除了與有榮焉之外，也多了一個可以行銷故鄉的機會。離島交通不便，將來如何改造後浦，使其兼俱文創與商業價值，可能還有一條漫長的路要走。只是我不免有點感傷，現在的後浦，或者未來的後浦，恐怕都不是我記憶中的那座小城。

小時候要到後浦是相當麻煩的事，用翻山越嶺、舟車勞頓來形容並不為過。先要沿著村莊的後山走路到九宮碼頭，搭上接駁的舢舨，再換乘機動船，慢慢駛向水頭碼頭，上岸之後再搭公車，最後抵達後浦的榕樹下。過程的辛苦和危險，不是今天可以想像。然而，不論多麼艱難，一年一度的城隍聖誕，母親必定會帶我來拜拜，祈求城隍爺庇佑，風調雨順，國泰民安。拜完後當然就是順道逛逛街，採購一些日常用品，吃一些夢寐以求的糕點。長長的街道，好像永遠走不完，各種商舖林立，東西多到叫不出名字。在我心中，後浦就是繁華的都市，我不知有台北，只知有後浦。

直到唸高中，後浦不再神秘，一度成了我們的後花園，進出後浦市場如同走廚房。尤其是當伙委那一年，每天踩著笨重的三輪車去買菜，感覺上路變短了，不像小時候那樣難走。推著滿載貨物的三輪車，腳步卻比當年更沉重，爬坡的那段路尤其辛苦。萬一「倒退嚕」，後果會很嚴重，人受傷事小，害住宿生沒飯吃肯定會被罵翻。如今重回後浦，早已繁華褪盡，多數商家已人去樓空。幾間古厝門扉半掩，午後的陽光照在浯島城隍廟的廣場上，香爐內插著幾柱清香，形單影孤。聖誕千秋剛過，高掛的燈籠還在風中搖曳，等明年春暖花開時，依舊鑼鼓喧天，熱鬧非凡。等待的滋味是苦澀的，記憶卻是甜美的。那些年在城隍廟的廣場，那些年在後浦的街上，有我遺忘的身影，有我慘淡的年少情愁。

對學生來說，後浦太陌生，也太遙遠，這輩子未必有機會來看看，就算講給他們聽，怕也像是課本上的長江三峽、萬里長城，終究是別人家的事。不像其他的「觀光小鎮」，或是那些沒有入選的知名景點，任何交通工具都可以抵達，有同學戲說已去過N遍了。只是，不管去過多少次，似乎除了吃喝玩樂之外，並沒有特別值得懷念的事。有時候，甚至因為過度商業化，小鎮已漸失辨識度，看起來都差不多。吃的、玩的、賣的，連街景都似曾相識。把所有拍回來的照片放在一起，一旦弄混了，就再也回不去了，「張冠李戴」的情形會多到令人氣絕。

這些年我們全家去過的老街、商圈、市集、夜市、百貨公司、大賣場已經多到數不清。逛街購物是我們全家主要的休閒方式，沒有特別要買什麼或吃什麼，完全是隨機消遣，可怕的是一趟旅程下來，經常會不知不覺買了很多不想買的東西，吃了很多沒想要吃的東西。買東西不全然是因為需要，逛街有時候只是為了那種氣氛，明知道人擠人累死人，偏偏不去跟人擠一下，感覺上不像活著。每到假日，所有的風景名勝區，經常人滿為患，一路塞車塞到遊興盡失，大嘆早知如此何必當初。惱歸惱，很快又有下一次。「歷史的教訓」一直都是課本上的故事，聽聽就好，心裏想著自己不會那麼倒霉，既然機會與命運一半一半，那就賭一把吧！

年輕時認為自己贏的機會大，敢於跟它賭，即便輸了也有能力承擔後果，下次就算再來，一樣沒在怕。年紀較大後，傾向於認命，體力與心情似乎都不如從前，不但膽子變小，人也變龜毛，不夠爽快。每次老婆或孩子約去逛街買東西時，我都會仔細想想，算計一下得失，出去有什麼好處，留在家裏有什麼壞處。孩子大了不需要陪伴或照顧，事實上多數的場合她們也不太想老爸在旁邊礙眼。我固然樂得輕鬆，卻總是覺得像是失落了什麼。

女兒小時候最愛逛夜市，撈魚、打彈珠、套圈圈，各種玩的東西都可以吸引她的眼光。對於吃的倒是不太在意，唯獨霜淇淋這味，一路走來始終如一。孩子小時，當父親的時間比較多，也比較不會覺得煩，當孩子在撈魚時，通常都會乖乖地、安靜地等在旁邊，準備好零錢以應不時之需。隨著孩子漸漸長大，逛夜市的機會並沒有變少，但已愈來愈沒有可以記憶的東西，吃多於玩，一方面是許多東西已不適合再玩，另一方面是我們也沒有閒情逸緻花時間看她們玩。小孩偶而興起想要撈魚或撈小烏龜，總是會被大人阻擋，不擔心撈不到，就怕帶回家後還要養它，太麻煩了，怕麻煩於是就剝奪了孩子的樂趣。

樂趣這種感覺因人而異，像我就無法體會女人買鞋子，買衣服的樂趣。花一個小時試一雙鞋子，花二個小時挑一件衣服，最怕的是腳已酸到走不動了，結果是什麼都沒買，下次再來。熱戀時，酸痛也是甜蜜的，如今，很多男人會跟我一樣想，信用卡隨妳刷，我只想找個地方喝杯茶。女人永遠少一雙鞋、少一件衣服，賣鞋子和賣衣服的到處都有，多到不需要店名。從百貨公司到菜市場，從捷運站門口到飯店內，可以說只要有女人出沒的地方，就有人在賣衣服，就有人在挑衣服。

夜市是台灣特有的文化，夜市人生幾乎可以說就是台灣庶民生活的寫照，只是整體來說，夜市終究還是屬於下層階級，商品屬性或消費行為，乃至觀光客的心態，都傾向於負面。不能說夜市就沒有好東西，但一般人還是認為只有在名店街或百貨公司，才有可能買到真品。看著散落在夜市的滿地名牌貨，直覺上都會認為那是山寨版或贗品，任憑攤販如何口沫橫飛拍胸脯保證，拿在手上的東西就是少了那種名牌的價值感。或許這正是人性虛偽的一面，同樣一件商品，出現在夜市和出現在百貨公司，價格不同，價值也不同。在哪裏購買，決定商品的價值，俗話說：「人是衣妝，佛是金妝」，佛靠金子裝點，人靠衣飾打扮，內裏不足，要靠外表，而外表也決定內裏。

每到百貨公司週年慶，大門一開立刻被人潮擠爆，看到這樣的場景，如何能不心動也心驚。從北到南，從國內到國外，百貨公司是我們必到的處所。購物、吃飯、閒逛，可以增長見聞，可以打發時間，夏天到了，還可以節省家裏的電力開銷，一舉數得。碰到商品推銷，說不定靠著試吃，可以省下一天的菜錢。這幾年，北部的百貨公司和大賣場愈開愈多，有些頗具異國風情，吃的、穿的、用的，不用出國就可以獲得滿足。

排隊是台灣公民教育最引以為傲的成果，到處都可以看到有人在排隊，我們經常排錯隊，偶而還會已經站在人群中間了，卻不知道在排什麼。有些隊是非排不可，有些則悠關面子，像試吃，只好差遣女兒去跟人家擠。看著女兒拿回來的一小塊烤牛肉，塞牙縫都嫌小，可它就是有這種魅力，引誘你掏出皮夾。牛肉還好，再怎麼頂級也是有限，經過珠寶專櫃就得小心了。有人刻意在鏡子前停下來，摸了一下脖子，看一眼櫃子內的項鍊，有那麼一點「項莊舞劍，志在沛公」的味道。「鑽石恆久遠，一顆永流傳」，喜歡就買吧，不過就是一塊「石頭」！

將進酒

升上教授後空閒的時間似乎變多了，多到有時候會覺得慌。書雖然還是得看，文章也要寫，只是完全不能與年輕時相比，體力、耐力、眼力都跟不上。不看書時只好看電視，電視看久了視力也變差了，愈看愈模糊，不需要字幕的還可以利用聲音了解劇情。若是外國影集，看不到字幕形同瞎了，以目前的英文能力，沒有中文翻譯，恐怕連「一知半解」都有問題。萬一又小酌一下，便會陷入「半夢半醒」之間，人是人，電視是電視，各自存在，互不干擾。

好不容易熬到可以申請休假研究，沒想到礙於總量管制，得禮讓比我資深的先休，也因此知道有些兼行政職的資深教授從未休過假，也不想休假。覺得上班可以做研究，休假也是研究，休假的意義不大，甚至有可能面臨像我一樣的煩惱。時間太多，除了做研究，沒別的事做，習慣做研究的人早已不知休假為何物，休假反而是苦差事，造成身體更大的負擔。一開始我確實不能理解，竟然有人如此為學校賣命，仔細翻看「教授休假辦法」後，漸漸可以理解，休假不是想像中那樣浪漫美好。「偷得浮生半日閒」是很愜意的事，鎮日無所事事未必輕鬆得起來，如果是一整年都不用做事，睡覺睡到自然醒，真的會快樂嗎？

上課雖然有壓力，但教書自有其樂趣，若能將興趣與工作相結合，自然就會分不清是玩或是工作。身體也許會因工作而疲憊，心靈絕對是豐富滿足的。「休息是為了走更遠的路」，這是休假的好理由，這種目的的休息比較單純，容易做到，若是心靈上覺得累了，休再久的假也於事無補。人跟車子一樣，一旦熄火太久，要再動起來需要較長時間的暖身，性能較差的車子可能會就此發不動。

學校最近擬訂《限年升等辦法》，強制規定各級教師必須在期限內通過升等，否則可能面臨不續聘的命運。對剛拿到學位的新老師來說，這是理所當然的職場倫理，俗話說：「怕熱就不要進廚房」，做研究是本份，升等是水到渠成的事。但是，對那些已教了一、二十年的書，準備就此退休的老師來說，重啟研究形同回學校讀書，早已力不從心。問題不在幾年的期限，事實上期限也沒有急迫性，卻還是弄得人心惶惶，造成教師與學校的對立，甚至有人口出狂言，不惜與學校玉石俱焚。我已跳脫三界外，不太關心這些紛紛擾擾，對這些老師的心情可能無法感同身受，只是想到升等前那幾年內心的煎熬和身體的不適，不難想像這些人要面對比我更艱難的挑戰，現在的我未必受得了。

我雖沒有升等的壓力，但生活上還是常有鬱悶的時候，曹操〈短歌行〉：「對酒當歌，人生幾何，譬如朝露，去日苦多。慨當以慷，憂思難忘，何以解憂，唯有杜康。」這些年，酒似乎喝得比往常多，沒能像年輕時那樣狂飲，只是睡前小酌一下，卻是日漸上癮到欲罷不能。自古以來，詩人與酒總是相輔相成，「酒十斗，詩千首。」這是詩人的浪漫，事實上，喝了酒什麼事都做不成，喝太多，連覺都睡不好。喝了幾十年的酒，酒幾乎成了另一個伴侶，從年輕到現在，未曾離異，不敢想有朝一日必須戒酒，無酒之日怕也是生命即將終結之時。

品酒是一門學問，足以寫書，足以開班上課。有一陣子台灣流行喝紅酒，相關的書籍多到可以登上暢銷書排行榜，大賣場的紅酒也多到讓人無所適從。如果喝酒有益健康，為何不喝？去年在餐旅系上課，隔壁教室不時飄來陣陣酒香，搞得我心神不寧，很想過去要一杯，一邊品嚐美酒，一邊評論歷史，這才像大師級的教授。我想到唸大學時，有個老師總是煙斗不離手，右手的粉筆灰向下落，左手的煙靄向上昇，學問究竟有多深看不出來，氣勢倒是可以唬人。現在的大學通識課五花八門，教種菜、教化妝、教喝咖啡、應該也要有人來教喝酒。真正講起來，酒才是真學問，只是要在課堂上公然喝酒，就算美其名為「品嚐」，還是免不了會被輿論撻伐。

自從金門酒廠的經營方式轉型後，廣告行銷愈來愈多，雖然還是叫做金門高粱酒，但酒的內涵與金門卻是愈來愈疏離，金門高粱酒與金門意象已快要淡化到難以聯結。金門酒廠已被寫成好幾本學位論文，這些研究生顯然不太會喝酒，只看到酒廠的演變與經營，看不到酒的歷史，金門高粱酒這一門要喝的課，沒有醉過是不會及格的。以前的金門高粱酒，充滿著各種歷史故事，讓詩人和藝術家感動不已。而今，金門高粱酒只剩下度數，從五十八、三十八、到二十八，必要的話也可以只有八，用金門高粱調成雞尾酒，喝的究竟是酒還是果汁？

開放觀光以前，只有在金門當兵的人或親臨金門的人，才能買到正港的金門高粱酒，酒也還不能郵寄，必須隨身攜帶。每次返鄉省親必定帶幾瓶酒回來送人，陳年高粱酒是大家的最愛，價格或許不如進口洋酒，但價值與尊貴性肯定超越XO。原來的陳高是釀製十年後才裝瓶，不知何時突然變成五年。五年就可以號稱「陳年」，叫人情何以堪，隨便一段歷史，不是千年就是百年，五年不過彈指間。金門人何時變得如此沒有耐性，等不及十年。戒嚴了五十年，封閉了五十年，凡事都想急起直追，難道也包括酒的年份？

前些年喝了一瓶「藍牌」約翰走路，好喝不在話下，讓人肅然起敬的是「三十五年」，很難想像這瓊漿玉露在橡木桶中沉睡了半個人生。杜甫〈曲江〉詩：「酒債尋常行處有，人生七十古來稀。」杜甫太窮，沒能像李白一樣「五花馬，千金裘，呼兒將出喚美酒」，只能喝尋常酒，若能喝上幾口金門陳高，詩或許會改寫成這樣：「七十人生行處有，十年陳高古來稀。」

與酒相關的詩詞典故太多了，文人墨客筆下的酒總是浪漫與唯美，可惜在現實生活中，一般人對酒的感受通常是麻煩的製造者。近年來台灣社會的酒駕問題嚴重，已經到了必須「亂世用重典」的地步。這種現象一方面反映公民守法精神不夠，漠視他人的生命價值；另一方面可能是整個社會人心已被麻痺，對酒過度耽迷的結果，足以摧毀一個族群。原住民給人的印象是愛喝酒，常喝酒；金門人則是會喝酒，敢喝酒。如果持續這樣喝下去，這兩個民族遲早會變成歷史名詞。

文獻記載，夏與商都是因酒亡國，夏桀建酒池糟堤，一次可以提供三千人牛飲；商朝曾制定嚴懲官吏縱酒的法條，違犯者墨刑侍候；周公則曾頒佈《酒誥》，以商代亡國為訓，嚴禁周人飲酒，甚至以死刑脅迫。古今中外，很多國家或宗教團體都曾禁酒，酒與犯罪幾乎是同義字。受到各種酒類廣告的影響，現在的台灣，喝酒成了新的社會運動，各個小吃店中常可見到酒促小姐穿梭其間，幫客人頻頻倒酒，稍有名氣的燒烤居酒屋，幾乎每天晚上都是座無虛席。美酒與美色當前，不免多喝了幾杯，酒國英雄也好，酒後心聲也罷，結局都不會太理想，若不是鬧劇一場，便是悲劇收場。

喝酒學問大，一人喝，一群人喝；在家喝，在外面喝；無人陪，有人陪，已經不是單純的喝酒問題。喝酒的人，恐怕也不真的是為了酒，正所謂「醉翁之意不在酒」。歐陽修在意的是山川景緻，我在意的是喝酒的感覺，尤其是微醺時那種怡然自得，物我倆忘。每次南下上課，為排解漫漫長夜寂寥，常到附近的小酒吧或小吃店坐坐。一碟小菜一杯酒，興緻好時就再來一杯，不曾醉過，連偶爾想要微醺一下都有困難。真不知是酒量太好，或是酒太不濃。這冰涼的啤酒適合止渴，要喝到「對影成三人」的境界，談何容易。一個人獨酌時，除非是藉酒澆愁才有可能醉，否則通常是喝到睡，不是喝到醉。

看到角落裏幾位年青人在玩猜骰子遊戲，每人手拿一個印有啤酒logo的罐子，放入數顆骰子，搖完後蓋住，開始依序猜出各種點數的粒數。我不知道這種遊戲名稱，剛開始覺得很有意思，看他們彼此之間「爾虞我詐」你來我往進行心理戰，在抓與不抓之間必然有一番掙扎。但時間久了，一直重複，我已不想多看一眼，因為頻率大快，可能是賭注太小，輸家只需小酌一口啤酒或啜一口調酒，因此大家都沒把輸贏看在眼裏。即便如此，在一旁觀戰的我已經喝掉好幾杯，他們的酒幾乎還是滿的，幾個人加起來可能還不到我的量。我突然驚醒，我才是真正的輸家，沒有玩卻喝得比別人多。

這樣的喝酒顯然太無趣，我不免懷念與金門同窗聚會時那種痛快，「蓮花指、輕舉杯、深入喉、重擲杯」，雖然有點草莽味道，不若古人「流觴曲水」的文雅，但或許這就是金門人的豪邁與爽朗。只是高粱不比啤酒，英雄做不成經常會變狗熊，一旦喝醉，醜態畢出，叫人不敢恭維。或許是大家都有點年紀了，再也沒有人敢出來「打通關」划拳助興。酒雖然還是一樣喝，總覺得像是失落了什麼。他日回金門，很想把這些老友叫過來，再來一場拳王爭霸，誰輸誰喝。走出小酒吧，我竟然不自覺地喊出：「快到、六連、單操、總來……」。

愛上麥克風

期末報告開始，一位女同學怯生生地跑來問我：「可不可以不要用麥克風？」一時之間我沒能理解她的意思，沒有即刻回答，她接著說：「我的聲音很大！」既然這樣，我當然不能說不，只是不明白，聲音再大也不可能大過麥克風，使用麥克風，省時又省力，而且可以聚集人氣，何樂不為？

剛教書時我似乎也不太愛用麥克風，仗著年輕，丹田夠力，雙手並用，既可寫黑板也可比手畫腳，兩隻手確實比一隻手好用。後來教室設備更新，E化教學，麥克風即插即用，沒有麥克風根本無法上課，尤其碰到大班級或愛講話的一群人，還得調高音量才足以壓制，我無法想像沒有麥克風時，到底是誰聽誰的。

學校發的這只麥克風已使用多年，圓形的頭已經變成多角形，經常被同學掉到地上，凹去的地方生了一層咖啡色的銹。一直想換隻新的，像阿妹演唱會用的那種純白的，或高檔卡拉OK店中的金色系列，不想再用這種土土的黑色。只是高級麥克風不便宜，想想還是能用就好，畢竟不是歌星，何況麥克風是學校財產，可以報廢再申請一支，就怕拿到的新麥克風卻不是新的，是別人用過的。

麥克風是一種很奇妙的東西，有人避之為恐不及，有人愛不釋手，一個沒有生命的器具，竟然可以由此看出人性，甚至可以演化出一套心理哲學。去年開了一門通識課，期末考很簡單，請同學改編一首歌，唱給大家聽。有位同學在臨上台前突然退選，從未遲到缺課的人，平時成績也不錯，只差二堂課，唱完歌學分就到手了，為何放棄？找來問明原因，理由是其他的功課太重，只好放掉這門課。這個藉口太牽強，像這樣的好學生，我根本不會當他，竟然沒有知會我就退選，讓我也生氣也難過。學生平常沉默寡言，肯定是害怕上台，怕單獨拿麥克風，加上可能五音不全，萬一發出殺豬般的聲音，會很丟臉。「餓死事小，失節事大」，寧願浪費一學期的時間，就是沒有勇氣出醜一次，面子真的那麼重要嗎？唱歌真的那麼難嗎？

唱歌不難，四下無人時，要怎樣哀嚎都沒人管。但要在大庭廣眾下，面對一群陌生人舒展歌喉，沒有三兩三豈敢上梁山，膽子是要訓練的。我教了二十年的書，每天都要拿麥克風，問我會不會怯場，坦白說，還是有一點，如果不是講課，改成唱歌，我大概也會找不到音準。我算是喜愛唱歌的人，平常玩樂器，接觸到的歌相當多，不一定都能唱得好，唱得完，哼幾句大抵不成問題。只是較少上卡拉店去唱，沒有固定唱的歌，一旦拿起麥克風仍會不自在。而且，通常都是喝過酒後才會去唱歌，可以說是藉酒壯膽，也可以說是已經有點茫，唱歌只是娛樂，管它好不好，就算唱得實在難聽，朋友也會包容，萬一有人受不了，翻桌也是有可能的。

唸大學時，卡拉OK傳到金門，每次過年回家，三五好友吃完飯必定到「小烏鴉」、「巨星」等「視唱中心」續攤，喝酒兼唱歌，有時候一個晚上跑好幾個地方，經常喝到天亮。當年的卡拉OK屬於開放式的公共場所，高腳椅搭配一台小螢幕。客人將點歌單交由櫃枱，依順序取得麥克風上台演唱，有時候客人多，得等上一、二個小時才輪得到。若有人不願遵守規範，硬要插隊，結果往往就是「全武行」。

打架鬧事在金門是常有的事，頭破血流不足為奇，最怕的是打群架，甚或是把部隊的槍械帶出來示威。有時候是老百姓與阿兵哥起衝突，有時候是不同單位的阿兵哥互看不順眼，有時候是自己人吵起來，好幾次我都差點被同學揍。酒喝多了，打人的不知道為何打人，被打的也弄不清為何會被打，總而言之，都是麥克風的錯。

這些年伴唱機普及了，到處都可以看到，聽到有人在唱歌，聲音有時候大到讓人受不了，唱得好聽也就算了，亂叫一通又叫得特別大聲，叫人不生氣也難，我終於可以體會何謂魔音穿腦。聲音可以殺人，燥音足以致命。原本以為唱歌只是一種消遣，一種娛樂，沒想到其間竟然關係到道德問題，愛唱歌卻又唱得很難聽是一種不道德的行為！關起門來輕聲唱，是生為人的自由，唱到吵到別人，可能會觸犯法律。偏偏就是有人不喜歡小聲唱，不喜歡在家裏唱，卡拉ＯＫ若不能大聲唱，不能唱給大家聽，就不叫「卡拉ＯＫ」。

住家後面有一座山坡，白天晚上不時有人在唱卡拉ＯＫ，順風時聽得特別清楚。與鄰居聊天時才知道他也曾去過，待了三個小時只輪到兩次，投了四十元唱了兩首歌。我有點困惑，家裏明明有一組伴唱機，為何還要花錢，花時間大老遠跑到山上。我被上了一堂課，一堂關於卡拉ＯＫ心理學的課。在家裏唱，沒有聽眾太無趣，而且音響不能開太大，就算放入所有的感情，還是覺得壓抑。到山上去，大家都是志同道合的人，可以盡情地唱，放開胸懷地唱，唱到蟲魚鳥獸也為你鼓掌，唱到草木為之含悲，風雲因而變色。這已經不是單純的唱歌，是一種情感的宣洩。更重要的是因為花錢的是老大，除非你允許，別人不會也拿另一隻麥克風來攪局，會私底下和，但整個時間都是你的。那種唯我獨尊的感覺，有點像武俠小說中所描寫的丐幫大會，麥克風宛如打狗棒，一支在手，天下英雄聽你發號施令。

麥克風之吸引人可想而知，偏偏有一些白目的人，自己不點歌，老愛搶別人的歌唱。有時甚至抱著麥克風不放，不管會不會唱，就是非軋一角不可。通常麥克風都有兩支，點歌的人一支，另一支會轉到誰手上，隨緣，都是同學或朋友，也不好意強迫別人不要唱。只是，偶而點一首情歌對唱，內心總是有一個期望的對象，突然殺出程咬金，再怎麼有修養，還是會很不爽，唱不出那種感覺。還好這種情形不多，能夠常聚在一起的大多是莫逆之交，相知甚深，知道誰愛唱哪首歌，喜歡唱哪首歌，不但預先幫你點了，也會禮讓給你唱。然後就像孔子說的：「君子無所爭，必也射乎！揖讓而升，下而飲，其爭也君子。」唱完歌的人，通常可以豪爽地乾一杯，表達謝意。

「唱首情歌給誰聽？」給自己聽當然可以，若有人欣賞更好，最悲情的是花錢讓人唱給你聽。我們這一群同學，經常從金門唱到台灣，只是台北的環境有點複雜，多了一點粉味。想起還是「孤家寡人」的年紀，也曾去過林森北路的巷弄，記不得是幾條通，總的來說，人不風流枉少年。燈紅酒綠，舞榭歌台，羅衣輕解，小費淌血，一生中能夠當一次「火山孝子」也不是壞事，風塵？紅塵？其間未必沒有真性情。小鄧的〈嘆十聲〉聽來讓人鼻酸，「煙花那女子嘆罷了第一聲」，輕輕柔柔，一顆心像快要被捏碎。最近特別喜歡周杰倫的〈煙花易冷〉，歌詞美得像詩，意境優雅像一幅畫，「雨紛紛，舊故里草木深，我聽聞妳始終一個人」，大唐的洛陽城，看起來卻像記憶中的金門老家。方文山的詞易懂，周杰倫的歌難唱，我還沒學會。

愛唱歌的人，大抵都愛麥克風，然而，也有一群人，不愛唱歌，不會唱歌，卻對麥克風情有獨鍾，甚至可以說已到瘋狂的地步。麥克風有點像魔鏡，照出人的本性，讓人無所遁形。尤其是對一些平常較少接觸麥克風的政治人物，在麥克風的催情下，原本應該經過大腦思考的話語，根本來不及管制，輕易就被引誘出去。麥克風如春藥，一旦用上了就很難戒除，沒有麥克風時像隻病奄奄的貓，拿到麥克風後便生龍活虎般，有如乩童上身。麥克風可以讓人的身形瞬間膨脹，產生千軍萬馬的影響力，讓數十萬人同時尖叫，同時難過。愈來愈多人愛用麥克風，這種會放大音量的假嗓子，也愈來愈讓人討厭。

麥克風還可以變音，輕易改變說話聲音，不想暴露身份時，就可以用這種方式達到侵敵的作用。也有人利用麥克風發揮口技效果，玩麥克風玩到爐火純青。很難想像一種單純的電子學原理，會對人類的生活和行為方式產生如此重大的影響。經過信號轉換後的聲音已經不是原來的聲音，麥克風可以煽動，可以煽情，卻是沒有真性情。談情說愛時，或是夜半私語時，無聲勝有聲，麥克風太煞風景。事實上，許多歌唱家熱愛用真嗓子，清唱更能感動人。我給終覺得麥克風的聲音太假，雖然假卻很美，讓人怡悅，讓人無法不愛。

最近幾次與同學去唱歌，我特別用心觀察握麥克風的姿勢。有人雙手緊抱，深情款款；有人一隻手插在口袋，故作瀟灑；有人正著拿，有人倒著拿；唱到激動處，有人恨不得一口咬下麥克風。間奏時總會有人適時遞上一杯酒，一手麥克風，一手酒杯，歌與酒、麥克風與酒杯，交織成趣。只是不明白，我戀上的是酒還是歌，喜歡的是麥克風，或是老友相聚的感覺？

私法正義

台北的交通讓人不敢恭維，尤其是碰到上下班時間，很少有不塞車的，也因此，摩托車這種屬於開發中國家的代步工具，在台灣存在了幾十年，始終未見洮汰。雖然大眾運輸系統日益方便，只是經常得換車、轉車、等車，耗掉的時間相當多，未必符合經濟效益。年輕人還是喜歡騎機車，畢竟機車除了是交通工具外，更是自我的表現，許多父母也樂於用新的機車作為孩子的成年禮。對剛出社會的新鮮人來說，經濟能力還不足以購車，因此，擁有一台拉風的機車，除了有助於事業的發展，也可以擴大社交領域。

晉升有車階級是多數男孩子的盼望，各種廣告都在強調男人與車，車子是男人的另一個伴侶，其親密度有時更勝過枕邊人。房車代表身份地位，機車則是帥氣與自我，有人偏愛機車，一台重機車的價格不輸房車。加上停車不易，機車的需求有增無減，滿街都是中古機車行，修車兼賣車，只要拿出身份證，就可辦理無息分期貸款，不到半小時，車子便可以騎走，買車換車已經方便到如同進出便利超商。

買了車，不一定會騎，會騎車也可能沒有駕照，這是一個很嚴重的問題。我剛學會騎車時也是沒有駕照，取得小型車駕照後，便以此照來充當五十CC機車的駕照，偶而也會違法騎不該騎的車，慶幸沒有被警察攔下來。前些年買了新的機車，必須要有駕照才能騎，只好硬著頭皮去考試。對一個已騎了二十幾年車的人來說，路試應該是輕而易舉的事，沒想到一緊張差點就下次再來。

在等候領照時，看到一群十幾歲的年輕人，各自騎著自己的機車，車子是新的，從車身的塵埃和刮痕來看，應該在路上跑了一段時間。這一群人飆車能力絕對有，騎快不是問題，偏偏路考專考平衡感，比慢不比快，小伙子終究缺乏耐心，幾乎全軍覆沒。這種考試不像大學聯考，一試定終生，就算沒過，七天後再來，有人可能已經來過很多次了，除了報名費外也沒什麼損失。一群人在嘻笑中相約下次再來，沒有拿到駕照，車子照樣騎著離開。看到他們一派無事的輕鬆樣，我不免難過起來，真的會再來嗎？有駕照不等於技術好，至少可以從容地騎車，不用擔心看到警察，或許可以因此降低車禍。路考設計看似荒謬，卻是用心良苦。

無照駕駛跟道德有關嗎？違反交通規則是否就是失德？以前，我壓根兒不會把這兩件事聯想在一起，年歲漸長，慢慢開始體會孔子的話：「從心所欲，不逾矩」，能夠從心所欲開車，又能不逾矩，真的很難。人都會犯錯，犯錯是人性，不論品德如何高尚，還是會有說抱歉的時候。「大德不逾閒，小德出入可也」，很多人喜歡用這句話為自己的行為脫序解套。子夏這句話究竟是何意思，各人解讀不同，大致上認為「君子或有小節不拘，或有慚德不佳，但大德不可失。」只是我們不明白的是哪些算小德，哪些是大德，違規停車，車子被吊走，算不算失德？近代以來，道德常與律法相結合，有時候相輔相成，有時候矛盾衝突，符合道德的未必符合律法，不違法的卻常不見容於道德。當今台灣正面臨這樣的道德窘境。

如果有人跟我說，「開（騎）車十幾年，從未接過紅單」，那他在我心目中等同聖人，這種成就對我而言，比中樂透彩還難。紅單是台灣下層老百姓內心的痛，有人為了躲紅單不惜挺而走險；有人為不願繳紅單罰款，槓上法院；有人手中的紅單已多可以當資源回收。在台灣，關於紅單的故事真的不勝枚舉，偶而收到一、二張，可以嘆口氣，自認倒霉或運氣不佳。萬一來太多，修養再好，都難保不破口大罵，罵政府是搶錢的匪類。紅單是地方的稅收來源之一，有些地方政府預算規劃中早已設定好紅單的收入，也就是說，會不會被開罰單，得看政府錢夠不夠用，缺錢的話，就請警察多開罰單，拖吊車努力拖。

車子一旦開動，任何時刻，任何地點，任何狀況都可能被開紅單。去年一趟花蓮三天兩夜之旅，一個月後接到三張紅單，超速、闖紅燈、違規右轉，照片中確實是自己開的車子，不容狡辯，但是對於顯示的數據卻一直耿耿於懷，很難讓人信服，我有可能開那麼快嗎？機器會不會出了問題？花蓮真的比台北大很多，三天來沒見到一位警察，好山好水好心情，沒想到竟被躲在暗處的特務機器連開三張罰單。錢畢竟還是小事，最讓人害怕的是無所不在的「老大哥」，原以為是荒郊野外，人煙罕至的地方，事實上有人正在辦公室內監看著你，叫人如何不驚恐！英國作家喬治•歐威爾在一甲子之前便寫了一部諷刺小說《一九八四》，原本是要說明集權社會的可怕及無情，卻在無意間預言了一個缺乏個人隱私及資訊危機的時代。其中有一句名言：「老大哥在看著你。」（Big brother is watching you!），這個「老大哥」就是當前無所不在的監視器、攝影機、與行車記錄器。

任何的民主社會都會面臨這種道德與律法的困境，一方面得設法維護個人隱失，另一方面也要確保公平正義得以遂行。「老大哥」被認為有助於還原真相，釐清責任，換句話說，它扮演著如同法官的角色，判別誰對誰錯。對一般老百姓來說，即使不服，也沒能力去抗拒這個系統、這一套制度，以及同樣被「老大哥」操控的整個官僚體係。過度相信機器與制度，結果是人性被扭曲，價值觀被誤導。俗話說：「道高一尺，魔高一丈」，為了反制「老大哥」，有人發明了偵測器。每次搭計程車，總會聽到「前有測速照相，請小心駕駛」的播音，幾乎每隔數百公尺就會來一次，頻率高到讓人害怕，慶幸我的車子沒有加裝這種儀器，否則我連踩油門都會怕。

計程車每天在路上跑，對路況再熟悉不過了，如何驅吉避凶，自我保護，當然會做一番功課，也深知如何規避責任，減少損失。只是，台灣的計程車業良莠不齊，審核管理不嚴，另外也可能因為乘客水準不同，糾紛事件層出不窮。每次搭乘計程車我都是懷著戒慎恐懼的心情，碰到狂熱的政治分子，或意識型態偏激的人，盡量選擇沉默，偶而回應一兩句話，也都是客氣話，就算真的很難接受，始終記著伏爾泰的話：「我不同意你所說的每一個字，但我誓死捍衛你說話的權力。」因此，多年來從未曾與計程車司機有過爭吵，只有一次，實在是太生氣了。

因為塞車，車子走走停停，只有機車還可以動，四處穿梭，有洞就閃。看在計程車司機眼裏，難免心中有氣，猛一加油差點就撞上，倒吸了一口氣，看著機車揚長而去，再也忍耐不住破口大罵。我也嚇一跳，可以理解這種情緒的宣洩，但是一聽到下面這句話後，我也跟著火大了。「很想撞死他！」這是什麼話！車行路上，擦撞難免，如同紅單，再多錢都是小事，可生命不同，那是一條寶貴的性命，怎可有這樣的想法！我開始發揮老師的本職專長，引經據典，從宗教道德講到法律責任，司機的錯誤觀念顯然已經根深蒂固，心中不服卻又講不過我，問了我的職業，我本想說是檢察官或法官一類的，給他一個警惕，又覺得說謊不好，最後搬出在警察學校教書的經歷，雖然只是短暫代課，至少是事實。

想到前陣子有乘客不滿車資糾紛用力甩了車門，司機火大了開車撞死他，我雖然還在氣頭上，仍然理性地輕輕關上車門，不忘說聲謝謝，這個舉動坦白說有點做作，可能心裏百般不願意，但就是不能訴諸暴力。我們常覺得自己受委曲，覺得自己是對的，為了報復自己的權利受損，或懲罰他人加諸自己身上的屈辱，於是想方設法，非要讓對方獲得教訓不可，甚至不惜使用不正當的手段，只求一時的心理快感，完全不管後續的法律問題，這種阿Q心態最要不得，等到要付出代價時才來懊悔，為時已晚。

一個沒有公平正義的社會，法律容易成為有錢有勢者的護身符。以前台灣有句諺語：「衙門八字開，有理沒錢毋免來。」打官司要錢，有錢的人有理，沒錢的人經常是有冤無處伸，不得以只好訴諸武力。我們的社會不鼓勵暴力，因為暴力解決不了問題，以暴制暴的結果總是兩敗俱傷，但不可否認的，這是最快最方便的解決之道。

即使在號稱文明的時代，叢林法則仍是最簡單的競爭邏輯，法律曠日廢時，遲來的正義不是正義。暴力不可取，只是在每個人的內心深處始終有一種衝動，希望自己是超人，行俠仗義，拯救世人。如果暴力是用於行使正義，暴力未必是壞事，列寧曾說暴力是革命的火車頭，暴力可以成為推動社會進步的利器。或許有人期盼用暴力來遏止犯罪，用暴力來除暴安良，或用暴力以自我防衛，然而，暴力的使用，終將使我們的社會陷入矛與盾的對決。

小時候喜歡看武俠電影，想像自己是江湖中的大俠，用蓋世的武功行俠仗義。如今老了，功夫沒學成，正義感也逐漸消磨。生活在一個暴力充斥的社會，即便義憤填膺，也不敢大聲說話，「對不起」常掛嘴上，我有何錯？錯在沒有能力行俠仗義，沒有勇氣濟弱扶傾，錯在分不清正義與暴力的分際！即便如此，寧可沒有正義，不願見到暴力，我還是相信「柔弱勝剛強」，「慈悲沒有敵人」。

黃花魚的滋味

最近吃黃魚吃到有點膩。說出這樣的話恐怕會讓很多人生氣，想要炫燿什麼嗎？再怎麼有錢的人家，未必能每天山珍海味，無論如何，黃花魚也算是高級魚類，我算什麼，竟敢誇口說吃到膩！沒錯，別的不敢說，就黃花魚這一項，我頗為自負，我真的吃過太多黃花魚，而且幾乎一次一整尾，吃多了確實會膩。

家裏大人要上班，小孩要上課，中飯只有我和母親一起吃。母親知道我愛吃魚，餐桌上一定有魚，加上我對魚很挑剔，一般的淡水魚只會象徵性動一下筷子，我通常只吃小時候記憶中的海魚。附近的市場太小，看得到的海魚不多，母親熟悉的，會料理的就只有那幾種，黃魚可能是我們最熟悉的魚種。剛開始母親其實不知道這種小黃魚是人工養殖，不是以前父親捕獲的野生黃魚。

黃魚的肉質鮮美，但是不夠結實，容易鬆散，外面餐館的糖醋或紅燒黃魚，都先炸過，可以存放一段時間。我們家只吃清蒸或煮湯，因此魚必須夠新鮮，否則立刻會出現異味。真的吃不完，還是可以隔餐再加熱，現在有微波爐，方便處理剩菜剩飯，母親諒必常撿食小孩吃剩的食物。如果是煎烤炸的魚，我並不排斥再吃，唯獨對於黃魚，幾乎不會留到下一頓，也因此，即便已經吃飽，還是得將它吃完。

民國六〇年代的金門，野生黃魚多到抓不完，漁船出海回來幾乎都是滿載而歸，有時候碰到魚群，魚網太重，拉不起來，乾脆直接連魚帶網一起拖回來，所有的家眷全部動員到沙灘上來幫忙拆解魚穫。當年沒有漁港，黃魚就堆積在家門前的空地上，買魚的、看魚的、捕魚的，熱鬧非凡，不是真正經歷過很難想像那種場景，即便拍電影也弄不出那麼多道具。只是好景不常，我唸高中以後，魚穫便每況愈下，不單單是黃魚，其他魚種也遭遇相同的命運，一方面可能與大陸漁民越界撈捕有關，另一方面應該是魚源枯竭的自然因素。來台灣讀書後，回家還會吃到黃魚，只是再也不見滿地金黃色的景象。

按我們的家鄉話，黃魚發音近似「黃瓜」，自古以來即是老饕們口中的美食，清人王蒔蕙有一首〈黃花魚〉的詩，其中一句「瑣碎金鱗軟玉膏」，貼切地點出黃魚的形象與美味。李時珍在《本草綱目》中也說，黃魚「甘平、無毒，合蓴作羹，開胃益氣。」鄉人雖然沒有讀過這些文獻，但從生活中的經驗得知，黃魚富含蛋白質，營養成份極高，因此常被用作補品，男孩在「轉大人」時，多少都會吃個幾次。

家裏捕魚，吃黃魚對我而言更是順理成章，那一陣子經常吃。一條三、四斤的大黃魚，取下中間一塊肉，放在鋼杯中，加上一、二片人參，隔水燉煮，魚湯清澈，魚肉完整。更重要的是一人獨享，因為太補，弟弟妹妹不適合。魚是自家捕獲，雖然不便宜，畢竟不用花錢去買，自然不覺得貴重。人參則是南洋的親人託人帶回來的贈品，母親多年的珍藏，黃魚與人參，再也沒有比這種組合更讓人心動的滋味了。雖不是富貴人家，卻總能享受貴族般的待遇。這些年來嚐過各種黃魚的料理，最難忘記的仍是那一盅特調的魚湯。

黃魚是高級魚穫，偏偏物以稀為貴，穀賤傷農，如此難得的魚竟然賣不了好價錢，只好忍痛留下來，去內臟鹽漬後洗清曬乾製成「黃魚鯗」，即俗稱的魚乾。黃魚鯗其實不便宜，在迪化街的南北乾貨市場，可以買到大黃魚乾，切成小塊熬湯，別有一番滋味。由於金門氣候不甚適合魚乾曬製，魚肉的縫隙常會長蟲，午後常見父母親在挑蟲，對小孩來說很好玩，還不能體會父母親的辛酸。黃魚的頭部兩側各有一塊白色的耳石，拼合在一起像個愛心，抽中金馬獎的阿兵哥戲稱它為「情人石」，一顆持贈君，變色知變心。

相較於竹筏捕獲的小魚如青鱗、黃隻等小魚，黃花魚當然貴重得多，即便在盛產期，一般農家還是吃不起，大概只有逢年過節才可能買個一尾中型的，炸起來併成三牲，拜拜用。要炸一條野生的大黃魚不是件簡單的事，家裏的炒菜鍋不夠大，媽媽們也捨不得一次用那麼多油，用煎的比較實在。野生黃魚背肉很厚，不容易煎熟，火候不夠，皮就會黏在鍋上，沒有經驗的新手經常會把魚煎得不成「魚」形，被油燙傷的大有人在。

在那個清貧的年代，許多家庭可能還在吃地瓜稀飯，討海人固然一樣辛苦，但大海要比大地充滿更多的機會。相較於種田，捕魚可以賺得更多，魚穫都是現金交易，想要錢出海就有，當機會與運氣碰在一起，好日子擋都擋不住。那些年，我經常看到餐桌上堆著現金，父親負責管帳，每隔幾天就會在家裏分錢，一艘船有四或五個人合伙，看著叔叔伯父們將大把的鈔票放入口袋，笑著離開，有人摸著我的頭說：「你阿爸的錢給你將來唸大學」。

遺憾的是高中還沒畢業，海裏的魚就跑光了，父親沒來得及存錢。捕不到魚，乾脆不出海，柴油太貴，每次出海都是燒錢，環境變了，情勢完全倒過來。有人已心灰意冷，賣了魚船，換成竹筏，風平浪靜時出去捕一些小魚，以其說是營生，不如說是對大海的眷戀，一輩子在海上討生活，養活一家大小，再大的風浪都不怕，最怕無風、無浪、無魚。

唸大學後，每次返鄉過年，還是可以吃到黃魚。魚游海上，不分國籍，大陸捕獲的，金門捕獲的，其實都一樣。烹調手法不同，但魚的滋味不會因地點而有不同，若說真有差異，應該只是新鮮與冷凍之別，經過長期冷凍的魚肉，吃在老饕口中，應該可以分辨出來。冷藏與冷凍技術的進步，貨物流通更方便，就算身在國外，隨時可以品嚐家鄉的滋味，一解思鄉之愁緒。民航機飛金門後，不但方便人們來金旅遊，金門的商品貨物也隨之大量輸出。以前一趟返鄉之行，從候船、坐船到下船回到家，最快也得四十八小時，尤其是悶在沒有空調的貨艙中，熟的食物都會壞，何況生鮮食品。從來不曾想過有一天可以從金門帶黃魚來台灣。

就算有民航，每到過年還是一票難求，一直到我讀博士班才首次搭機返鄉。收假時在機場看到有人在販售野生大黃魚。我對黃魚的感情一時之間讓我失去理智，竟然一口氣買了四條，用保麗龍盒子裝著，當成行旅一起帶上飛機。離開松山機場，直奔指導教授家，只跟師母說是金門的大黃魚，沒有時間打開看。我已畢業近二十年，也曾跟老師、師母吃過很多次飯，竟從未聽他們說過關於黃魚的事，我也不好意思問，那四條大黃魚究竟命運如何，至今成謎。

老師與師母屬於會吃、懂得吃的知識份子，肯定吃過黃魚，但未必看過生的黃魚，而且還是原封不動，連魚身上的鱗片與黏液都宛如捕獲之時。那種學人宿舍的廚房，只能用來洗幾雙碗筷，要在水槽內殺魚，光想像魚鱗滿天飛舞的情景，就足以嚇死人，還要處理內臟器官，當廚餘也不是，當垃圾也不是，簡直比寫論文困難百倍，這根本就是整人的玩意。如今我才明白我送了一份天方夜談的禮物，也難怪大家都當沒這回事。殺魚從來都不是容易的事，市場的魚販有各種器具可用，熟能生巧，母親只用一把刀，就能刮鱗清內臟。當討海人的妻女不容易，身上總有一股腥味，香皂再香都壓不下，隨時都可以在衣服上找到幾片不知何時留下的魚鱗。

大黃魚的內臟樣樣都是寶，魚鰾可製成名貴食品「魚肚」，又可制「黃魚膠」，肝臟含維生素A，是魚肝油的好原料。我向來不吃這些內臟，常被父親罵「山猴」，意即生長在海邊卻不懂吃魚。家鄉流傳這樣的口語：「黃魚頭、鯧魚鼻、青鱗肚、黃隻身、鮸魚鱗」，每種魚都有一個部位最是美味。青鱗是一種小魚，刺很多，肚子部位會苦，但苦中帶甘，有人特別喜歡吃；黃隻也是刺特別多的魚，通常是用油炸到酥脆，整隻吃特別香，煮麵線也不錯，老人家尤其愛吃。

黃魚無刺，大人小孩都容易吃，鮸魚比黃魚更名貴，可惜刺超多。張愛玲曾說人生有三大恨事，其中之一就是鰣魚鮮嫩美味，無奈刺多，讓人無法盡情品嚐。很少有魚不用去鱗的，沒有鱗的魚也要剝皮，只有鰣魚，不但不能去鱗，和著鱗片一起蒸煮，大如十元硬幣的鱗片富含脂肪，美味又營養。鰣魚我也吃過很多次，至於魚鱗，就算被父親罵「山猴」，我還是選擇吃魚肉。

從小到大，吃過各種魚，有些魚這輩子不會再吃第二次，例如海豚，我們管叫它「海猪仔」。漁民不會捕殺活的海豚，但有些小海豚會誤觸魚網，還能活的就放回海裏，已經回天乏術的就物盡其用。在海上先行宰殺，肉帶回來，用大量的麻油和老薑去炒，味道腥臭無比，數百公尺外都聞得到。因為太臭了，使用過的餐具通常都得拿去丟。天下之大，什麼人都有，有人嚐鮮，有人逐臭，海豚終究不是魚，坦白說，不好吃，跟黃花魚不能比。只是如今吃的黃魚都是人工養殖，腥味明顯比較重。也許該換一種烹調方式，或乾脆換吃別的魚。鰣魚？有點難，黃隻不錯，據聞金門還有人在捕黃隻魚，有的話，寄幾斤來吧！

香港戀情

古人說：「讀萬卷書，不如行萬里路。」嚴格說來，讀書與旅行是兩種不同的生活體驗，可以相輔相成，但不能劃上等號，也沒有誰優誰劣的問題。在我們這一行，有一種說法叫做「史地不分家」，意思是歷史與地理互為印證，缺一不可。自然環境與歷史發展息息相關，所有人文的故事都離不開時間與空間，旅行可以讓我們在不同的時間，回到另一個歷史的空間，感受文字與圖像無法傳達的魅力。自古以來，騷人墨客總愛四處尋幽探秘，留下很多膾炙人口的遊記，在中國有《徐霞客遊記》、《老殘遊記》，國外有《馬可波羅遊記》、《格列佛遊記》與《伊本・白圖泰遊記》等。遊記除了具備文學價值外，也是了解各地風土民情的重要歷史文獻。

近代以來，交通便利，天涯海角，瞬間可達，無遠弗屆。拜科技之賜，地球村的理想終於實現。旅遊不再是難事，加上各國的觀光行銷，美景與美食的誘惑，旅遊已蔚然成為世界新潮流，一種新型態的休閒方式。有人為了生活體驗而旅遊，有人為了增廣見聞而旅遊，有人為了寫作而旅遊，行萬里路的目的何在，各人不同。無論如何，旅遊日益方便，每天都有千百萬人在旅遊中，但旅遊自始至終都不是想像中的浪漫，也絕對不是一件容易的事。

我雖然無法像太史公一樣，足跡踏遍大江南北，也不是足不出戶的宅男，對於旅遊從不排斥。平常假日，全家開車到處跑，住過各種飯店、民宿，曾為美食、美景，不苦千里跋涉，舟車勞頓，但都在國內，至於踏出國門，通常是心嚮往之多於真的去做。算一算，這一生出國的次數，一隻手就可以比完。世界各地肯定有一些地方值得去看一看，身歷其境的感動絕對與電視報導不同，這是旅遊迷人之處。只是有所得，必須有所付出，金錢、時間、乃至體力負荷都必須考慮在內，俗話說：「在家千日好，出外半朝難。」旅遊還是得量力而為。

暑假是旅遊旺季，每年此時機場總是人滿為患。天下父母心，為了給孩子留下難忘的回憶，只好拼著老命，盡力調整身體狀況，接受不同的氣候與環境挑戰。偉大的旅行者，除了要有好的身體，也要有好的腸胃。出國最怕生病，一旦生病，就會想回家，因此，會暈車、暈船、不能適應異國食物的人都不適合旅行。每次出國最怕的就是腸胃問題，不能盡情地吃，旅遊的樂趣便少了一半，事實上，幾次旅遊下來，大部份的時間，我們還是選擇熟悉的食物，美食不是非出國不可的動因，反倒是購物，對某些人來說，這才是最大的收穫。

最終決定「港澳四日遊」，除了地緣關係與文化熟悉度之外，行程不會太趕也是考慮因素。我向來不喜歡搭飛機，多少是因為懼高症，對長途飛行甚不自在。年紀漸長，對候機、通關、查驗等手續也漸覺不耐，人對旅行的熱誠有時候與年齡成反比，對於出國，小孩比大人興奮多了。各種旅遊書籍都會選定幾個一生必須去一次的地方，帶著朝聖的心情走一趟，對小孩子來說，「迪士尼樂園」絕對不能錯過，過了這個年紀，樂園就不再是樂園。

澳門與香港這兩個被外國人殖民的小島，對我而言是既熟悉也陌生。之所以熟悉，是因為歷史，每次講到「鴉片戰爭」就會接觸到香港。然而，這麼多年以來，香港一直只是個地理名詞，即便看過那麼多港劇，聽過麼多港星唱歌，並沒有因此而嚮往香港，或者想進一步去了解這座島。澳門的發展歷史比香港更早，但近代以來，澳門一詞幾乎等同賭場，這幾年台灣有意開放博弈事業，常見澳門賭場的相關報導，去澳門的旅客也一定會到賭場小試身手，有關台灣人到澳門豪賭的八卦從未停過。中國人好賭，全世界的人都好賭，賭博事業方興未艾，有賭場的地方就有中國人，來到澳門的賭客似乎也都是中國人。

博弈是一種遊戲，可以只是單純的對弈，也可以加入賭金，成為賭博。人的一生中不可能完全不碰觸到博弈，可以「不賭」，無法「不玩」。我從小就看大人賭，偶爾也會跟著下注，生活中最難逃避的就是賭。早年的金門，沒有休閒活動，「打牌」是最平常的娛樂，賭風之盛，成了地方的特色文化之一。戰地政務政府三申五令依舊無法遏止，公教人員因涉賭而工作不保，一般百姓因賭而進監牢的所在多有。

到處都有人「聚賭」，小時候我常跟隨父親轉戰各個村落，就在某戶人家的臥室內或者大廳中，天九牌的聲音此起彼落，雖然大家都知道要低調，還是無法完全壓抑。警察當然也會捉，也會有人告密，只是多屬小型聚賭，關起門來玩四色牌，警察也不能隨便進入屋內。金門畢竟是小地方，賭風再盛也僅限於家庭內，沒有人有本事敢在固定場所開賭場。大家都知道賭博違法，每個人都是戰戰兢兢，半夜裏躲警察，很多人因而摔斷腿，家庭不和時有所聞。

很難想像可以在某個地方，如此放鬆，如此盡情地賭，不用躲警察，不怕被捉去關，合法賭場的設置，對人類文明發展而言是一大貢獻。任何文明國家，最終都得正視這個趨勢，新加坡如此，韓國如此，台灣也是如此。金門也曾經一度為經濟發展與社會道德感到迷惑，設置賭場的議題將來未必不會再出現，事實上，賭場之設，是必要的惡，不需過度道德化到視之為洪水猛獸。

當我看到賭場就設在酒店的大廳中，每家酒店都有，而且只要年滿十八歲，任何人都可進出。賭場是酒店的一部份，就像其他附設的休閒場所，一點都不神秘。完全顛覆我對賭場的期望，長期以來與我從電視節目和電影中建構的賭場形象，一夕之間全變了樣。我原有小輸一把的決心，但在門口看了一會兒，連籌碼都沒摸到就離開了。我不是沒賭過，賭從來都不是難事，輸贏都容易，奇怪的的是輸的多，贏的少。

澳門的誘惑當然不是只有賭，美食、購物、還有娛樂才是澳門真正迷人的地方。各種大型的表演節目，極盡聲光科技之能事，行銷廣告居然跨海到台灣來，可以想見節目之豪華與氣勢。跟所有的觀光小城一樣，澳門有其不同的面向，寧靜的白晝，熱鬧迷離的夜晚，有為平常生活忙碌的平常百姓，也有因休閒度假而來的各國旅客。對於他們，澳門的誘惑是不同的。多彩多姿，百變誘惑，但就致命的程度，唯有賭城，無可取代。

澳門天氣太熱，突來的一陣大雨常讓人措手不及，又濕又熱，陽傘撐撐合合，收也不是，拿也不是，遊興也因此打折。路窄人多，繁華有餘，悠閒不足，很難找到一處可以坐下來稍事休息的地方，更不要說喝上一杯茶或咖啡了。到處是販賣手信的店家，強迫性的推銷讓人喘不過氣來。大街上，金銀珠寶、時尚名品，琳瑯滿目，看的多，真正血拼的還是有限。

這一趟港澳之行，重點在「迪士尼樂園」。澳門是大人去的地方，不適合小孩。香港雖然不乏歷史古蹟、著名景點，坦白說若不是有這處樂園，小孩也不會想來。迪士尼是全世界所有大小孩、小小孩共同的聖地，園中的木偶人物連我這樣的老人，都可以叫出名字。一座規模如此大的主題樂園，吃喝玩樂，至少得花上幾天的時間，小孩體力好，即便快被太陽曬昏頭了，依舊遊興不減。這個充滿夢幻與歷險、懷舊及前瞻的奇妙之地，確實豐富了這一趟旅遊。只是在歡笑之後，我們仍然要問，為什麼香港可以，台灣不能？

澳門與香港都是殖民地，殖民政府，雖然已回歸中國，仍然保有高度自治，外國的因素仍在，引進外資，外國人管理，理所當然，民族主義雖不致於成為阻礙力量，但已日漸引發某些衝突。香港政府可以和一家外國公司簽訂條約，共同投資，經營管理如此大的物業，牽涉的層面恐怕不是只有商業，公司在意的是賺錢，但香港人民要的卻是尊重。

走在澳門與香港的街上，可以看到各種膚色的人民，在政府與公家單位中服務的也有非中國人面孔。一部中國近代史，可以說就是中外衝突的歷史，即使到今天，還是有一些人存有「義和團」情結。被英國統治一百多年的香港人，教育、語言均與中國不同，雖然還是可以說同文同種，但文化差異和思考模式，已經隱然成為兩個民族。

港人與大陸人的矛盾日益嚴重，間接波及台灣的旅客。語言是判別種族最直接的方式，不會說廣東話的台灣人，經常被誤為大陸人，相較於其他國籍的旅客，台灣人明顯沒有受到和善的對待。香港是國際都市，基本上不會排外，至於是否媚外，就見仁見智了。不論是台灣人或大陸人，在國際旅遊上，我們要學的還很多。

最後一個晚上，來到世界知名的維多利亞港，當我坐船從澳門過來時，已經感受到它的港濶水深，是個天然良港，英國人的眼光獨到，讓人不得不佩服。香港的殖民地史就從這個港口開始，維多利亞港一直影響香港的歷史和文化，主導香港的經濟和旅遊業發展，是香港成為國際大城市的關鍵之一。由於香港島和九龍半島高樓大廈滿佈，入夜後，大廈的燈光使維港兩岸相互輝映，維多利亞港兩岸的夜景於成為世界上著名的觀光點之一。趕在晚上八點前我們及時抵達星光大道，位置雖然不理想，倒也可以看到全景。「幻彩詠香江」，號稱全球最大型的燈光匯演，可惜相見不如聞名，時間未到人潮已散了一半。

自助旅行不容易，事先得規劃，買很多書，看很多攻略手冊。一方面是視力太差，另外則是興緻不高，因此大小事都由太座和小孩去張羅，我只扮演苦力與跟班的角色。以前都是我們帶著孩子，現在是孩子帶著我們，難過自己老了，欣慰孩子大了。雖然不是跟團，但行程似乎已被旅行社制約了，該去哪兒吃飯，去哪兒購物，去哪兒看風景，去哪兒搭地鐵，真應了李後主的詞句：「太匆匆」。行色太匆忙，經常累到沒有味口，美食美景當前，心裏只想回飯店睡覺。如果有下一次，尤其到一個人生地不熟的國度，跟團或許是較好的選擇。

回到家最想做的事，先到超商買二杯咖啡，第二杯半價，香港物價太貴了，不是買不起，是捨不得喝。俗話說：「金窩銀窩，不如自己的狗窩。」大飯店固然住得舒服，還是不如家自在。如今的我，似乎比較適合當宅男，一個上了年紀的宅男。

釀文學118　PG0842

夢回笠嶼

作　　者　羅志平
責任編輯　林泰宏
圖文排版　彭君如
封面設計　王嵩賀

出版策劃　釀出版
製作發行　秀威資訊科技股份有限公司
114 台北市內湖區瑞光路76巷65號1樓
電話：+886-2-2796-3638　傳真：+886-2-2796-1377
服務信箱：service@showwe.com.tw
http://www.showwe.com.tw
郵政劃撥　19563868　戶名：秀威資訊科技股份有限公司
展售門市　國家書店【松江門市】
104 台北市中山區松江路209號1樓
電話：+886-2-2518-0207　傳真：+886-2-2518-0778
網路訂購　秀威網路書店：http://www.bodbooks.com.tw
國家網路書店：http://www.govbooks.com.tw
法律顧問　毛國樑　律師
總 經 銷　聯合發行股份有限公司
231新北市新店區寶橋路235巷6弄6號4F
電話：+886-2-2917-8022　傳真：+886-2-2915-6275

出版日期　2012年10月　BOD一版
定　　價　380元

Printed in Taiwan

國家圖書館出版品預行編目

夢回笠嶼 / 羅志平著. -- 一版. -- 臺北市：釀出版,
2012.10
面； 公分. --(釀文學 ; PG0842)
BOD版
ISBN 978-986-5976-70-5(平裝)

855 101018693

讀者回函卡

感謝您購買本書，為提升服務品質，請填妥以下資料，將讀者回函卡直接寄回或傳真本公司，收到您的寶貴意見後，我們會收藏記錄及檢討，謝謝！如您需要了解本公司最新出版書目、購書優惠或企劃活動，歡迎您上網查詢或下載相關資料：http:// www.showwe.com.tw

您購買的書名：＿＿＿＿＿＿＿＿＿＿＿＿＿＿＿＿＿＿＿＿

出生日期：＿＿＿＿年＿＿＿＿月＿＿＿＿日

學歷：□高中（含）以下　□大專　□研究所（含）以上

職業：□製造業　□金融業　□資訊業　□軍警　□傳播業　□自由業

□服務業　□公務員　□教職　□學生　□家管　□其它＿＿＿

購書地點：□網路書店　□實體書店　□書展　□郵購　□贈閱　□其他

您從何得知本書的消息？

□網路書店　□實體書店　□網路搜尋　□電子報　□書訊　□雜誌

□傳播媒體　□親友推薦　□網站推薦　□部落格　□其他＿＿＿＿＿

您對本書的評價：（請填代號　1.非常滿意　2.滿意　3.尚可　4.再改進）

封面設計＿＿　版面編排＿＿　內容＿＿　文／譯筆＿＿　價格＿＿

讀完書後您覺得：

□很有收穫　□有收穫　□收穫不多　□沒收穫

對我們的建議：＿＿＿＿＿＿＿＿＿＿＿＿＿＿＿＿＿＿＿＿

請貼
郵票

11466
台北市內湖區瑞光路 76 巷 65 號 1 樓

秀威資訊科技股份有限公司 收

BOD 數位出版事業部

（請沿線對折寄回，謝謝！）

姓　　名：____________________　　年齡：________　　性別：□女　□男

郵遞區號：□□□□□

地　　址：____

聯絡電話：（日）______________________（夜）______________________

E-mail：____